Bela DISTRAÇÃO

JAMIE McGUIRE

Bela DISTRAÇÃO

Irmãos Maddox - Livro 1

Tradução
Cláudia Mello Belhassof

10ª edição
Rio de Janeiro-RJ / São Paulo-SP, 2024

VERUS EDITORA

Editora: Raïssa Castro
Coordenadora editorial: Ana Paula Gomes
Copidesque: Anna Carolina G. de Souza
Revisão: Maria Lúcia A. Maier
Capa: Adaptação da original (Simon & Schuster UK Ltd)
Fotos da capa: Mariemily Photos/Shutterstock (pena de pavão)
Projeto gráfico: André S. Tavares da Silva

Título original: *Beautiful Oblivion*

ISBN: 978-85-7686-339-7

Copyright © Jamie McGuire, 2014
Todos os direitos reservados.

Tradução © Verus Editora, 2014
Direitos reservados em língua portuguesa, no Brasil, por Verus Editora. Nenhuma parte desta obra pode ser reproduzida ou transmitida por qualquer forma e/ou quaisquer meios (eletrônico ou mecânico, incluindo fotocópia e gravação) ou arquivada em qualquer sistema ou banco de dados sem permissão escrita da editora.

Verus Editora Ltda.
Rua Argentina, 171, São Cristóvão, Rio de Janeiro/RJ, 20921-380
www.veruseditora.com.br

CIP-BRASIL. CATALOGAÇÃO NA FONTE
SINDICATO NACIONAL DOS EDITORES DE LIVROS, RJ

M429b

McGuire, Jamie
  Bela distração / Jamie McGuire ; tradução Cláudia Mello Belhassof. -
10. ed. - Rio de Janeiro : Verus, 2024.
  23 cm.   (Irmãos Maddox ; 1)

Tradução de: Beautiful Oblivion
ISBN 978-85-7686-339-7

1. Romance americano. I. Belhassof, Cláudia Mello. II. Título. III. Série.

14-16248   CDD: 813
                                            CDU: 821.111(73)-3

Revisado segundo o Acordo Ortográfico da Língua Portuguesa de 1990.

Seja um leitor preferencial Record.
Cadastre-se no site www.record.com.br e receba
informações sobre nossos lançamentos e nossas promoções.

Atendimento e venda direta ao leitor:
sac@record.com.br

Para Kim Easton e Liis McKinstry.
Obrigada por tudo que vocês fazem e por tudo que são.
E para Jessica Landers.
Você é uma razão para sorrir e uma alma generosa.

Eu não vou partir o coração dele para consertar você.

— EMILY KINNEY, "Times Square"

1

As palavras dele pairavam na escuridão entre nossa voz. Às vezes eu encontrava consolo nesse vazio, mas, nos últimos três meses, tudo o que eu encontrava era perturbação. Esse espaço se tornou mais um lugar conveniente para se esconder. Não para mim, para ele. Meus dedos doíam, então permiti que relaxassem, sem me dar conta de que estava segurando o celular com força.

Minha colega de quarto, Raegan, estava sentada de pernas cruzadas na cama, perto da minha mala aberta. Minha expressão a fez pegar a minha mão. "T.J.?", ela balbuciou.

Fiz que sim com a cabeça.

— Você pode dizer alguma coisa, por favor? — pediu T.J.

— O que você quer que eu diga? Estou de malas prontas. Tirei folga. O Hank já passou meus turnos para a Jorie.

— Eu me sinto um grande babaca. Eu queria não ter de ir, mas eu te avisei. Quando estou no meio de um projeto, posso ser chamado a qualquer momento. Se precisar de ajuda com o aluguel ou com alguma outra coisa...

— Eu não quero o seu dinheiro — falei, esfregando os olhos.

— Pensei que seria um fim de semana legal. Eu juro por Deus que pensei.

— Pensei que eu pegaria um avião amanhã de manhã. Em vez disso, você está me ligando pra dizer que eu não posso ir. De novo.

— Eu sei que parece uma atitude idiota. Juro que falei pra eles que tinha um compromisso importante. Mas, quando as coisas surgem, Cami... eu tenho que fazer o meu trabalho.

Sequei uma lágrima, mas me recusei a deixá-lo me ouvir chorando. Afastei o tremor da voz.

— Então você vem pra casa no Dia de Ação de Graças?

Ele suspirou.

— Eu queria. Mas não sei se vai dar. Depende de eu terminar o trabalho. Tô com saudade de você. Muita. Eu também não gosto dessa situação.

— A sua agenda vai melhorar um dia? — perguntei. Ele demorou mais do que devia para responder.

— E se eu te disser que provavelmente não?

Ergui as sobrancelhas. Eu esperava essa resposta, mas não que ele fosse tão... sincero.

— Desculpa — ele disse. Eu o imaginei encolhendo os ombros. — Acabei de chegar ao aeroporto. Preciso ir.

— Tá, beleza. A gente se fala mais tarde. — Obriguei minha voz a ficar estável. Não queria parecer chateada. Não queria que ele pensasse que eu era fraca ou sensível. Ele era forte e confiante e fazia o que tinha de ser feito sem reclamar. Eu tentava ser assim para ele. Reclamar de algo que ele não podia controlar não ajudaria em nada.

T.J. suspirou de novo.

— Sei que você não acredita em mim, mas eu te amo.

— Eu acredito em você — falei, e acreditava mesmo.

Toquei o botão vermelho na tela e deixei o celular cair na cama.

Raegan já estava no modo controle de danos.

— Ele foi chamado no trabalho?

Fiz que sim com a cabeça.

— Tudo bem. Bom, talvez vocês devessem ser mais espontâneos. Talvez você possa simplesmente aparecer lá e, se ele for chamado, você espera por ele lá mesmo. Quando ele voltar, vocês recomeçam de onde pararam.

— Talvez.

Ela apertou minha mão.

— Ou talvez ele seja um babaca que devia parar de preferir o emprego em vez de você.

Balancei a cabeça.

— Ele batalhou muito pra conseguir esse cargo.

— Você nem sabe que cargo é.

— Eu te falei. Ele está usando o diploma. Ele se especializou em análise estatística e reconfiguração de dados, seja lá o que isso quer dizer.

Ela me lançou um olhar duvidoso.

— É, você também me falou pra manter isso em segredo. O que me faz pensar que ele não está sendo totalmente sincero com você.

Eu fiquei de pé e virei a mala, deixando tudo o que estava dentro dela cair sobre o edredom. Minha cama raramente estava arrumada, mas, nas poucas vezes em que eu esticava os lençóis para poder fazer as malas, o tecido azul-claro com tentáculos do polvo azul-marinho ficava à mostra. T.J. o odiava, mas eu me sentia abraçada enquanto dormia. O meu quarto era cheio de coisas estranhas e aleatórias, mas eu também era.

Raegan revirou a pilha de roupas e ergueu uma camiseta preta com os ombros e a parte da frente estrategicamente rasgados.

— Nós duas temos a noite livre. A gente devia sair. Fazer alguém nos servir uns drinques uma vez na vida.

Peguei a blusa das mãos dela e a inspecionei, enquanto pensava na sugestão.

— Você está certa. A gente devia mesmo. Vamos com o seu carro ou com o Smurf?

Raegan deu de ombros.

— O meu tá quase sem gasolina, e a gente só recebe amanhã.

— Parece que é a vez do Smurf, então.

Depois de uma sessão de colisões no banheiro, Raegan e eu entramos no meu jipe modificado azul-claro. Ele não estava em sua melhor forma, mas, em algum momento, alguém teve visão e amor suficientes para transformar o carro em um híbrido de jipe e caminhonete. O universitário mimado que abandonou a faculdade e que foi dono do Smurf entre aquele antigo proprietário e eu não o amava tanto. O enchimento dos bancos estava exposto nos lugares onde o couro preto havia rasgado, o carpete tinha furos de cigarro e manchas, e o capô precisou ser substituído, mas essa negligência me permitiu pagar por ele à vista, e ter um veículo sem precisar pagar prestações era a melhor coisa.

11

Coloquei o cinto de segurança e enfiei a chave na ignição.

— Devo rezar? — Raegan perguntou.

Virei a chave, e o Smurf emitiu um fraco zumbido. O motor soltou faíscas, depois ronronou, e nós duas aplaudimos. Meus pais criaram quatro filhos com salário de operário. Eu nunca pedi para eles me ajudarem a comprar um carro. Em vez disso, arrumei um emprego na sorveteria do bairro quando tinha quinze anos e economizei quinhentos e cinquenta e sete dólares e onze centavos. O Smurf não era o carro dos meus sonhos, mas quinhentos e cinquenta dólares compraram a minha independência, e isso não tinha preço.

Vinte minutos depois, Raegan e eu estávamos no lado oposto da cidade, desfilando pelo estacionamento coberto de cascalhos do Red Door, lenta e sincronizadamente, como se estivéssemos sendo filmadas enquanto andávamos ao som de uma trilha sonora agressiva.

Kody, com seus braços enormes, provavelmente do tamanho da minha cabeça, estava na entrada. Ele nos deu uma olhada conforme nos aproximávamos.

— Identidades.

— Vai se foder! — Raegan soltou. — A gente trabalha aqui. Você sabe a nossa idade.

Ele deu de ombros.

— Mesmo assim preciso ver a identidade de vocês.

Franzi o cenho para Raegan, e ela revirou os olhos, enfiando a mão no bolso traseiro.

— Se a essa altura você ainda não sabe quantos anos eu tenho, então temos problemas.

— Vai logo, Raegan. Para de encher meu saco e me mostra essa porcaria.

— A última vez que eu te deixei ver alguma coisa, você não me ligou por três dias.

Ele se encolheu.

— Você nunca vai superar isso, vai?

Ela jogou a identidade em Kody, que a segurou contra o peito. Ele deu uma olhada no documento e depois o devolveu, me encarando em expectativa. Passei minha carteira de motorista para ele.

— Você não ia viajar? — ele perguntou, olhando para baixo antes de me devolver o cartão plastificado.

— É uma longa história — respondi, guardando minha habilitação no bolso traseiro. Minha calça jeans era tão apertada que fiquei surpresa por conseguir enfiar algo ali atrás além da minha bunda.

Kody abriu a enorme porta vermelha, e Raegan sorriu com doçura.

— Obrigada, gato.

— Te amo. Seja boazinha.

— Eu sempre sou boazinha. — Ela deu uma piscadela.

— A gente se vê quando eu sair do trabalho?

— Ãhã. — Ela me puxou porta adentro.

— Vocês são o casal mais esquisito do mundo — falei por sobre a música. O som estava zumbindo em meu peito, e eu estava quase certa de que cada batida fazia meus ossos tremerem.

— Ãhã — Raegan disse mais uma vez.

A pista de dança já estava lotada de universitários bêbados e suados. O semestre de outono estava a todo vapor. Raegan foi até o bar e parou no fim do balcão. Jorie piscou para ela.

— Quer que eu arrume um lugar pra vocês? — ela perguntou.

Raegan balançou a cabeça.

— Você só tá oferecendo porque quer as minhas gorjetas da noite de ontem!

Jorie riu. Seu longo cabelo loiro platinado com mechas pretas caía em ondas soltas sobre os ombros. Ela usava um minivestido preto e coturnos e apertava os botões da caixa registradora para cobrar uma venda enquanto falava conosco. Todas nós aprendemos a ser multitarefas e a agir como se cada gorjeta fosse uma nota de cem dólares. Se fôssemos rápidas o suficiente, tínhamos chance de trabalhar no bar leste, e as gorjetas de lá pagavam um mês de contas em um único fim de semana.

Era ali que eu trabalhava havia um ano, exatamente três meses depois de ter sido contratada pelo Red Door. Raegan trabalhava bem ao meu lado, e juntas mantínhamos aquela máquina tão lubrificada quanto uma stripper numa piscina de plástico cheia de óleo de bebê. Jorie e a outra bartender, Blia, trabalhavam no bar sul, na entrada. Era basicamente um quiosque, e elas adoravam quando a Raegan ou eu viajávamos.

— E aí? O que vão beber? — Jorie perguntou.

Raegan olhou para mim e depois de volta para a Jorie.

— Uísque sour pras duas.

Fiz uma careta.

— Sem o sour, por favor.

Quando Jorie nos entregou nossos drinques, Raegan e eu encontramos uma mesa vazia e nos sentamos, chocadas com a nossa sorte. Os fins de semana eram sempre lotados, e uma mesa vazia às dez e meia não era comum.

Peguei um maço de cigarros fechado e bati o fundo da embalagem na palma da mão. Rasguei o plástico e tirei a tampa. Embora o Red estivesse tão esfumaçado que só de sentar ali eu me sentia como se estivesse fumando um maço inteiro, era legal simplesmente sentar a uma mesa e relaxar. Quando eu estava trabalhando, normalmente só tinha tempo de dar uma única tragada, e o resto acabava queimando sozinho.

Raegan me observava enquanto eu acendia um.

— Quero um.

— Não quer, não.

— Quero sim!

— Você não fuma há dois meses, Raegan. Amanhã você vai me culpar por estragar essa boa fase.

Ela fez um gesto na direção do ambiente.

— Estou fumando! Agora mesmo!

Estreitei os olhos para ela. Raegan era exoticamente linda, com longos cabelos castanho-escuros, pele bronzeada e olhos cor de mel. Seu nariz era perfeitamente pequeno, não era redondo nem pontudo demais, e a pele a fazia parecer recém-saída de um comercial da Neutrogena. Nós nos conhecemos no ensino fundamental, e eu fui instantaneamente atraída por sua sinceridade brutal. Raegan sabia ser incrivelmente assustadora, até mesmo para Kody, que, com seu um metro e noventa e três de altura, era mais de trinta centímetros mais alto que ela. Sua personalidade era encantadora para aqueles que ela amava e desagradável para aqueles que ela não amava.

Eu era o oposto de exótica. Meu cabelo castanho desgrenhado que chegava um pouco abaixo do queixo era fácil de cuidar, mas poucos homens o achavam sexy. Poucos homens me achavam sexy em geral. Eu era a garota comum, a melhor amiga do seu irmão. Por ter crescido com três irmãos e o nosso primo Colin, eu poderia ter sido uma moleca se as minhas sutis, porém existentes curvas não tivessem me expulsado do clube do bolinha aos catorze anos.

— Não seja desse tipo — falei. — Se quiser um, vai comprar.

Ela cruzou os braços, fazendo biquinho.

— Foi por isso que parei. É caro pra caralho.

Fiquei olhando para o papel e o tabaco queimando entre os meus dedos.

— Esse é um fato que a minha alma falida sempre percebe.

A música mudou de alguma coisa que todo mundo queria dançar para uma que ninguém queria, e dezenas de pessoas começaram a sair da pista de dança. Duas garotas se aproximaram da nossa mesa e trocaram olhares.

— Essa mesa é nossa — disse a loira.

Raegan mal tomou conhecimento das duas.

— Com licença, vadia, mas ela tá falando com você — disse a morena, colocando a cerveja sobre a mesa.

— Raegan — alertei.

Raegan me olhou com uma expressão vazia, depois para a garota em pé com a mesma expressão.

— *Era* a mesa de vocês. Agora é nossa.

— Nós chegamos primeiro — sibilou a loira.

— E agora não estão mais aqui — Raegan falou. Em seguida, pegou a garrafa de cerveja intrusa e a jogou no chão. A cerveja se espalhou pelo escuro e grosso carpete. — Pega.

A morena observou sua cerveja deslizar pelo chão, depois deu um passo em direção a Raegan, mas a amiga a agarrou pelos braços. Minha amiga deu uma risada sem emoção e voltou o olhar para a pista de dança. A morena por fim seguiu a amiga até o bar.

Dei um trago no cigarro.

— Achei que a gente ia se divertir hoje.

— Isso foi divertido, não foi?

Balancei a cabeça, reprimindo um sorriso. Raegan era uma boa amiga, mas eu não ia contrariá-la. Tendo crescido com tantos garotos em casa, eu tinha brigado o suficiente pela vida toda. Eles não me mimavam. Se eu não revidasse, eles simplesmente brigavam com mais violência até eu reagir. E eu sempre reagia.

Raegan não tinha desculpa. Ela simplesmente era uma vadia barraqueira.

— Ah, olha. A Megan tá aqui — disse ela, apontando para a beldade de olhos azuis e cabelos negros na pista de dança.

Balancei a cabeça. Ela estava lá com Travis Maddox, basicamente trepando na frente de todo mundo na pista de dança.

— Ah, esses irmãos Maddox — disse Raegan.

— É — comentei, engolindo o uísque. — Foi uma péssima ideia. Não tô em clima de balada hoje.

— Ah, para com isso. — Raegan deu um gole em seu uísque sour e se levantou. — As malas sem alça ainda estão de olho na mesa. Vou pegar mais uma rodada pra gente. Você sabe que a noite começa devagar.

Ela pegou meu copo e o dela e me deixou ali para ir ao bar.

Eu me virei e vi as garotas me encarando, claramente esperando que eu me afastasse da mesa. Eu não ia levantar. Raegan ia tentar recuperar nosso lugar se elas tentassem pegá-lo, e isso só ia gerar confusão.

Quando virei de volta, um cara estava sentado no lugar de Raegan. A princípio, achei que o Travis tinha sabe-se lá como se aproximado, mas, quando me dei conta do meu equívoco, sorri. Trenton Maddox estava inclinado na minha direção, com os braços tatuados cruzados, os cotovelos apoiados na mesa diante de mim. Ele esfregou a barba por fazer, e os músculos do ombro se destacaram sob a camiseta. Ele tinha tanto pelo no rosto quanto na cabeça, exceto pela ausência de pelo em uma pequena cicatriz perto da têmpora esquerda.

— Acho que te conheço.

Ergui uma sobrancelha.

— Sério? Você vem até aqui, senta e é isso a melhor coisa que consegue dizer?

Ele fez uma cena, percorrendo cada parte do meu corpo com os olhos.

— Você não tem tatuagens, até onde posso ver. Acho que não nos conhecemos no estúdio.

— Estúdio?

— O estúdio de tatuagens onde eu trabalho.

— Você tá fazendo tatuagens agora?

Ele sorriu, e uma covinha profunda apareceu no meio da bochecha esquerda.

— Eu sabia que a gente se conhecia.

— A gente não se conhece. — Virei para olhar as mulheres na pista de dança, rindo, sorrindo e observando Travis e Megan praticamente trepando, em pé e a seco. Mas, no instante em que a música acabou, ele saiu e foi direto até a loira que disse ser a dona da minha mesa. Apesar de ela ter visto Travis passando a mão na pele suada de Megan dois segundos antes, estava sorrindo como uma idiota, esperando ser a próxima.

Trenton deu risada.

— Aquele é o meu irmão mais novo.

— Eu não admitiria uma coisa dessas — falei, balançando a cabeça.

— Nós estudamos juntos? — ele perguntou.

— Não lembro.

— Você se lembra de ter frequentado a Eakins em algum momento entre o jardim de infância e o terceiro ano?

— Lembro.

A covinha esquerda de Trenton se aprofundou quando ele sorriu.

— Então a gente se conhece.

— Não necessariamente.

Ele riu de novo.

— Quer uma bebida?

— Tem uma a caminho.

— Quer dançar?

— Não.

Um grupo de garotas passou por perto, e os olhos de Trenton se concentraram em uma delas.

— Aquela é a Shannon, da turma de economia doméstica? Caramba — disse ele, dando um giro de cento e oitenta graus na cadeira.

— É sim. Você devia ir até lá relembrar.

Ele balançou a cabeça.

— Nós relembramos no ensino médio.

— Eu lembro. Tenho quase certeza que ela ainda te odeia.

Trenton balançou a cabeça, sorriu e, antes de dar mais um gole em sua bebida, disse:

— Elas sempre me odeiam.

— É uma cidade pequena. Você não devia ter queimado todas as fichas.

Ele abaixou o queixo, aumentando um pontinho seu famoso charme.

— Tem algumas que eu não incendiei. Ainda.

Revirei os olhos, e ele deu uma risadinha.

Raegan voltou, com os dedos envolvendo quatro copos de uísque e duas doses.

— Meus uísques sours, seus puros e um buttery nipple pra cada.

— Por que você tá nessa de drinques doces hoje, Ray? — perguntei, torcendo o nariz.

Trenton pegou uma das doses e levou aos lábios, virando a cabeça para trás. Depois bateu o copo na mesa e piscou.

— Não se preocupa, gata. Eu cuido disso. — Ele se levantou e se afastou.

Eu não me dei conta de que estava com a boca aberta até meus olhos encontrarem os de Raegan e eu a fechar.

— Ele acabou de beber a sua dose? Isso aconteceu de verdade?

— Quem faz uma coisa dessas? — perguntei, virando para ver aonde ele tinha ido. Trenton já havia desaparecido na multidão.

— Um dos irmãos Maddox.

Dei um gole no uísque e outra tragada no cigarro. Todo mundo sabia que Trenton Maddox era encrenca, mas parece que isso nunca impediu as mulheres de tentarem domá-lo. Observando-o desde o ensino fundamental, prometi a mim mesma que nunca seria uma marca na cabeceira de sua cama — se é que os boatos eram verdadeiros e ele fazia marcações ali, mas eu não planejava descobrir.

— Você vai deixar ele escapar assim? — perguntou Raegan.

Soprei a fumaça pela lateral da boca, irritada. Eu não estava no clima de me divertir nem de lidar com um flerte agressivo, tampouco de reclamar que Trenton Maddox tinha acabado de tomar a dose de açúcar que eu não queria. Mas, antes que eu conseguisse responder, engasguei com o uísque que tinha acabado de colocar na boca.

— Ah, não.

— O que foi? — Raegan perguntou, virando na cadeira. Ela imediatamente se ajeitou no assento e se encolheu.

Meus três irmãos e o nosso primo Colin estavam vindo na direção da nossa mesa.

Colin, o mais velho e o único com identidade verdadeira, falou primeiro.

— Mas que merda é essa, Camille? Achei que você não estaria na cidade hoje.

— Mudança de planos — soltei.

Chase falou em seguida, como eu esperava. Ele era o mais velho dos meus irmãos e gostava de fingir que era mais velho que eu também.

— O papai não vai ficar nada contente por você ter perdido o almoço em família estando na cidade.

— Ele não pode ficar descontente se não souber — falei, estreitando os olhos.

Ele recuou.

— Por que você tá tão irritadinha? Tá de TPM ou algo assim?

— Sério? — disse Raegan, baixando o queixo e erguendo as sobrancelhas. — Estamos em público. Vê se cresce.

— Ele cancelou os planos? — perguntou Clark. Diferentemente dos outros, ele parecia preocupado de verdade.

Antes que eu pudesse responder, o mais novo dos três falou:

— Espera, aquele merdinha inútil furou com você? — perguntou Coby. Os meninos só tinham onze meses de diferença na idade, ou seja, Coby tinha apenas dezoito anos. Meus colegas de trabalho sabiam que todos os meus irmãos tinham identidade falsa e achavam que me faziam um favor não se importando com isso, mas na maior parte do tempo eu esperava que eles se importassem. Coby em especial ainda agia como um garoto de doze anos, sem saber muito bem o que fazer com tanta testosterona. Ele estava se curvando atrás dos outros e deixando que o segurassem para não entrar em uma briga que não existia.

— O que você está fazendo, Coby? — perguntei. — Ele nem tá aqui!

— Pode apostar, não tá mesmo — disse Coby. Ele relaxou e estalou o pescoço. — Cancelar os planos com a minha irmã mais velha. Vou quebrar aquela cara de merda. — Pensei em Coby e T.J. brigando, e isso fez meu coração acelerar. T.J. era intimidador quando mais novo, e letal agora, adulto. Ninguém mexia com ele, e Coby sabia bem disso.

Um ruído de indignação saiu da minha garganta, e eu revirei os olhos.

— Vão... encontrar outra mesa.

Os quatro garotos puxaram cadeiras ao nosso redor. Colin tinha os cabelos castanho-claros, mas todos os meus irmãos eram ruivos. Colin e Chase tinham olhos azuis. Os de Clark e Coby eram verdes. Alguns homens ruivos não são tão bonitos assim, mas os meus irmãos eram altos, malhados e sociáveis. Clark era o único com sardas, e sabe-se lá como elas lhe caíam bem. Eu era a excluída, a única com cabelos castanho-acinzentados e grandes e redondos olhos azuis-claros. Mais de uma vez os garotos tentaram me convencer de que eu tinha sido adotada. Se eu não fosse a versão feminina do meu pai, talvez tivesse acreditado neles.

Apoiei a testa na mesa e gemi.

— Não dá pra acreditar, mas o dia de hoje acabou de piorar.

— Ah, para com isso, Camille. Você sabe que ama a gente — disse Clark, me cutucando com o ombro. Como eu não respondi, ele se inclinou e sussurrou em meu ouvido: — Tem certeza que tá tudo bem?

Mantive a cabeça baixa, mas assenti. Clark deu alguns tapinhas nas minhas costas, e a mesa ficou em silêncio.

Levantei a cabeça. Todo mundo estava olhando além de mim, então eu me virei. Trenton Maddox estava ali de pé, com duas doses na mão e um copo de outra coisa que decididamente parecia menos doce.

— Essa mesa virou uma festa rapidinho — disse ele com um sorriso surpreso, mas encantador.

Chase estreitou os olhos para Trenton.

— É ele? — perguntou meu irmão, apontando com a cabeça.

— O quê? — Trenton perguntou.

O joelho do Coby começou a saltar, e ele se inclinou na cadeira.

— É ele. Esse cara deu a porra do bolo na minha irmã e aí apareceu aqui.

— Espera. Não, Coby — falei, levantando as mãos.

Coby ficou de pé.

— Você tá de sacanagem a nossa irmã?

— Irmã? — indagou Trenton, os olhos alternando entre mim e os ruivos voláteis sentados um de cada lado.

— Ah, meu Deus — falei, fechando os olhos. — Colin, diz pro Coby parar. Não é ele.

— Quem eu não sou? — Trenton perguntou. — Temos um problema aqui?

Travis surgiu ao lado do irmão. Ele tinha a mesma expressão surpresa de Trenton, os dois exibindo covinhas idênticas na bochecha esquerda. Eles podiam ser a segunda dupla de gêmeos da mãe. Apenas diferenças sutis os separavam, incluindo o fato de que Travis era uns três ou quatro centímetros mais alto que Trenton.

Travis cruzou os braços, fazendo seus grandes bíceps aumentarem de tamanho. A única coisa que me impediu de levantar da cadeira numa explosão foi que seus ombros relaxaram. Ele não estava prestes a brigar. Ainda.

— Boa noite — disse Travis.

Os irmãos Maddox podiam farejar confusão. Pelo menos era isso que parecia, porque, sempre que havia uma briga, eles a tinham começado ou terminado. Geralmente, as duas coisas.

— Coby, senta — ordenei entre dentes.

— Não, eu não vou sentar. Esse babaca insultou a minha irmã. Eu não vou sentar porra nenhuma.

Raegan se inclinou para Chase.

— São o Trenton e o Travis Maddox.

— Maddox? — Clark perguntou.

— É. Você ainda tem alguma coisa a dizer? — perguntou Travis.

Coby balançou a cabeça lentamente e sorriu.

— Posso falar a noite inteira, seu filho da...

Fiquei de pé.

— Coby! Coloca essa bunda na cadeira agora! — falei, apontando para o assento. Ele sentou. — Eu disse que não era ele, e é sério! Agora todo mundo se *acalma, porra*! Tive um dia *péssimo*, tô aqui pra beber, relaxar e me divertir, *cacete*! Se isso for um problema pra vocês, se afastem da merda da minha mesa! — Fechei os olhos e gritei a última parte, parecendo totalmente maluca. As pessoas ao nosso redor estavam olhando.

Respirando pesadamente, olhei para Trenton, que me entregou um drinque.

Um canto de sua boca se curvou.

— Acho que vou ficar por aqui.

2

*Meu celular apitou pela terceira vez. Eu o peguei da mesinha de ca-*beceira e dei uma olhada. Era uma mensagem de Trenton.

> Acorda, preguiçosa. Sim, tô falando com vc.

— Desliga o celular, idiota! Tem gente de ressaca aqui! — Raegan gritou do quarto dela.

Coloquei o aparelho no modo vibrar e o pus de volta no criado-mudo para carregar. Droga. No que eu estava pensando quando dei o número do meu celular para ele?

Kody se arrastou pelo corredor e espiou para dentro, com os olhos ainda meio fechados.

— Que horas são?

— Nem oito ainda.

— Quem tá detonando seu celular?

— Não é da sua conta — respondi, virando de lado. Kody deu uma risadinha, então começou a bater potes e panelas na cozinha, provavelmente se preparando para alimentar seu gigantismo.

— Eu odeio todo mundo! — Raegan gritou mais uma vez.

Eu me sentei, deixando as pernas penduradas na lateral da cama. Eu tinha o fim de semana todo de folga, algo que não acontecia desde o último fim de semana que eu tirara para encontrar o T.J. — e ele cancelou. Naqueles dias, eu tinha limpado o apartamento até meus dedos perderem a impressão digital, depois lavei, sequei e dobrei todas as minhas roupas — e as de Raegan.

23

No entanto, eu não ia ficar me lamentando pelo apartamento dessa vez. Olhei para as fotos dos meus irmãos comigo na parede, perto de uma dos meus pais e de alguns desenhos que fiz no ensino médio. As molduras pretas faziam um nítido contraste com as paredes brancas do espaço todo. Eu estava me esforçando para tornar o lugar mais habitável — comprando um jogo de cortinas a cada salário. Os pais de Raegan lhe deram um vale-presente da Pottery Barn no Natal, então agora a gente tinha um belo jogo de pratos e uma rústica mesa de centro de mogno. Mas ainda dava a impressão de que tínhamos acabado de nos mudar para o apartamento, apesar de eu estar vivendo ali havia três anos, e Raegan, mais de um. Não era a propriedade mais bonita da cidade, mas pelo menos o bairro tinha mais famílias jovens e trabalhadores solteiros do que universitários barulhentos e irritantes, e era distante o suficiente do campus para não termos de encarar muito trânsito nos dias de jogo.

Não era grande coisa, mas era o nosso lar.

Meu celular vibrou. Revirei os olhos, pensando que era o Trenton de novo, e me inclinei para dar uma olhada na tela. Era T.J.

> Saudade. Eu devia estar abraçado com você na minha cama em vez de estar fazendo o que tô fazendo agora.

> A Cami não pode falar agora. Tá de ressaca. Deixe sua mensagem depois do sinal. BIP.

> Você saiu ontem à noite?

> Você queria que eu ficasse em casa chorando até dormir?

> Que bom. Agora não me sinto tão mal.

> Não, pode continuar se sentindo mal. Não tem problema nenhum.

> Quero ouvir sua voz, mas não posso ligar agora. Vou tentar te ligar à noite.

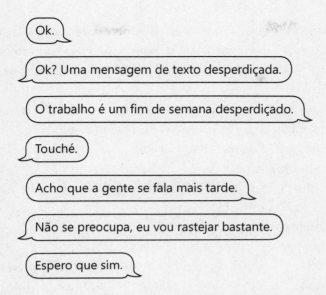

Era difícil ficar com raiva do T.J., mas era impossível se aproximar dele. A verdade é que só fazia seis meses que a gente estava namorando. Os três primeiros foram fantásticos, depois ele foi chamado para liderar essa missão importante. T.J. me avisou como poderia ser, quando a gente decidiu tentar fazer dar certo à distância. Era a primeira que ele ficava encarregado de um projeto inteiro, e ele era perfeccionista e dedicado demais. Mas era o maior projeto no qual ele já tinha trabalhado, e T.J. queria ter certeza de que não perderia nada. O que quer que *isso* fosse, era importante. Tipo, se terminasse tudo bem, ele receberia uma promoção fantástica. Em uma certa madrugada, ele falou que talvez pudesse arrumar um lugar maior e poderíamos pensar na minha mudança para lá no ano seguinte.

Eu preferiria estar em qualquer outro lugar que não fosse aqui. Morar numa cidadezinha universitária quando você não está exatamente na faculdade não é tão legal. Não havia nada de errado com a faculdade. A Eastern era fantástica e linda. Eu tinha desejado ir para lá desde que era capaz de me lembrar, mas, depois de apenas um ano nos dormitórios, precisei me mudar para o meu próprio apartamento. Apesar de ser um refúgio seguro contra a imbecilidade da vida nos dormitórios, a independência tinha suas dificuldades. Eu fazia poucas aulas por semestre e, em vez de me formar este ano, eu ainda estava no segundo ano.

Os muitos sacrifícios que eu tinha feito para manter a independência de que precisava eram exatamente o motivo para eu não ter ressentimentos em relação a T.J. por ele fazer sacrifícios pela dele — mesmo que o sacrifício fosse eu.

A cama afundou atrás de mim, e as cobertas se ergueram. Uma mão pequena e gelada encostou na minha pele, e eu dei um pulo.

— Que inferno, Ray! Tira essa mão fria e nojenta de mim.

Ela riu e me abraçou forte.

— Já tá friozinho de manhã! O Kody está fazendo seus doze ou mais ovos mexidos, e a minha cama tá um gelo!

— Meu Deus, ele come como um cavalo.

— Ele tem o tamanho de um cavalo. *Em todas as partes.*

— Eca, eca, eca, eca — falei, tapando os ouvidos. — Eu não precisava dessa imagem mental a essa hora da manhã. Nem nunca.

— E aí, quem tá fazendo seu celular bombar? O Trent?

Virei para ver sua expressão.

— O Trent?

— Ah, não se faça de inocente, Camille Renee! Eu vi a sua cara quando ele te deu aquele drinque.

— Não teve cara nenhuma.

— Teve uma cara sim!

Deslizei até a beirada da cama, empurrando Raegan até ela perceber o que eu estava fazendo e berrar quando caiu no chão com um barulho.

— Você é um ser humano malvado e terrível!

— Eu sou malvada? — perguntei, me inclinando sobre a beirada da cama. — Eu não joguei no chão a cerveja de uma garota só porque ela queria a mesa dela de volta!

Raegan se sentou com as pernas cruzadas e suspirou.

— Você tá certa. Fui mesmo uma vaca. Na próxima, prometo colocar a tampa antes de jogar a garrafa no chão.

Deixei a cabeça cair no travesseiro e encarei o teto.

— Você é um caso perdido.

— Café da manhã! — Kody gritou da cozinha.

Nós duas cambaleamos pelo quarto, dando risadinhas enquanto brigávamos para ser a primeira a passar pela porta.

Raegan sentou no banco alto atrás do balcão da cozinha por meio segundo antes de eu chutá-lo. Ela caiu de pé, mas com a boca escancarada.

— Hoje você tá pedindo!

Dei a primeira mordida na rosca de passas com canela e geleia de maçã e gemi quando a delícia calórica derreteu na minha boca. Kody tinha passado noites suficientes na nossa casa para saber que eu detestava ovos, mas, como ele fazia um café da manhã alternativo para mim, eu perdoava o cheiro podre que tomava conta do apartamento sempre que ele dormia lá.

— Então — Kody disse enquanto mastigava —, Trent Maddox.

Neguei com a cabeça.

— Não. Nem começa.

— Parece que você já começou — disse ele, com um sorriso irônico.

— Vocês dois estão agindo como se eu tivesse pulado no colo do cara. A gente conversou.

— Ele comprou quatro drinques pra você. E você deixou — Raegan falou.

— E ele te levou até o carro — Kody acrescentou.

— E vocês trocaram números de telefone — ela emendou.

— Eu tenho namorado — falei, sendo meio esnobe e talvez parecendo uma patricinha. Ser encurralada provocava coisas estranhas em mim.

— Que você não vê há quase três meses e que furou com você duas vezes — disse Raegan.

— Então quer dizer que ele é egoísta só por ser dedicado ao trabalho e querer subir na vida? — perguntei, sem querer ouvir a resposta. — Nós sabíamos que isso ia acontecer. O T.J. foi honesto desde o início sobre como o trabalho dele poderia ser exigente. Por que eu sou a única que não está surpresa?

Kody e Raegan trocaram olhares, depois continuaram comendo seus nojentos fetos de galinha.

— O que vocês vão fazer hoje? — perguntei.

— Vou almoçar na casa dos meus pais — Raegan respondeu. — E o Kody também.

Eu me detive no meio da mordida e tirei a rosca da boca.

— Sério? Isso é meio que importante. — Eu sorri.

Kody forçou um sorriso.

— Ela já me avisou sobre o pai dela. Não estou nervoso.

— Não? — perguntei sem acreditar.

Ele balançou a cabeça, mas parecia menos confiante.

— Por quê?

— Ele é fuzileiro naval aposentado, e a Raegan não é só filha dele. É a única filha. Ele é um homem que buscou a perfeição e superou limites a vida toda. Você acha que vai simplesmente passar pela porta, ameaçando roubar o tempo e a atenção da Raegan, e ele vai te dar boas-vindas à família?

Kody ficou sem fala. Raegan estreitou os olhos para mim.

— Obrigada, amiga. — Ela deu um tapinha na mão de Kody. — Ele não gosta de ninguém logo de cara.

— Exceto eu — falei, levantando a mão.

— Exceto a Cami. Mas ela não conta. Ela não é uma ameaça à virgindade da filha dele.

Kody fez uma careta.

— O tal Jason Brazil não foi, tipo, há uns quatro anos?

— Foi. Mas meu pai não sabe — explicou Raegan, meio irritada porque o Kody falou o nome-que-não-deve-ser-dito.

Jason Brazil não era um cara ruim, a gente só fingia que ele era. Nós todos fizemos o ensino médio juntos, mas Jason era um ano mais novo. Eles decidiram "resolver o assunto" antes de ela ir para a faculdade, esperando que isso solidificasse o relacionamento. Eu achei que ela ficaria de saco cheio de ter um namorado ainda no ensino médio, mas Raegan era dedicada, e eles passavam a maior parte do tempo juntos. Pouco depois de Jason entrar na Eastern, as maravilhas da universidade, fazer parte de uma fraternidade e ser o calouro estrela do futebol o mantinham ocupado, e a mudança acabou causando discussões diárias. Ele terminou o relacionamento de maneira respeitosa e nunca falou uma única palavra ruim a respeito dela. Mas Jason tirou a virgindade de Raegan e depois não cumpriu o resto do acordo: passar o resto da vida com ela. E, por causa disso, ele era o eterno inimigo desta casa.

Kody acabou de comer os ovos e começou a lavar os pratos.

— Você cozinhou. Deixa que eu lavo — falei, empurrando-o para longe da lava-louças.

— O que você vai fazer hoje? — Raegan me perguntou.

— Estudar. Fazer aquele trabalho que preciso entregar na segunda-feira. Pode ser que tome um banho. Ou não. Definitivamente não vou passar na casa dos meus pais para explicar por que não viajei conforme planejado.

— Compreensível — Raegan disse. Ela sabia o motivo real. Eu já tinha dito aos meus pais que me encontraria com T.J., e eles iam querer saber por que ele tinha cancelado de novo. Eles já não aprovavam nosso namoro, e eu não tinha o menor interesse em perpetuar o ciclo disfuncional de hostilidade que se criava quando mais de um membro de nossa família estava no mesmo ambiente. Meu pai, como sempre, estaria de mau humor, e alguém, como sempre, falaria demais e ele ia acabar gritando. Minha mãe então ia implorar que ele parasse. E, sabe-se lá como, a culpa ia acabar sendo minha.

"Você é burra por confiar nele, Camille. Ele é falso", meu pai dissera. "Eu não confio nele. Ele observa tudo com aqueles olhos críticos."

Mas esse era um dos motivos que fizeram com que eu me apaixonasse por ele. O T.J. me fazia sentir segura. Como se, não importava o que acontecesse, ele fosse me proteger.

— O T.J sabe que você saiu ontem à noite?

— Sim.

— Ele sabe do Trent?

— Ele não perguntou.

— Ele nunca pergunta sobre as suas baladas. Se o Trent não significasse nada de mais, você poderia ter falado dele — Raegan comentou, forçando um sorriso.

— Cala a boca. Vai logo pra casa dos seus pais e deixa seu pai torturar o Kody.

As sobrancelhas dele se uniram, e Raegan balançou a cabeça, dando um tapinha no ombro enorme do namorado enquanto os dois seguiam para o quarto dela.

— Ela tá brincando.

Quando Raegan e Kody saíram, algumas horas depois, abri meus livros, liguei o notebook e comecei a escrever meu trabalho sobre os efeitos de crescer com um computador pessoal.

— Quem inventa essas porcarias? — rosnei.

Quando o trabalho estava pronto e impresso, comecei a estudar para a prova de psicologia que teria na sexta-feira. Seria em uma semana, mas a experiência me ensinou que, se eu esperasse até o último minuto, alguma coisa inevitavelmente aconteceria. Não dava para estudar no trabalho, e esse teste seria especialmente difícil.

Meu celular apitou. Era o Trenton de novo.

> Isso é novidade. Nunca uma garota me deu o telefone e depois me ignorou.

Eu ri, peguei o celular com as duas mãos e digitei com força.

> Não tô te ignorando. Tô estudando.

> Precisa de uma pausa?

> Só depois que eu terminar.

> Ok, podemos comer depois? Estou morto de fome.

> Nós fizemos planos de comer?

> Você não come?

> ... sim?

> Então tá certo. Você planeja comer. Eu planejo comer. Vamos comer.

> Tenho que estudar.

> Ok... podemos comer DEPOIS?

> Vc não precisa me esperar. Pode ir.

> Eu sei que não preciso. Eu quero.

> Mas eu não posso. Então pode ir.

> Ok.

Coloquei o celular no silencioso e o deslizei por sob o travesseiro. Sua persistência era tão admirável quanto irritante. Eu sabia quem era Trenton, claro. Éramos da mesma turma na Escola Eakins. Eu o vi crescer e passar do garoto sujo e ranhento que comia lápis vermelhos e cola para o cara alto, tatuado e excessivamente charmoso que era agora. No mesmo instante em que conseguiu a carteira de motorista, ele começou a pegar todas as colegas de turma do ensino médio e as alunas da Universidade Eastern, e eu jurei que nunca seria uma delas. Não que ele tivesse tentado. Até agora. Eu não queria me sentir lisonjeada, mas era difícil me controlar depois de ser uma das poucas com quem Trenton e Travis Maddox nunca tinham tentado transar. Acho que isso provava que eu não era totalmente horrorosa. T.J. era lindo, tipo modelo de revista, e agora Trenton estava me mandando mensagens. Eu não sabia bem o que mudara em mim entre o ensino médio e a faculdade que chamara a atenção de Trenton, mas sabia o que havia de diferente nele.

Menos de dois anos antes, a vida de Trenton mudara. Ele estava no banco do passageiro do Jeep Liberty de Mackenzie Davis, a caminho de uma festa ao ar livre durante as férias de primavera. O carro estava irreconhecível quando foi rebocado de volta para a cidade no dia seguinte, assim como Trenton quando voltou à Eastern. Tomado de culpa pela morte de Mackenzie, Trenton não conseguia se concentrar na aula e, em meados de abril, decidiu voltar a morar com o pai e abandonar todas as disciplinas. Travis mencionara coisas sobre o irmão em noites calmas no Red, mas eu não sabia muito mais sobre Trenton.

Depois de mais meia hora estudando e roendo unhas já roídas, meu estômago começou a roncar. Cambaleei até a cozinha e abri a geladeira. *Molho ranch. Coentro. Por que diabos a pimenta-do-reino está na geladeira? Ovos... eca. Iogurte light. Pior ainda.* Abri o congelador. *Vitória! Burritos congelados.*

Pouco antes de apertar os botões do micro-ondas, ouvi uma batida na porta.

— Raegan! Para com esse negócio de esquecer essas malditas chaves! — Meus pés descalços contornaram o balcão da cozinha e seguiram pelo carpete bege. Depois de abrir o trinco, puxei a porta de metal e instantaneamente cruzei os braços. Eu estava vestindo apenas uma camiseta branca e um shorts curto, sem sutiã. Trenton Maddox estava de pé na porta, segurando dois sacos de papel brancos.

— Almoço — ele disse com um sorriso.

Por meio segundo, minha boca espelhou a dele, mas o sorriso rapidamente desapareceu.

— Como você descobriu onde eu moro?

— Eu perguntei por aí — ele respondeu, passando por mim. Trenton colocou os sacos no balcão e começou a retirar caixas de comida deles. — É do Golden Chick. O purê de batatas e o molho deles me lembram os que a minha mãe fazia. Não sei bem por quê. Não lembro dela cozinhando.

A morte de Diane Maddox abalara a cidade toda. Ela fazia parte da Associação de Pais e Mestres, da Liga de Benfeitores Júnior e havia treinado o time de futebol de Taylor e Tyler por três anos antes de ser diagnosticada com câncer. Fiquei surpresa por ele mencioná-la de maneira tão casual, apesar de achar que não devia.

— Você sempre invade o apartamento de garotas com comida?

— Não, mas já era hora.

— Hora de quê?

Ele me olhou sem expressão.

— Do almoço. — Ele entrou na cozinha e começou a abrir os armários.

— O que você está fazendo agora?

— Pratos? — perguntou.

Apontei para o armário certo, e ele pegou dois, os colocou sobre o balcão e começou a servir purê de batatas, molho, milho e a dividir o frango. E então saiu.

Fiquei parada perto do balcão, no meu pequeno e silencioso apartamento, com cheiro de frango e molho no ar. Isso nunca tinha me acontecido, e eu não sabia como reagir.

De repente, a porta se abriu com força, e Trenton voltou, fechando-a atrás de si com um chute. Agora ele estava segurando dois copos grandes com canudinho.

— Espero que goste de Cherry Coke, baby doll, senão não vamos poder ser amigos. — Ele posicionou as bebidas ao lado de cada prato e sentou. Então olhou para mim. — E aí? Vai sentar ou não?

Sentei.

Trenton enfiou a primeira garfada de comida na boca e, depois de hesitar por um instante, fiz o mesmo. Era como ter um pequeno pedaço do paraíso na língua, e, depois que comecei, a comida no meu prato meio que desapareceu.

Trenton me mostrou um DVD do filme *S.O.S.: tem um louco solto no espaço*.

— Eu sei que você disse que estava estudando, então, se não puder, sem problemas. Mas eu peguei isso aqui emprestado com o Thomas na última vez em que ele esteve na cidade e ainda não assisti.

— *S.O.S.*? — perguntei, erguendo uma sobrancelha. Eu já tinha visto um milhão de vezes com o T.J. Era meio que uma coisa nossa. Eu não veria esse filme com o Trenton.

— Isso é um sim?

— Não. Foi muito legal você ter trazido o almoço, mas tenho que estudar.

Ele deu de ombros.

— Posso te ajudar.

— Eu tenho namorado.

Trenton não se intimidou.

— Então ele não é um namorado muito bom. Eu nunca vi esse cara por aqui.

— Ele não mora aqui. Ele... ele estuda na Califórnia.

— E nunca vem te visitar?

— Por enquanto não. Ele anda ocupado.

— Ele é daqui?

— Não é da sua conta.

— Quem é ele?

— Também não é da sua conta.

— Tá bom — ele falou, recolhendo o lixo e jogando na lixeira da cozinha. Ele pegou meu prato, depois o dele e passou água neles na pia.
— Você tem um namorado imaginário. Eu entendo.

Abri a boca para argumentar, mas ele apontou para a lava-louças.

— Estão sujos?

Assenti.

— Você vai trabalhar hoje à noite? — ele perguntou enquanto colocava os pratos na máquina e procurava o detergente. Quando encontrou, colocou um pouco no recipiente apropriado e fechou a máquina, apertando o botão que dava início à lavagem. O ambiente foi preenchido por um baixo e calmo ronronar.

— Não, estou de folga no fim de semana.

— Legal, eu também. Passo pra te pegar mais tarde.

— O quê? Não, eu...

— Te vejo às sete! — A porta se fechou, e o apartamento mais uma vez ficou em silêncio.

O que foi que acabou de acontecer? Corri para o meu quarto e peguei o celular.

> Não vou a lugar nenhum c/ vc. Já disse q tenho namorado.

> Blz.

Meu queixo caiu. Ele realmente não ia aceitar não como resposta. O que eu ia fazer? Deixar o cara plantado na minha porta, batendo até desistir? Isso seria grosseiro. Mas ele também era! Eu disse não!

Não havia motivo para eu ficar irritada. Raegan provavelmente estaria em casa com Kody, e ela poderia dizer a ele que eu havia saído. Com outra pessoa. Isso explicaria por que meu carro ainda estaria na vaga.

Eu era muito esperta. Esperta o suficiente para ter mantido distância de Trenton por tantos anos. Eu tinha visto o cara paquerar, seduzir e desaparecer desde que éramos crianças. Não havia absolutamente nenhum truque que Trenton Maddox pudesse usar para o qual eu não estivesse preparada.

3

Às sete da noite, eu estava curvada, secando o cabelo com o secador. O vapor que tomava conta do nosso banheiro minúsculo tinha embaçado o espelho, então não fazia sentido eu tentar ver meu reflexo. A toalha fina e surrada enrolada no meu peito mal cobria tudo. Precisávamos de toalhas novas. Precisávamos de tudo novo.

Raegan só chegou em casa depois das seis, então tive de correr para lhe explicar meu plano, para ela saber exatamente como despachar o Trenton. Às 7h05 da noite, vesti meu moletom preferido da faculdade e a calça cinza que fazia conjunto. Às 7h10, usando calça de ioga azul-marinho e camiseta floral, Raegan se esparramou no sofá com um balde de pipoca, afundando nas almofadas azuis.

— Acho que você conseguiu fazer o cara desistir.

— Ótimo — falei, sentando num braço do sofá quase sem estofamento.

— Você diz que é ótimo, mas tem uma pontinha de decepção no seu rosto.

— Você é uma mentirosa ridícula — falei, pegando um punhado de pipoca e enfiando na boca.

Eu estava começando a relaxar com a voz desagradável do *Family Guy* quando a campainha tocou. Raegan saiu tropeçando até a porta, derrubando pipoca por todo lado, e eu corri para o meu quarto. Minha amiga abriu o trinco e girou a maçaneta, e então eu ouvi sua voz abafada. Depois de uma pausa curta, outra voz, muito mais profunda, ecoou pelo apartamento. A de Trenton.

Após uma rápida conversa, a Raegan me chamou. Fiquei tensa, sem saber o que fazer. Ela estava tentando provar para ele que eu não estava em casa? A porta do meu quarto se abriu. Instintivamente, dei um pulo para trás antes que a madeira batesse na minha cara.

Raegan apareceu diante de mim, com a testa franzida.

— Ele joga sujo.

Balancei a cabeça, sem saber se eu devia falar.

Ela inclinou a cabeça para o lado, fazendo um gesto na direção da porta da frente.

— Vá ver com seus próprios olhos.

Eu a contornei e segui pelo corredor até avistar Trenton de pé na sala, com um fofo casaco rosa em miniatura nas mãos e uma garotinha ao lado. Ela era linda. Seus enormes olhos verdes pareciam telescópios, desaparecendo atrás dos longos e escuros cílios toda vez que ela piscava. Os cabelos platinados desciam pelos ombros e pelas costas. Ela estava apertando e puxando fios do suéter verde-claro, mas não tirava os olhos curiosos de mim.

Trenton fez um sinal com a cabeça para a pessoinha perfeita ao lado.

— Essa é a Olive. Os pais dela compraram a casa ao lado da do meu pai dois anos atrás. Ela é minha amiga.

Olive virou para se agarrar casualmente à perna de Trenton. Ela não parecia assustada nem intimidada, apenas confortável o bastante para se agarrar a ele.

— Oi, Olive — eu falei. — Quantos anos você tem? — Essa não era uma pergunta normal para se fazer a uma criança? Eu não tinha certeza.

— Tenho xinco — ela respondeu com confiança. Sua voz doce e corajosa provavelmente era a coisa mais adorável que eu já tinha ouvido. Ela levantou a mão, com os dedinhos gorduchos se espalhando o máximo possível, a palma voltada para frente. Quando ela teve certeza de que eu tinha entendido, a mão voltou para a calça jeans de Trenton. — O Tenton disse que vai me levá no Chicken Joe's, mas a gente não pode ir até você ficá ponta. — Ela piscou, mas não sorriu. Estava séria e me responsabilizando de verdade por cada segundo a mais que precisaria esperar.

Olhei furiosa para ele.

— Ah, é mesmo?

Trenton simplesmente deu de ombros e sorriu.

— Você tá pronta?

Olhei para o meu conjunto de moletom.

— É óbvio que não, mas acho que eu não devia fazer a Olive esperar.

— Não. Não devia — Trenton disse. Ele nem fingiu estar com vergonha. Canalha.

Tentando não rosnar, xingar nem fazer qualquer coisa que pudesse assustar a garotinha, voltei para o meu quarto. Troquei a blusa de moletom por uma jaqueta ferrugem e a calça de moletom por um jeans gasto. Enquanto calçava as botas, Raegan abriu a porta do quarto e a fechou atrás de si.

— A Olive quer que eu peça pra você se apressar — ela disse, tentando não rir.

— Fica quieta — falei, me levantando. Passei maquiagem, ajeitei os cílios com rímel, finalizei com um gloss clarinho e saí para a sala, onde Trenton e Olive ainda estavam de pé. — Estou pronta. — Sorri. Para a Olive. Definitivamente nada de sorrisos para o Trenton.

Ela olhou para ele.

— A gente pode ir no Chicken Joe's agola?

— Primeiro, vamos vestir o seu casaco.

Olive obedeceu e limpou o nariz com a parte de trás da mão.

— Agola?

— Sim, senhora — ele concordou, abrindo a porta.

O sorriso da Olive se estendeu de orelha a orelha quando a porta por fim se abriu, e a expressão do Trenton se iluminou, claramente satisfeito por ter deixado a garotinha feliz.

Passei por ele sem dizer uma única palavra e, enquanto eu seguia até o estacionamento, os dedinhos de Olive alcançaram a minha mão. Sua pele era tão quentinha e macia como parecia.

Trenton abriu a porta do passageiro de seu Dodge Intrepid destruído. A tinta vermelha estava desbotada em alguns pontos e sumira em outros.

Ele puxou o banco para frente, ajudando Olive a se ajeitar no banco traseiro, então a colocou na cadeirinha rosa presa ao banco.

Pus a cabeça para dentro do veículo e dei uma fungada.

— Você não fuma aqui?

— Fumo, mas limpo o carro na noite anterior quando vou sair com a Olive, e não fumo até deixá-la em casa depois do passeio. O carro não fede. — Ele voltou o banco do carona para a posição original e estendeu a mão, fazendo um gesto para eu entrar.

— Você vai me pagar caro por isso — sussurrei enquanto passava por ele para sentar.

Ele sorriu.

— Estou ansioso. — Trenton fechou a porta, correu pela frente do carro e pulou no banco do motorista. Ele puxou o cinto de segurança e o prendeu. Em seguida, ficou me olhando em expectativa.

— Cinto ou muta — disse Olive do banco de trás.

— Ah. — Eu virei para puxar o cinto de segurança e repeti o que Trenton acabara de fazer. Quando ouviu o clique, ele deu partida no carro.

Atravessamos a cidade até o Chicken Joe's praticamente em silêncio, exceto quando Olive perguntava se estávamos chegando. Em quase todos os semáforos, ela queria saber quantos quarteirões faltavam para chegarmos ao nosso destino. Trenton respondia pacientemente, e, quando estávamos a um quarteirão, os dois fizeram uma pequena comemoração com as mãos.

Ele parou numa vaga do Chicken Joe's, desligou o carro, veio até o meu lado e abriu a porta. Estendeu a mão e me ajudou a sair, depois empurrou o banco para frente, tirou Olive da cadeirinha e a colocou no chão.

— Você touxi moedinha? — ela perguntou.

Trent soltou uma risada, fingindo se sentir insultado.

— E é certo ir ao Chicken Joe's sem moedas?

— Eu acho que não — Olive respondeu, sacudindo a cabeça.

Trenton estendeu o braço, e ela pegou sua mão, estendendo a outra para mim. Peguei a mão da garotinha e entramos.

O Chicken Joe's existia em Eakins desde que nasci. Meus pais nos levaram lá uma ou duas vezes quando éramos crianças, mas eu não voltava naquele lugar desde a década de 90. O cheiro de gordura e temperos ainda era pesado e saturava tudo, cobrindo inclusive o piso de cerâmica verde com uma fina camada.

Olive e eu seguimos Trenton até uma mesa no lado oposto do restaurante. Crianças corriam por todos os lados e praticamente subiam pelas paredes. As luzes multicoloridas da jukebox gigantesca e dos jogos eletrônicos pareciam intensificar a gritaria e a risada.

Trenton enfiou a mão nos bolsos da calça jeans e pegou dois punhados de moedas. Olive deu um suspiro entusiasmado, agarrou todas que conseguiu com o punho gorducho e saiu correndo.

— Você nem se sente mal por explorar essa pobre garotinha, né? — perguntei, cruzando os braços sobre a mesa.

Trenton deu de ombros.

— Eu queria jantar com você. Ela queria brincar. Os pais dela queriam sair. Todo mundo saiu ganhando.

— Negativo. Eu obviamente não me encaixo na categoria dos vencedores, uma vez que fui coagida a vir até aqui.

— Não é culpa minha estar um passo à sua frente.

— Explorar uma criança não é um bom primeiro encontro. Não é exatamente uma lembrança que você queira compartilhar no futuro.

— Quem disse que é um encontro? Quer dizer... se quiser chamar de encontro, tudo bem, mas eu achei que você tinha namorado.

Eu quase engasguei com minha própria saliva, mas era melhor isso do que ficar vermelha.

— Me perdoa por achar que você não coagia qualquer uma.

— Não coajo. Este com certeza é um caso especial.

— Você é um caso especial — resmunguei, procurando Olive em meio às dezenas de rostinhos. Ela estava tentando esticar os braços curtos sobre a máquina de pinball, depois decidiu se inclinar de um lado para o outro.

— Suponho que você ainda tenha namorado — disse Trenton.

— Não que seja da sua conta, mas sim.

— Então definitivamente não é um encontro. Porque, se fosse, você estaria... bom, nem vou falar.

Estreitei os olhos para ele.

— Vou esticar o braço por cima da mesa e te dar um tapa.

Ele deu uma risadinha.

— Não vai, não. Você quer que toda a próxima geração de Eakins, em Illinois, pense que você é uma ogra?

— Não dou a mínima.

— Dá sim.

A garçonete veio mancando até a gente, se inclinando por causa da barriga prestes a explodir. Ela parecia estar com uns sete meses de gravidez; a camisa polo verde estava esticada e mal cobria a protuberância. Ela trouxe uma bebida pequena com tampa e canudo e um copo vermelho maior cheio de algo marrom e gasoso.

— Oi, Trent.

— Oi, Cindy. Você devia estar em casa com os pés pra cima.

Ela sorriu.

— Você sempre diz isso. O que a sua amiga vai querer?

Olhei para Cindy.

— Uma água, por favor.

— Pode deixar. — Ela olhou para Trenton. — A Olive vai querer o de sempre?

Ele assentiu.

— Mas acho que a Cami vai precisar do cardápio.

— Já volto — disse ela.

Trenton se inclinou para frente.

— Você devia provar o prato triplo com batata-doce frita e salada de repolho. Porque... caramba.

Um homem atrás de mim gritou:

— Christopher! Eu disse pra você colocar seu traseiro aqui nessa cadeira!

Trenton se inclinou para olhar para além de mim e franziu a testa. Um garotinho de uns oito anos disparou até ali, mais perto de mim que do pai, e esperou.

— Senta! — o pai rosnou. O garoto obedeceu e se virou para olhar as outras crianças brincando.

Trenton tentou ignorar a cena atrás de mim e se apoiou na mesa.

— Você ainda gosta de trabalhar no Red?

Fiz que sim com a cabeça.

— Em termos de emprego, não é ruim. O Hank é legal.

— Por que você não vai trabalhar nesse fim de semana?

— Tirei folga.

— Fica quieto aí! — soltou o pai atrás de mim.

Depois de uma pausa, Trenton continuou:

— Se você não estivesse satisfeita no bar, eu ia te dizer que tem uma vaga de recepcionista no estúdio.

— Que estúdio?

— O meu. Bom, o estúdio onde eu trabalho.

— O Skin Deep está contratando? Achei que o Cal simplesmente mandava qualquer um que não estivesse ocupado atender o telefone.

— Ele disse que a 34th Street Ink tem uma gostosa na recepção, então acha que a gente precisa de uma também.

— Uma gostosa. — Não esbocei nenhuma reação.

— Palavra dele, não minha — Trenton disse, procurando Olive na multidão. Ele não procurou por muito tempo. Sabia onde ela estava.

— Ela gosta de pinball, hein?

— Adora. — Ele sorriu para ela como um pai orgulhoso.

— Que merda, Chris! Qual é o seu problema? — o pai atrás de mim gritou e se levantou. Eu me virei e vi seu copo derramado e um garotinho muito nervoso olhando para as pernas molhadas do pai. — Por que é que eu invento de te trazer pra lugares assim? — o homem berrou.

— Eu estava pensando a mesma coisa — Trenton emendou.

O pai virou, com duas linhas profundas no meio da testa.

— Quer dizer, parece que você não quer o seu filho correndo, brincando ou se divertindo. Por que é que você traz o menino aqui, se quer que ele fique sentado quieto?

— Ninguém te perguntou nada, babaca — o homem falou e virou de costas.

— Não, mas se você continuar falando com o seu filho desse jeito, eu vou pedir pra você sair.

O homem nos encarou mais uma vez e começou a falar, mas algo nos olhos de Trenton o fez pensar duas vezes.

— Ele é hiperativo.

Trenton deu de ombros.

— Cara, eu entendo. Você tá aqui sozinho. Provavelmente depois de um dia longo.

As linhas sobre os olhos do homem se suavizaram.

— Foi mesmo um longo dia.

— Então deixa ele gastar um pouco de energia. O garoto vai estar esgotado quando chegar em casa. Não faz muito sentido trazer seu filho pra um lugar cheio de jogos eletrônicos e ficar irritado quando ele quer jogar.

O rosto do homem foi obscurecido pela vergonha. Ele assentiu algumas vezes, depois virou, fazendo um sinal para o garotinho.

— Desculpa, amigão. Vai brincar.

Os olhos do menino se iluminaram, e ele saiu da mesa num pulo, se misturando à multidão de crianças felizes que não paravam quietas. Depois de alguns instantes constrangedores de silêncio, Trenton puxou conversa com o homem, e eles começaram a papear sobre trabalho, sobre Christopher e Olive. Em um certo momento, descobrimos que o nome do cara era Randall e que era pai solteiro havia pouco tempo. A mãe de Chris era viciada em drogas e morava com o namorado na cidade vizinha, e o menino estava tendo dificuldade para se adaptar à nova situação. Randall admitiu que ele também. Quando chegou a hora de irem embora, Randall estendeu a mão para Trenton. Christopher observou sorrindo os dois homens e pegou a mão do pai. Eles partiram, ambos com um sorriso no rosto.

Quando as moedas de Olive acabaram, ela se sentou à mesa, com os pedaços dourados de frango diante de si. Trenton colocou um pouco de gel antisséptico nas mãos dela, que as esfregou e então devorou tudo que estava no prato. Nós pedimos a versão adulta do mesmo prato de Olive, e todos terminamos nossa refeição mais ou menos ao mesmo tempo.

— Totinha? — Olive perguntou, limpando a boca com a parte de trás da mão.

— Não sei — Trenton respondeu. — Sua mãe ficou bem zangada comigo na última vez.

Eu gostava do jeito como ele falava com ela. Não era condescendente. Ele falava com Olive do mesmo jeito que falava comigo, e ela parecia gostar disso.

— O que acha, Cami? Você gosta de pecã?

Olive voltou os olhos suplicantes para mim.

— Gosto.

Os olhos de esmeralda da garotinha se iluminaram.

— A gente pode dividí?

Dei de ombros.

— Acho que como um terço de uma torta. Quer dividir também, Trenton?

Ele olhou para Cindy e ergueu o dedo indicador. Ela assentiu, sabendo exatamente o que ele queria. Olive bateu palmas quando Cindy trouxe o prato em uma das mãos e três garfos na outra. A fatia era quase do tamanho de um terço da torta, com uma enorme quantidade de creme chantili.

— Bom apetite — disse Cindy, parecendo cansada, mas simpática.

Nós partimos para o ataque, nos deliciando quando o primeiro pedaço da maravilha açucarada chegou à nossa boca. Em poucos minutos, o prato estava vazio.

Cindy trouxe a conta, e eu tentei pagar metade, mas o Trenton não quis nem saber.

— Se você pagar, vai ser um encontro — falei.

— Você paga o almoço da Raegan de vez em quando?

— Sim, mas...

— E chama de encontro?

— Não, mas...

— Shhh — ele falou, erguendo Olive nos braços. — Este é o momento em que você agradece. — Ele colocou duas notas sobre a mesa e guardou a carteira no bolso traseiro.

— Obigada — Olive disse, apoiando a cabeça no ombro de Trenton.

— Por nada, Oó. — Ele abaixou o braço e pegou as chaves de cima da mesa.

— Oó? — perguntei.

Olive me olhou, agora com duas piscinas sonolentas. Não insisti no assunto.

A viagem de volta até o meu apartamento foi quieta, sobretudo porque Olive havia adormecido na cadeirinha. Sua bochechinha estava amassada contra o estofado ao lado de seu rosto. Ela parecia tão tranquila, tão alegremente perdida em sonhos.

— Os pais dela simplesmente deixam o vizinho cheio de tatuagens tomar conta da filha de cinco anos?

— Não. Isso é novidade. Começamos a frequentar o Chicken Joe's este ano, nas minhas folgas. No começo, cuidei da Olive para o Shane e a Liza algumas vezes por mais ou menos meia hora, depois fomos promovidos ao Chicken Joe's.

— Estranho.

— Sou o Tenton dela há muito tempo.

— E ela é sua Oó?

— É.

— E o que isso significa?

— São as iniciais dela. Olive Ollivier. Juntando dá Oó.

Assenti.

— Faz sentido. Ela vai te odiar por isso daqui a seis anos.

Trenton olhou pelo retrovisor, depois de novo para a rua.

— Vai nada.

Os faróis do carro iluminaram a porta da frente do meu apartamento, e Trenton finalmente pareceu envergonhado.

— Eu te levaria até a porta, mas não quero deixar a Olive no carro.

Eu fiz um sinal para ele.

— Eu sei ir até a porta sozinha.

— Talvez a gente possa te sequestrar de novo.

— Eu trabalho aos sábados. Hoje foi um acidente bizarro.

— Podemos mudar para domingos no Chicken Joe's.

— Eu trabalho aos domingos.

— Eu também. Mas não antes da uma, e você só entra mais tarde também, certo? A gente podia almoçar. Um almoço cedo.

Contorci a boca.

— Não é uma boa ideia, Trent. Mas obrigada.

— O Chicken Joe's sempre é uma boa ideia.

Dei uma risadinha e olhei para baixo.

— Obrigada pelo jantar.

— Você me deve uma — Trenton disse, me olhando enquanto eu saía do carro.

Eu me abaixei.

— Você me sequestrou, lembra?

— E faria isso de novo — ele disse enquanto eu fechava a porta.

Segui até o prédio, e o Trenton me esperou entrar para engatar a marcha à ré.

Raegan estava de joelhos no sofá, agarrando o encosto.

— E aí?

Olhei ao redor e joguei a bolsa no sofá de dois lugares.

— E aí... acho que esse foi o melhor encontro sem ser encontro que eu já tive.

— Sério? Melhor do que quando você conheceu o T.J.?

Franzi a testa.

— Não sei. Aquela noite foi muito boa. Mas hoje foi... diferente.

— Diferente no bom sentido?

— Foi meio que perfeito.

Raegan ergueu uma sobrancelha e abaixou o queixo.

— Isso pode ficar complicado. Você devia contar pra ele.

— Não seja idiota. Você sabe que eu não posso — falei, seguindo para o quarto.

Meu celular tocou uma vez e mais uma. Caí na cama e olhei para a tela. Era o T.J.

— Alô? — falei, com o telefone junto ao ouvido.

— Me desculpa pela demora em ligar... A gente acabou de... Tá tudo bem? — ele perguntou.

— Tá. Por quê?

— Achei que tinha alguma coisa na sua voz quando você atendeu.

— Você tá ouvindo coisas — falei, tentando não pensar em como Trenton ficava uma graça com a Olive sonolenta no colo.

4

Passei a maior parte da manhã de domingo na cama. Por volta das dez e meia, minha mãe me mandou uma mensagem perguntando se eu apareceria para o almoço. Respondi que, por causa do cancelamento da viagem, Hank aproveitara para convocar uma reunião com os funcionários. Isso era parcialmente verdade. Os funcionários se encontravam no Red todo domingo à tarde, e depois voltávamos para casa para nos preparar para o turno da noite.

Minha mãe não hesitou em me mandar outra mensagem com a intenção de me deixar culpada.

— Vou de carona com o Kody! — Raegan gritou do quarto dela.

— Tá! — gritei de volta da cama.

A conversa ao telefone com T.J. só acabou de madrugada. Discutimos partes vagas do projeto que ele podia revelar, depois conversamos sobre Trenton e Olive. T.J. não pareceu ter sentido nem um pouco de ciúme, o que me deixou meio puta da vida. E então eu me senti culpada porque me dei conta de que estava tentando deixá-lo com ciúme e passei o resto da conversa sendo superfofa com ele.

Depois de um longo monólogo interior, saí das cobertas e segui até o banheiro. Raegan já havia passado por ali. O espelho ainda estava embaçado, e as paredes suadas por causa do vapor.

Abri o chuveiro e, enquanto a água esquentava, peguei duas toalhas e tirei a camiseta surrada dos Bulldogs, jogando-a no chão. O tecido estava tão fino que era transparente em alguns pontos. Era uma peça do T.J., uma camiseta cinza mescla com letras azul-marinho. Eu a usei na noite anterior ao retorno dele para a Califórnia — a primeira noite em que transamos —, e ele não a pediu de volta. Aquela roupa representava uma época em que as coisas entre nós estavam perfeitas, por isso tinha um significado especial.

Ao meio-dia, eu já tinha me trocado, entrado no Smurf com pouca maquiagem e o cabelo molhado, dirigido até a rede de fast-food mais próxima para comprar itens do cardápio com desconto, procurado dois dólares e setenta centavos em moedas para pagar o almoço e seguido até o Red Door. A área de entrada estava vazia, mas soava música nos alto-falantes. Rock clássico. Isso significava que o Hank já estava lá.

Quando sentei no bar leste, Hank se aproximou pelo lado contrário e sorriu. Ele estava usando camisa social, calça e cinto, tudo preto. Era comum para ele no horário de trabalho, mas normalmente Hank se arrumava menos aos domingos.

Sentei com as pernas abertas em um banquinho alto e apoiei o queixo no punho.

— Ei, Hank. Você tá bonito.

— Oi, gata — ele respondeu com uma piscadela. — Não vou pra casa antes de abrir hoje. Burocracia e todas essas coisas divertidas. Curtiu o fim de semana de folga?

— Sim, na medida do possível.

— A Jorie disse que Trenton Maddox estava na sua mesa na noite de sexta. E eu perdi isso.

— Estou surpresa. Normalmente você vigia os irmãos Maddox como um falcão.

Hank fez uma careta.

— Eu preciso fazer isso. Eles estão sempre começando ou terminando uma briga.

— É, eles quase terminaram em uma com o idiota do Coby. Mesmo quando eu disse quem eles eram, meu irmão não recuou.

— Parece justo.

— Eu já tô precisando de uma bebida! — Jorie gritou do outro lado do salão. Ela estava entrando com Blia. As duas puxaram os bancos ao meu lado e colocaram as bolsas no bar.

48

— Noite difícil? — Hank perguntou com um sorriso.

Jorie ergueu uma sobrancelha. Se é que é possível mascar chiclete de um jeito sedutor, ela estava fazendo isso.

— Adivinha.

— Eu diria que você teve uma noite excelente — falou Hank, com um sorriso convencido.

— Eca — falei, e meu rosto todo se contorceu. O cabelo de Hank, escuro e cacheado, os olhos azul-claros, a barba por fazer e a pele bronzeada o tornavam atraente para quase todas as mulheres entre quinze e oitenta anos, mas Hank era doze anos mais velho que a gente, e eu tinha testemunhado tantas bobagens dele que para mim ele era mais como um tio bonito, porém mal-humorado. A única coisa que eu queria imaginá-lo fazendo era mexendo com a papelada e contando o dinheiro no fim da noite. — Ninguém precisa ouvir isso.

Hank era responsável pelo fim de pelo menos uma dúzia de casamentos na nossa pequena cidade e era conhecido por se interessar por mulheres que tinham acabado de se tornar maiores de idade apenas por tempo suficiente para enfiar sua vara. Mas, quando Jorie começou a trabalhar no Red no ano passado, ele ficou completamente obcecado. Jorie, uma filha de militares que passara por nove cidades e não se impressionava com quase nada, definitivamente não ia ceder ao charme de Hank. Ela só lhe deu alguma atenção quando ele mudou radicalmente de comportamento e reputação. Os dois tiveram alguns contratempos, mas eram bons um para o outro.

Jorie me deu uma cotovelada e lançou um olhar divertido para o Hank.

Tuffy entrou, parecendo cansado e deprimido como sempre. Ele fora segurança no Red até ser demitido. Mas Hank tinha um fraco por ele e o recontratou seis meses depois como DJ. Após seu terceiro divórcio e a terceira crise de depressão, Tuffy faltou muito ao trabalho e foi demitido mais uma vez. Agora, com a quarta esposa e tendo a quarta chance no Red, ele fora rebaixado a ficar na entrada e verificar identidades pela metade do salário.

Apenas alguns segundos depois, Rafe Montez apareceu atrás dele. Rafe assumira o lugar de Tuffy como DJ, e, sinceramente, era melhor. Ele era um cara quieto e ficava na dele, e, apesar de trabalhar no Red havia mais ou menos um ano, eu não sabia muito de sua vida, exceto que ele nunca perdia uma noite de trabalho.

— Puta que pariu, Cami! A Debra Tillman contou pra minha mãe que você foi ao Chicken Joe's com o Trenton Maddox! — Blia falou.

Os cachos descoloridos de Jorie pularam de um ombro para o outro quando ela virou para me olhar.

— Sério?

— Fui coagida. Ele apareceu no meu apartamento com uma garotinha e disse que ela só poderia ir ao Chicken Joe's quando eu estivesse pronta.

— Isso é meio fofo. — Blia afastou os longos cabelos pretos do ombro e sorriu, o que fez seus lindos olhos amendoados se transformarem em fendas estreitas. Ela mal tinha um metro e sessenta e sempre usava saltos altíssimos para compensar o fato de ser verticalmente prejudicada. Hoje ela estava com uma plataforma de vários centímetros, jeans branco e justo e uma blusa floral amarrada na altura da barriga e caída em um dos ombros. Com seu sorriso de miss e a pele perfeita cor de açafrão, eu sempre achava que o destino dela era ser famosa, e não perder tempo no quiosque de cerveja da entrada, mas ela não parecia interessada nisso.

Jorie franziu o cenho.

— O T.J. sabe?

— Sim.

— Isso não é... esquisito? — ela perguntou.

Dei de ombros.

— Ele não pareceu chateado.

Hank olhou para além de mim e sorriu, e eu me virei e vi Raegan e Kody entrando. Ela estava andando rápido, procurando algo na bolsa, e ele alguns passos atrás, tentando acompanhá-la.

Raegan sentou em um banquinho, e Kody ficou de pé ao lado dela.

— Não consigo encontrar minhas malditas chaves. Já procurei em toda parte.

Eu me inclinei para frente.

— Sério? — As chaves do nosso apartamento estavam naquele chaveiro.

50

— Eu vou encontrar — Raegan garantiu. Ela perdia as chaves pelo menos duas vezes por mês, então eu não ia me estressar muito com isso, mas sempre me perguntava se na próxima vez teríamos de pagar para trocar o segredo da fechadura.

— Vou colar essa merda na sua mão, Ray — falei.

Kody apertou o ombro de Raegan de um jeito delicado e reconfortante.

— Ela estava com as chaves ontem à noite. Ou estão na minha caminhonete ou no apartamento. A gente vai procurar de novo mais tarde.

A porta lateral se fechou, e todos olhamos para a porta no fim do corredor para ver o último de nós, Chase Gruber, passar com sua roupa de sempre pela entrada de funcionários. O estudante do penúltimo ano, de quase dois metros de altura, usava shorts o ano todo. No inverno, ele usava um moletom dos Bulldogs da Eastern por cima de uma camiseta qualquer, mas o cabelo curto cacheado estava sempre coberto por um capacete ou por seu boné vermelho de beisebol favorito. Os cadarços estavam desamarrados, e ele parecia ter acabado de sair da cama.

O rosto de Blia se iluminou.

— Maravilha, é o Gruber!

Ele não sorriu nem tirou os óculos escuros.

— Dia difícil, Booby? — Kody perguntou com um sorrisinho.

Todos os caras do futebol americano se chamavam pelo sobrenome. Para ser sincera, eu não estava convencida de que eles sabiam o primeiro nome uns dos outros. Gruber foi rapidamente apelidado de Gruby nos treinos e, um tempo depois de ter começado a trabalhar no Red, Kody começou a chamá-lo de Booby. Tinha sido engraçado no ano anterior, mas o nome perdera o brilho, para Gruber e para todo mundo, exceto para Kody.

Gruber sentou no banco vazio ao lado de Blia, com os cotovelos sobre o bar e os dedos entrelaçados.

— Vai se foder, Kody. O treinador acabou com a gente hoje porque perdemos ontem à noite.

— Então não percam — disse Tuffy.

Kody deu uma risadinha.

— Chupa meu pau, seu arregão.

Kody riu e balançou a cabeça. Era verdade. Kody tinha abandonado o time de futebol americano antes do início da temporada, mas isso aconteceu porque ele destruiu o joelho no fim do último jogo em seu segundo ano na faculdade. Ele sofreu múltiplas rupturas no ligamento, um deles estava triturado, e a rótula foi deslocada. Eu nem sabia que isso podia acontecer, mas o cirurgião ortopédico falou que ele nunca mais poderia jogar. Raegan disse que ele não tocava no assunto, mas parecia lidar bem com isso. Quando era calouro, Kody ajudou nossa pequena universidade a ganhar o campeonato nacional. Sem ele, o time estava sofrendo.

A porta se fechou outra vez, e todos nós congelamos. Era cedo demais para clientes, e, a menos que alguém tivesse seguido Gruber, só os funcionários sabiam como entrar pela porta lateral. Todos nós suspiramos quando T.J. apareceu. Ele estava segurando um molho de chaves reluzentes.

— Fui até o apartamento. Isso aqui estava na escada.

Dei um pulo do meu banquinho e caminhei rápido até ele. T.J. me pegou nos braços e me apertou com força.

— O que você está fazendo aqui? — sussurrei.

— Eu me senti péssimo.

— Isso é meigo, mas o que você está fazendo aqui de verdade?

T.J. suspirou.

— Trabalho.

— Aqui? — perguntei, me afastando para ver seu rosto. Ele estava falando a verdade, mas eu sabia que não ia me contar mais nada.

T.J. sorriu, depois beijou o canto da minha boca. Ele jogou as chaves para Kody, que as pegou sem esforço.

Raegan deu risada.

— Na escada? Será que caíram da minha mão ou alguma coisa assim? — perguntou ela, sem acreditar.

Kody deu de ombros.

— Não dá pra saber, mulher.

T.J. se inclinou para sussurrar em meu ouvido:

— Não posso ficar. Meu avião parte em uma hora.

Não consegui disfarçar a decepção, mas assenti. Não fazia sentido protestar.

— Você fez o que precisava fazer?

— Acho que sim. — Ele pegou a minha mão e fez um sinal com a cabeça para o resto da equipe. — Ela já volta.

Todo mundo acenou, e ele me conduziu porta afora até o estacionamento. Um Audi preto reluzente, alugado, estava estacionado logo na saída. O motor ainda estava ligado.

— Uau, você não estava de brincadeira. Você vai embora agora mesmo. Ele suspirou.

— Eu fiquei me perguntando se seria pior ver você só por um segundo ou não te ver.

— Estou feliz por você ter vindo.

T.J. deslizou a mão pelos meus cabelos e pelo meu pescoço e me puxou para junto de si, me beijando com aqueles lábios que me deixaram apaixonada por ele. Sua língua encontrou o caminho para dentro da minha boca. Era quente, macia e vigorosa ao mesmo tempo. Minhas coxas involuntariamente enrijeceram. A mão de T.J. deslizou pelo meu braço e seguiu até meu quadril e minha coxa, que ele apertou forte o suficiente para me mostrar seu desespero.

— Eu também — ele disse, meio sem fôlego quando por fim se afastou. — Você não sabe como eu queria poder ficar.

Eu queria que ele ficasse, mas não ia pedir. Isso simplesmente dificultaria ainda mais as coisas para nós dois e poderia me fazer parecer patética.

T.J. entrou no carro e partiu, e eu voltei para o Red, me sentindo emocionalmente esgotada. O lábio inferior de Raegan estava ligeiramente projetado para frente, e Hank estava franzindo tanto o cenho que uma ruga profunda havia se formado entre as sobrancelhas.

— Se você quer minha opinião — disse ele, cruzando os braços —, o canalha voltou bem rápido pra casa pra mijar em você e marcar território.

Meu rosto demonstrou repulsa.

— Que nojo.

Gruber assentiu.

— Se o Trent está te cercando, foi exatamente isso que aconteceu.

Balancei a cabeça enquanto sentava no banquinho.

— O T.J. não está se sentindo ameaçado pelo Trent. Ele mal falou no cara.

— Então ele sabe — comentou Gruber.

— Sabe, sim. Não tô tentando esconder.

— Você acha que ele veio pra falar com o Trent? — Kody perguntou.

Balancei a cabeça de novo, mordendo uma pele no canto da unha.

— Não. Ele não faz questão de anunciar o nosso relacionamento por aí, então definitivamente ele não ia abordar o Trent pra falar de mim.

Hank resmungou e se afastou, voltando rápido.

— Eu também não gosto disso. Ele devia estar gritando para o mundo que te ama, e não te escondendo como um segredo sujo!

— É difícil explicar, Hank. O T.J. é uma pessoa muito... discreta. Ele é um cara complicado — falei.

Blia apoiou o queixo na mão.

— Que merda, Cami. Sua situação toda é complicada.

— Nem me fale — comentei, pegando o celular, que estava vibrando. Era T.J. dizendo que já estava com saudades. Retribuí o sentimento e coloquei o celular sobre o balcão.

Pela primeira vez em meses, eu não precisava voltar ao bar depois da reunião de domingo, o que não era totalmente terrível, já que estava trovejando lá fora e a chuva batia nas janelas. Eu já tinha estudado o suficiente, todo o dever de casa estava pronto, e as roupas lavadas estavam dobradas e guardadas. Era estranho não ter nada para fazer.

Raegan estava trabalhando no bar leste com Jorie, e Kody estava tomando conta da entrada, então eu estava sozinha em casa e totalmente entediada. Vi um seriado de zumbis particularmente fascinante na tevê, depois apertei o botão desligar no controle remoto e fiquei sentada no mais completo silêncio.

Pensamentos sobre T.J. começaram a se insinuar em minha mente. Eu me perguntei se valia a pena jogar o meu coração na lama para manter algo que parecia tão fútil e o que significava ele ter vindo até aqui só para me ver por três minutos.

Meu celular vibrou. Era Trenton.

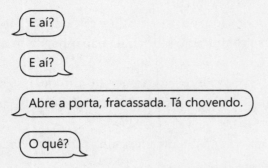

Ele bateu à porta, e eu dei um pulo, virando no sofá. Disparei até a porta e me inclinei.

— Quem é?

— Já disse quem é. Abre a porcaria da porta!

Soltei a corrente e destranquei a fechadura, então vi Trenton parado na porta, com o casaco ensopado e a chuva lhe caindo na cabeça e escorrendo pelo rosto.

— Posso entrar? — ele perguntou, tremendo.

— Meu Deus, Trent! — Eu o puxei para dentro.

Em seguida corri até o banheiro para pegar uma toalha que havia acabado de dobrar e voltei alguns segundos depois, jogando-a para Trenton. Ele tirou o casaco, depois a camiseta e secou o rosto e a cabeça com a toalha.

Trenton deu uma olhada para a calça jeans, que também estava ensopada.

— Pode ser que tenha uma calça de moletom do Kody no quarto da Ray, espera aí — falei, seguindo rapidamente pelo corredor até o quarto da minha amiga.

Voltei com uma camiseta e uma calça de moletom.

— O banheiro é ali — falei, apontando para o corredor.

— Beleza — disse ele, abrindo o cinto, o botão e o zíper da calça, em seguida chutando as botas antes de deixar o jeans cair no chão. Ele deu um passo para o lado e olhou para mim com seu sorriso mais encantador. — Você acha que o Kody vai se importar se eu ficar sem cueca por baixo da calça de moletom dele?

— Sim, e eu também — respondi.

Trenton fingiu estar decepcionado, mas vestiu a calça de moletom. Seu peito e seu abdome se contraíram, e eu tentei não olhar enquanto ele vestia a camiseta.

— Valeu — ele disse. — Passei no Red e tomei uns drinques depois do trabalho. A Raegan disse que você estaria aqui sozinha e entediada, então decidi dar uma passada.

— Não foi porque a chuva te daria uma desculpa pra ficar pelado?

— Não. Tá decepcionada?

— Nem um pouco.

Trenton não se intimidou. Em vez disso, pulou por cima do encosto do sofá e sentou nas almofadas.

— Vamos ver um filme! — Ele estendeu a mão para pegar o controle remoto.

— Eu meio que estava curtindo minha primeira noite sozinha.

Trenton se virou para mim.

— Quer que eu vá embora?

Pensei no assunto por um minuto. Eu devia ter dito que sim, mas seria mentira. Contornei o sofá e me sentei o mais perto possível do braço do estofado.

— Cadê a Olive?

— Com os pais, aposto.

— Gostei dela. Ela é uma graça.

— Ela é encantadora pra caralho. Vou ter que matar pelo menos um adolescente um dia desses.

— Ah, ela vai se arrepender de ter se tornado amiga de um Maddox. — Soltei uma risadinha.

Trenton apertou o botão ligar e digitou três números. O canal mudou, e um jogo de futebol americano da NFL apareceu.

— A gente pode assistir?

Dei de ombros.

— Eu curto os 49ers, mas eles estão jogando mal pra caralho este ano. — Olhei para Trenton quando percebi que ele estava me encarando. — Que foi?

— Eu só estava aqui pensando que agora seria uma ótima hora pra reconhecer que você é perfeita e que não seria ruim se você se apaixonasse perdidamente por mim em algum momento de um futuro breve.

— Eu tenho namorado — lembrei.

Ele fez um gesto me dispensando.

— Um peso morto.

— Não sei. Ele é um peso morto bem gostoso.

Trent zombou:

— Você me viu quase pelado, baby doll. Seu namorado a distância não chega nem perto disso.

Observei enquanto ele flexionava o braço. Não era tão largo quanto o de Kody, mas era impressionante.

— Tem razão. Ele não tem tantas tatuagens. Na verdade, não tem nenhuma.

Trenton revirou os olhos.

— Você namora um mauricinho? Nossa, que decepção!

— Ele não é um mauricinho. Ele é durão. Só que de um jeito diferente de você.

Um sorriso largo se espalhou por seu rosto.

— Você me acha durão?

Eu me esforcei para não sorrir, mas foi difícil. A expressão dele era contagiante.

— Todo mundo conhece a fama dos irmãos Maddox.

— Especialmente — disse Trenton, ficando de pé sobre as almofadas e colocando um pé ao meu lado e o outro encaixado entre mim e o braço do sofá — este irmão Maddox! — Ele começou a dar pulinhos e, ao mesmo tempo, flexionar os músculos em diferentes poses.

Eu ri e soquei a batata de suas pernas.

— Para com isso! — falei, me remexendo.

Trenton se curvou e segurou meus punhos, me fazendo socar a minha própria cara algumas vezes. Não doeu nada, mas, como irmã mais velha de três irmãos, isso evidentemente significava guerra.

Eu revidei, e Trenton agarrou minha camiseta, rolando para o chão e me levando com ele. Então ele começou a me fazer cócegas.

— Não! Para! — gritei, rindo. Enfiei os dedões sob as axilas dele e apertei, e Trenton imediatamente deu um pulo para trás. Essa manobra também funcionava com T.J.

T.J. Ai, meu Deus. Eu estava rolando no chão com Trenton. Isso não era legal... nem um pouco.

— Tá bom! — falei, levantando as mãos. — Você venceu.

Trenton congelou. Eu estava deitada de costas, e ele estava de joelhos em cima de mim.

— Venci?

— Sim. E você tem que sair de cima de mim. Isso não é certo.

Ele riu, se levantou e me puxou pela mão.

— Não estamos fazendo nada errado.

— É, é meio errado, sim. Se eu fosse sua namorada, você acharia certo isso aqui?

— Claro que sim. Eu ia esperar que essa merda acontecesse todas as noites.

— Não. Quero dizer com outra pessoa.

O rosto de Trenton cedeu.

— Com certeza não.

— Beleza. Vamos ver os 49ers serem humilhados, e depois você pode contar pra Raegan que cumpriu sua missão.

— Minha missão? A Raegan não me disse para vir aqui. Ela só falou que você estava sozinha e entediada.

— E não dá no mesmo?

— Claro que não, Cami. Os créditos são todos meus. Não preciso que ninguém me convença a ficar com você.

Eu sorri e aumentei o volume da tevê.

— Então, o Cal disse que vai mesmo precisar de alguém na recepção.

— Ah, é? — falei, com os olhos fixos na tevê. — Você vai se candidatar?

Trenton riu.

— Ele disse com estas palavras: "Uma gostosa, Trent. Alguém com belos peitos".

— O emprego dos sonhos de qualquer garota. Atender o telefone e entregar documentos enquanto recebe ordens de um babaca machista.

— Ele não é babaca. Machista sim, mas babaca não.

— Não, obrigada.

Nesse exato momento, meu telefone deu sinal. Enfiei a mão no espaço entre o braço e a almofada do sofá para pegá-lo. Era Coby.

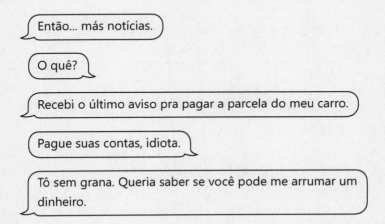

Então... más notícias.

O quê?

Recebi o último aviso pra pagar a parcela do meu carro.

Pague suas contas, idiota.

Tô sem grana. Queria saber se você pode me arrumar um dinheiro.

Meu sangue congelou. A última vez em que Coby não conseguira pagar as contas tinha sido porque estava torrando o salário todo com anabolizantes. Coby era o mais baixo dos meus irmãos, mas o mais forte também, além de o mais devagar. Ele era esquentadinho, mas o modo como se comportara no Red na sexta à noite deveria ter sido um de alerta.

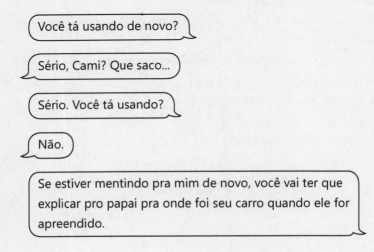

Você tá usando de novo?

Sério, Cami? Que saco...

Sério. Você tá usando?

Não.

Se estiver mentindo pra mim de novo, você vai ter que explicar pro papai pra onde foi seu carro quando ele for apreendido.

Ele levou vários minutos para responder.

Tá.

Minhas mãos começaram a tremer, mas dei um jeito de continuar digitando.

Você me prova que se inscreveu num programa de reabilitação. Eu pago a conta. Combinado?

Pode ser na semana que vem.

É pegar ou largar.

Vai se foder, Cami. Você é uma vaca hipócrita às vezes.

Talvez, mas não sou eu que vou ficar sem carro daqui a algumas semanas.

Blz. Combinado.

Respirei fundo e deixei o telefone cair no colo. Se eu quisesse ajudar Coby, precisaria de um segundo emprego.

Trenton me encarou com os olhos cheios de preocupação.

— Tá tudo bem?

Fiquei quieta por um longo instante, e então meus olhos lentamente encontraram os dele.

— O Cal está mesmo procurando uma recepcionista?

— Sim.

— Vou ligar pra ele amanhã.

5

— *Meu Deus, Calvin* — *disse Trenton. Ele estava observando o enor-*me mural chinês na parede, tentando não notar que Calvin não conseguia olhar para outra coisa além dos meus peitos. O boné vermelho de Trenton estava virado para trás, e as botas, desamarradas. Qualquer outra pessoa pareceria desleixada e idiota usando isso, mas, sabe-se lá como, o visual deixava Trenton ainda mais atraente. Parecia errado ficar reparando nele, mas eu não conseguia evitar.

Eu não tinha os peitos mais voluptuosos do mundo, mas minha magreza fazia meu tamanho 44 parecer maior do que era. Eu detestava admitir, mas meus peitos me ajudavam a descolar umas gorjetas a mais no Red, e agora podiam me ajudar a conseguir um segundo emprego. Era um círculo vicioso, não querer ser um objeto e usar os dons que Deus me deu para minha própria vantagem.

— Quando foi que você disse que pode começar? — Calvin perguntou distraidamente, ajeitando a foto de uma beldade morena na parede atrás do balcão. Praticamente o corpo todo da mulher era coberto de tatuagens, e a tinta e um sorriso eram as únicas coisas que ela usava enquanto deitava sobre outras mulheres nuas aparentemente adormecidas. A maior parte das paredes era coberta de desenhos ou fotografias de modelos tatuadas sobre carros potentes ou espalhadas do jeito que melhor exibisse a arte na pele delas. O balcão era uma bagunça de papéis, canetas, recibos e clipes, mas o restante do local parecia limpo, apesar de dar a impressão de que o Calvin comprara toda a decoração no leilão de um restaurante chinês falido.

— Agora mesmo. Posso trabalhar às segundas e terças a partir do meio-dia, mas, de quarta a sexta, só posso ficar até as sete. Aos sábados, tenho que sair às cinco. E não posso vir aos domingos.

— Por que não? — perguntou o Calvin.

— Tenho que estudar e fazer os deveres de casa em algum momento, e depois tenho reunião no Red, antes de trabalhar no bar.

Calvin olhou para Trenton em busca de aprovação. Trenton assentiu.

— Tudo bem, vou deixar o Trenton e a Hazel te explicarem como funcionam as ligações, o computador e a papelada. É bem simples. A maioria é atendimento ao cliente e limpeza — disse ele, saindo de trás do balcão. — Você tem tatuagem?

— Não — respondi. — Isso é uma exigência?

— Não, mas aposto que você vai fazer uma no primeiro mês — ele falou, atravessando o corredor.

— Duvido. — Passei por ele para ficar atrás do balcão.

Trenton veio até mim e apoiou os cotovelos na bancada.

— Bem-vinda ao Skin Deep.

— Essa fala é minha — provoquei. O telefone tocou, e eu atendi. — Skin Deep Tattoo.

— É... hum... que horas vocês fecham hoje? — Quem quer que fosse, parecia bêbado até a alma, e eram só três da tarde.

Olhei para a porta.

— Fechamos às onze, mas é melhor você ficar sóbrio antes. Não fazemos tatuagens em pessoas embriagadas.

Trenton fez uma careta. Eu não sabia se isso era uma regra ou não, mas deveria ser. Eu estava acostumada a lidar com bêbados, e provavelmente também veria alguns ali. De um jeito esquisito, eu me sentia mais à vontade com pessoas embriagadas. Meu pai abria uma cerveja Busch todo dia no café da manhã desde que eu me conhecia por gente. Eu estava acostumada à fala enrolada, ao desequilíbrio, aos comentários inadequados, às risadinhas e até mesmo à raiva. Trabalhar em um cubículo rodeada por um monte de idiotas estressados discutindo relatórios seria mais perturbador do que ouvir um homem abraçado a uma cerveja chorando pela ex-namorada.

62

— Então, se for uma ligação pessoal para qualquer um de nós, você pode transferir para os fundos assim — Trenton disse, apertando o botão para transferir e em seguida um dos cinco botões com números no topo. — 100 é o escritório do Cal. 101, a minha sala. 102 é a da Hazel. 103, do Bishop... Você vai conhecer o cara mais tarde. E se a ligação cair, tudo bem, eles ligam de novo. A lista tá colada embaixo da base do telefone — ele explicou, empurrando a base para o lado.

— Fantástico — falei.

— Sou a Hazel — disse uma mulher muito pequena do outro lado da sala. Ela veio na minha direção e estendeu a mão. A pele bronze-escura dos braços era coberta do punho ao ombro por dezenas de obras de arte coloridas. As orelhas brilhavam com metais que se estendiam por toda sua extensão, e uma pedra reluzia no lugar de uma marca de nascença. Seus cabelos eram castanho-escuros, mas o moicano era platinado. — Eu faço os piercings — ela explicou, com os lábios grossos formando elegantemente as palavras e um sotaque muito sutil. Para alguém tão pequeno, seu aperto de mão era forte; as unhas azul-turquesa reluzentes eram tão longas que me perguntei como ela conseguia fazer as coisas, sobretudo a complicada tarefa de furar pequenas áreas do corpo.

— Cami. E, faz uns dois minutos, sou a recepcionista.

— Legal — ela sorriu. — Se alguém me ligar, sempre pegue o nome e anote o recado. Se for a Alisha, manda ela ir chupar um pau.

Ela se afastou, e eu olhei para Trenton com as sobrancelhas bem erguidas.

— Então tá bom.

— Elas terminaram há poucos meses. Ela ainda está com raiva.

— Percebi.

— Então aqui estão os formulários — ele explicou, abrindo a última gaveta de um arquivo de metal. Ele me mostrou tudo sobre telefonemas e clientes, e, quando ficou ocupado, Hazel veio me ajudar. Calvin ficou em seu escritório a maior parte do tempo, e eu não me preocupei com isso.

Depois que terminou, Trenton conduziu a cliente até a saída e em seguida enfiou a cabeça para dentro da porta dupla de vidro.

— Você deve estar com fome. Quer que eu pegue alguma coisa pra você aqui ao lado?

Ao lado havia o restaurante Pei Wei's, e o aroma delicioso e saboroso de comida invadia o ambiente sempre que alguém abria as portas, mas eu estava em dois empregos para ajudar Coby a pagar suas contas. Comer fora era um luxo pelo qual eu não podia pagar.

— Não, obrigada — falei, sentindo o estômago roncar. — Tá quase na hora de fechar. Eu como um sanduíche em casa.

— Você não tá morrendo de fome? — perguntou Trenton.

— Não.

Ele assentiu.

— Bom, eu vou lá. Avisa o Cal que eu já volto.

— Tudo bem — falei, sentindo os ombros despencarem quando a porta se fechou.

Hazel estava na sala dela com um cliente, e eu fui até lá para vê-la empalar o septo do nariz do cara. Ele nem se abalou.

Eu fiquei horrorizada.

Hazel notou minha expressão e sorriu.

— Eu chamo esse de Touro. É bem popular, porque você pode enfiar o anel nas narinas e escondê-lo, assim.

Estremeci.

— Isso é... fantástico. O Trent foi jantar aqui ao lado. Ele já volta.

— Acho bom ele trazer alguma coisa pra mim — ela disse. — Tô com uma fome do caralho.

— Como cabe comida nesse corpo? — o cliente perguntou. — Se eu comer arroz, ganho cinco quilos. E vocês, chinesas, são tão pequenas. Não consigo entender.

— Sou filipina, seu retardado — disse ela, puxando a orelha dele com força. Ele uivou.

Pressionei os lábios e voltei para a recepção. Poucos minutos depois, Trenton entrou com duas sacolas plásticas grandes nas mãos. Ele as colocou sobre o balcão e começou a tirar os pratos.

Hazel apareceu ali com o cliente.

— Eu já passei as instruções de cicatrização, ele já pode ir — ela disse. Em seguida, deu uma olhada nas caixas finas sobre o balcão, e seus olhos se iluminaram. — Eu te amo, Trent. É sério, eu te amo pra caralho.

64

— Você tá me deixando vermelho — ele comentou com um sorriso. Eu vira o lado assustador de Trenton mais de uma vez, no ensino fundamental e médio e, mais recentemente, no Red. Agora ele estava com a cara mais satisfeita do mundo, contente por ter deixado a Hazel feliz.

— E isso é pra você — disse ele, pegando uma caixa.

— Mas...

— Eu sei. Você disse que não estava com fome. Só come para não me magoar.

Não argumentei. Tirei os talheres de plástico da embalagem e devorei tudo, sem me importar se estava parecendo um animal selvagem.

Calvin veio dos fundos, claramente guiado pelo cheiro.

— Jantar?

— Pra gente. Vá pegar o seu — disse Trenton, afastando-o com o garfo de plástico.

— Que merda — disse o Calvin. — Eu quase queria ter uma vagina pra também ganhar comida por aqui. — Trenton o ignorou. — O Bishop apareceu?

— Não — Hazel respondeu com a boca cheia.

Calvin balançou a cabeça e empurrou a porta dupla, provavelmente a caminho do Pei Wei's.

O telefone tocou, e eu atendi, ainda mastigando:

— Skin Deep Tattoo...

— Humm... a Hazel tá ocupada? — perguntou uma voz grave mas feminina, como a minha.

— Ela está com um cliente. Posso anotar seu nome?

— Não. Na verdade... humm... pode. Diz que é a Alisha.

— Alisha? — perguntei, olhando para Hazel. Ela começou a balbuciar todos os palavrões do mundo e a mostrar o dedo do meio das duas mãos para o telefone.

— É — disse ela, parecendo esperançosa.

— *Aquela* Alisha?

Ela deu uma risadinha.

— É, acho que sim. Ela vai atender?

— Não, mas ela deixou uma mensagem pra você. Vai chupar um pau, Alisha.

Trenton e Hazel congelaram, e o outro lado da linha ficou mudo por alguns segundos.

— Como é que é?

— Vai. Chupar. Um. Pau — repeti e desliguei o telefone.

Depois de alguns instantes de choque, Hazel e Trenton formaram um dueto de gargalhadas. Após um minuto tentando parar de rir e suspirando de cansaço entre uma risada e outra, os dois secaram os olhos. O rímel grosso de Hazel escorria pelo rosto.

Ela se aproximou para pegar um lenço de papel sobre o balcão, ao lado do computador. Secou o rosto e então me deu um tapinha no ombro.

— A gente vai se dar muito bem. — Ela apontou para trás conforme seguia de volta para sua sala. — Pega essa aí, Trent. Ela foi feita pra você.

— Ela tem namorado — Trenton gritou em resposta, olhando nos meus olhos e sorrindo.

Ficamos parados ali por alguns instantes, trocando sorrisinhos, e então eu ajeitei minha postura, procurando um relógio.

— Tenho que ir. Preciso ler um capítulo antes de dormir.

— Eu me ofereceria pra te ajudar, mas a faculdade não era bem a minha praia.

Coloquei o casaco vermelho sobre o ombro.

— Isso porque, quando estava lá, você só pensava em festas e garotas. Pode ser diferente agora. Você devia pensar em estudar.

— Não — disse ele, virando o boné para frente. Ele o ajustou algumas vezes enquanto remoía minha sugestão, como se nunca tivesse pensado no assunto até aquele instante.

Na mesma hora, três universitários entraram tropeçando, falando alto, sendo ofensivos e rindo. Mesmo que não estivessem bêbados, era fácil para nós, habitantes locais, notarmos que não eram dali. Os dois caras, provavelmente calouros, se aproximaram do balcão, e a garota, que usava um vestido cor-de-rosa e botas até as coxas, veio atrás. Trenton imediatamente a encarou, e a garota começou a alisar o cabelo.

— O Jeremy perdeu uma aposta — disse um deles. — Ele vai fazer uma tattoo do Justin Bieber.

Jeremy deixou a cabeça cair no balcão.

— Não acredito que vocês vão me obrigar a fazer isso.

— Já fechamos — falei.

— Temos dinheiro — o cara falou e abriu a carteira. — Tô preparado pra dar uma gorjeta absurda pra todo mundo aqui.

— Já fechamos — falei. — Sinto muito.

— Ela não quer o seu dinheiro, Clay — disse a garota com um sorriso falso.

— Ela quer o meu dinheiro. — Clay se inclinou mais para perto. — Você trabalha no Red, não trabalha?

Eu apenas o encarei.

— Trabalha em mais de um lugar... — ele disse, pensando.

Jeremy se encolheu.

— Vamos embora, Clay.

— Tenho uma proposta pra você ganhar uma graninha extra. Você vai ganhar numa noite o que provavelmente ganha num mês aqui.

— Tentador... mas não — falei, e, antes que eu pudesse terminar a frase, Trenton já tinha agarrado o colarinho do cara com as duas mãos.

— Ela parece uma prostituta pra você? — Trenton disparou. Eu já tinha visto essa expressão em seus olhos, pouco antes de ele dar uma surra em alguém.

— Ei! — falei, contornando rapidamente o balcão. Os olhos do cara estavam arregalados. Jeremy colocou a mão em Trenton, que olhou para a mão do cara.

— Você quer morrer hoje?

Jeremy balançou a cabeça rapidamente.

— Então não encosta a porra da mão em mim, cara.

Hazel veio correndo até a recepção, mas não parecia estar com medo. Ela só queria ver o show.

Trenton chutou a porta e lançou Clay para fora, fazendo-o cair de costas no chão. O cara se levantou tropeçando. A garota que estava com eles caminhou lentamente até o lado de fora, observando Trenton e retorcendo um dos longos cachos dourados.

— Não fique muito impressionada, Kylie. Ele é o psicopata que matou aquela garota uns dois anos atrás.

Trenton disparou até a porta, mas eu me coloquei entre ele e o vidro. Ele se deteve imediatamente, e Clay se apressou até sua caminhonete preta brilhante.

Enquanto os garotos saíam do estacionamento, continuei com uma das mãos no peito de Trenton. Ele ainda respirava com dificuldade e tremia de raiva. E poderia ter aberto um buraco na caminhonete enquanto ela se afastava.

Hazel girou nos calcanhares e voltou para sua sala sem dizer uma única palavra.

— Eu não a matei — ele sussurrou.

— Eu sei. — Dei uns tapinhas nele e em seguida tirei minhas chaves da bolsa. — Você tá bem?

— Tô. — Os olhos de Trenton estavam dispersos, e eu percebi que ele não estava bem. Eu sabia exatamente como era se perder em uma lembrança ruim, e, mesmo mais de um ano depois, a simples menção ao acidente fez Trenton descer ao fundo do poço.

— Tenho uma garrafa de Crown em casa e um resto de carne do almoço. Vamos beber até vomitar sanduíches de presunto.

Um dos cantos da boca de Trenton se curvou.

— Parece uma boa ideia.

— Não parece? Então vamos. Até amanhã, Hazel! — gritei.

Trenton me seguiu até meu apartamento, e eu fui direto até o armário de bebidas.

— Crown e Coca ou uísque puro? — gritei da cozinha.

— Só uísque — ele respondeu atrás de mim. Eu dei um pulo e então ri. — Meu Deus, que susto.

Trenton esboçou um leve sorriso.

— Desculpa.

Girei a garrafa no ar com a mão esquerda e a peguei com a direita, depois servi duas doses duplas.

O sorriso de Trenton se abriu um pouco mais.

— É muito legal ter uma bartender particular.

— Estou surpresa por ainda conseguir fazer isso. Estou de folga há muitos dias. Quando eu voltar na quarta-feira, provavelmente terei esquecido tudo. — Eu lhe entreguei um copo e propus um brinde: — Ao uísque.

— A foder com tudo — ele emendou, e seu sorriso desapareceu.

— A sobreviver — falei, pressionando o copo contra os lábios e jogando a cabeça para trás.

Trenton fez o mesmo. Eu peguei seu copo vazio e servi outra dose.

— Queremos ficar bêbados no nível dentes adormecidos ou no nível ajoelhar na privada?

— Vou saber quando chegar lá.

Entreguei o copo a ele, peguei a garrafa e conduzi Trenton ao sofá de dois lugares. Ergui meu copo.

— Aos segundos empregos.

— A passar mais tempo com gente legal.

— Aos irmãos que tornam a vida impossível.

— Vou beber por essa merda — disse Trenton, virando a dose. — Eu amo os meus irmãos. Faria qualquer coisa por eles, mas às vezes me sinto o único que se importa com meu pai, sabe?

— Às vezes eu me sinto a única que não dá a mínima pro meu. — Trenton levantou o olhar do copo vazio. — Ele é antigo. Não responda. Não dê sua opinião, a menos que seja igual à dele. Não chore enquanto ele bate na minha mãe. — Os olhos de Trenton se estreitaram. — Ele não faz mais isso. Mas costumava fazer. Isso fodia a nossa cabeça, sabe? O fato de ela ficar. De ainda conseguir amá-lo.

— Caramba. Isso é horrível.

— Os seus pais se amavam? — perguntei.

Um sorriso muito sutil apareceu nos lábios de Trenton.

— Loucamente.

Minha expressão refletiu a dele.

— Adoro isso.

— Então... e agora?

— Todo mundo age como se nada tivesse acontecido. Ele tá melhor agora, então quem não finge que ela não precisava passar um tempo de manhã encobrindo as marcas é o vilão. E então... eu sou a vilã.

— Não é, não. Se alguém machucasse a minha mãe... mesmo que fosse o meu pai... eu nunca ia perdoar. Ele pediu desculpas?

— Nunca — respondi sem hesitar. — Mas devia. Pra ela. Pra gente. Pra todos nós.

Ele levantou o copo, agora vazio. Servi uma dose simples, e erguemos os copos de novo.

— À lealdade — ele disse.

— A fugir — falei.

— Vou beber a essa merda — disse ele, e nós dois viramos a bebida de uma vez.

Dobrei as pernas e apoiei o queixo no joelho, encarando Trenton. Seus olhos estavam encobertos pela aba do boné de beisebol vermelho. Ele tinha irmãos gêmeos idênticos, mas os quatro mais novos podiam ser quádruplos.

Trenton estendeu a mão até a minha camiseta e me puxou para junto de seu peito, me envolveu com os braços e me apertou. Na parte interna de seu antebraço esquerdo, notei letras grossas que formavam a palavra DIANE e, alguns centímetros abaixo, em uma fonte cursiva bem menor, MACKENZIE.

— Isso é...

Trenton virou o braço para dar uma olhada melhor.

— É. — Ficamos ali em silêncio por um instante, depois ele continuou: — Os boatos não são verdadeiros, você sabe, né?

Eu me endireitei e fiz um gesto com as mãos.

— Não são, eu sei.

— Eu não consegui voltar pra lá, com todo mundo me olhando como se eu tivesse matado a garota.

Balancei a cabeça.

— Ninguém pensa isso.

— Os pais da Mackenzie pensam.

— Eles precisam culpar alguém, Trent. Outra pessoa.

O celular de Trenton tocou. Ele o levantou, deu uma olhada na tela e sorriu.

— Um encontro quente?

— Shepley. O Travis tem uma luta hoje à noite. No Jefferson.

— Que bom — falei. — Toda vez que eles marcam uma luta numa noite em que o Red está aberto, o bar fica vazio.

— Sério?

— É claro que você não ia saber, já que vai a todas as lutas.

— Nem todas. Não vou hoje à noite.

Ergui uma sobrancelha.

— Tenho coisa melhor pra fazer do que ver o Travis dar uma surra em alguém. De novo. Além do mais, ele não tem nenhum golpe novo que eu ainda não tenha visto.

— Tá certo. Foi você quem ensinou tudo que ele sabe, tenho certeza disso.

— Um terço de tudo que ele sabe. Aquele merdinha. A gente deu tanta surra nele que ele aprendeu tudo pra não apanhar. Agora ele poderia arrebentar todos nós... ao mesmo tempo. Não me surpreende que ninguém consiga bater nele.

— Eu já vi você e o Travis lutarem. Você venceu.

— Quando?

— Mais de um ano atrás. Logo depois... ele disse pra você parar de beber antes que morresse, e você deu uma bela surra nele por isso.

— É. — Ele esfregou a nuca. — Não tenho orgulho do que fiz. Meu pai ainda não me perdoou por isso, apesar de o Travis ter me perdoado no instante em que a briga acabou. Eu amo aquele canalhinha.

— Tem certeza que não quer ir ao Jefferson?

Ele negou com a cabeça e sorriu.

— Então... eu ainda tô com o DVD de S.O.S.

Eu ri.

— Por que a obsessão com esse filme?

Ele deu de ombros.

— Não sei. A gente viu várias vezes quando era criança. Era uma coisa de irmãos. Me faz sentir bem, sabe?

— Você simplesmente carrega o filme no carro? — perguntei, sem acreditar.

— Não, tá em casa. Talvez você possa ir comigo até lá pra gente ver um dia desses.

Eu me ajeitei no sofá, dando mais espaço entre nós.

— Acho que é uma péssima ideia.

— Por quê? — ele perguntou com seu sorriso encantador. — Você não confia em si mesma sozinha comigo?

— Tô sozinha com você agora mesmo. E não tô nem um pouco preocupada com isso.

Trenton se inclinou, ficando a poucos centímetros do meu rosto.

— Foi por isso que você se afastou? Porque não tá preocupada em ficar perto de mim?

Seus acolhedores olhos cor de mel se voltaram para os meus lábios, e sua respiração era a única coisa que eu conseguia ouvir até a porta da frente se abrir.

— Eu te avisei pra não falar do Dallas Cowboys. Meu pai odeia esse time.

— É o melhor time de futebol americano dos Estados Unidos. É antipatriótico odiar os Cowboys.

Raegan girou nos calcanhares, e Kody recuou.

— Mas você não precisava ter dito isso pra ele! Meu Deus! — Ela virou de volta e olhou para Trenton e para mim no sofá. Eu estava inclinada para trás, e o Trenton para frente.

— Ah — ela disse com um sorriso. — A gente interrompeu alguma coisa?

— Não — respondi, empurrando Trenton. — Não mesmo.

— Com certeza parece que... — começou Kody, mas Raegan voltou sua ira para ele de novo,

— Apenas... pare de falar! — ela gritou, depois seguiu para o quarto, com Kody logo atrás.

— Maravilha. Eles provavelmente vão brigar a noite toda — falei.

— Só... vai pra sua casa! — Raegan disse, batendo a porta do quarto com força. Kody virou, parecendo perturbado.

— Pensa no lado bom — falei. — Se ela não gostasse de você, não estaria tão irritada.

— O pai dela joga sujo — disse Kody. — Eu não falei merda nenhuma até ele ficar falando do Brazil por uma hora. Aí eu tentei mudar de assunto e não resisti.

Trenton riu, então olhou para Kody.

— Você pode me dar uma carona pra casa? A gente bebeu um pouco. Kody sacudiu as chaves.

— Posso, cara. Eu vou voltar pra cá amanhã de manhã pra implorar perdão, se quiser pegar seu carro.

— Beleza — disse Trenton. Ele se levantou, bagunçou meu cabelo com os dedos e pegou as chaves. — Te vejo amanhã no trabalho.

— Boa noite — falei, ajeitando o cabelo.

— Você chegou a algum lugar com ela, cara? — perguntou Kody, intencionalmente mais alto que o necessário.

Trenton soltou uma risada.

— Terceira base.

— Sabe o que eu odeio? — perguntei. — Você.

Trenton me atacou e deitou em cima de mim, usando todo o peso do corpo para me manter deitada.

— Não mesmo. Com quem mais você pode beber Crown direto do gargalo?

— Comigo — respondi, gemendo com seu peso. Dei uma cotovelada em suas costelas, e ele se levantou pela parte de trás do sofá, desajeitado e dramático.

— Exatamente. A gente se vê amanhã, Cami.

Quando a porta se fechou, tentei não sorrir, mas fracassei.

6

*A garrafa se espatifou no chão, e Hank e Raegan olharam para os ca-*cos estilhaçados e para o líquido esparramado.

— Coors Light!

— Vegas Bomb!

— Merda! — falei, me abaixando para recolher o que sobrou da garrafa.

— Pode deixar — disse Gruber, se apressando para trás do balcão para limpar minha bagunça.

Na segunda semana do meu novo emprego, eu já estava começando a ficar esgotada. Ir direto da aula para o Skin Deep não era difícil às segundas e terças, mas, de quarta a domingo, eu ficava acabada. Tentar estudar e fazer os trabalhos da faculdade depois do turno que ia até às duas da manhã, e então acordar para uma aula às nove, era cansativo demais.

— Você tá bem? — Hank perguntou ao meu ouvido. — É a primeira vez que você deixa uma garrafa cair desde que aprendeu a fazer os giros.

— Estou bem — falei, secando as mãos em um pano enfiado no meu bolso traseiro.

— Eu disse Coors Light!

— Espera um minuto, porra! — Raegan gritou para um idiota apressadinho entre outros quarenta idiotas apressadinhos no meu balcão. — Eu ainda não entendo por que você tá fazendo isso pelo Coby — disse ela, com um resquício de franzido na testa.

— É mais fácil.

— Tenho quase certeza que podemos chamar isso de permissividade. Por que ele vai tomar jeito, Cami? Ele sabe que você vai salvar a pele dele depois de dois minutos explorando seu sentimento de culpa.

— Ele é uma criança idiota, Ray. Tem o direito de fazer merda — falei, pulando Gruber para pegar o Curaçau Blue.

— Ele é seu irmão mais novo. Não devia fazer mais merda que você.

— Nem tudo é do jeito que devia ser.

— Blue Moon!

— Blind Pig!

— Vocês têm Zombie Dust em garrafa?

Balancei a cabeça.

— Só em outubro.

— Que porcaria de bar é esse? É uma das dez melhores cervejas! Vocês deviam ter o ano todo!

Revirei os olhos. Quinta era a noite da cerveja barata, e sempre ficava lotada. A pista de dança virava uma verdadeira lata de sardinha, o bar ficava com três fileiras de gente gritando nomes de bebidas e servia como ponto principal para o que Hank afetuosamente chamava de Mercado de Carne, e ainda nem eram onze da noite, quando a correria de fato começava.

— Canto oeste! — gritou Hank.

— Deixa comigo! — Kody respondeu, abrindo caminho pela multidão para chegar a um grupo que estava brigando.

Os clientes sempre ficavam mais violentos por dois ou três dias depois de uma luta. Eles viam Travis Maddox espancar alguém sem dó, e todo mundo saía da luta achando que era igualmente invencível.

Raegan sorriu, parando por alguns segundos para ver Kody trabalhar.

— Nossa, como ele é gostoso.

— Trabalha, vadia — falei, chacoalhando sem parar um New Orleans Fizz até meus braços queimarem.

Raegan rosnou, enfileirou cinco copos de dose, pegou a pilha de guardanapos na prateleira inferior e virou uma garrafa de Chartreuse. Ela encheu os copos até a boca, depois traçou uma linha fina em uma parte limpa do bar. Então acendeu um isqueiro e o fogo começou.

O grupo mais próximo ao bar se inclinou para trás, se afastando da madeira diante deles, e comemorou.

— Fiquem longe, porra! — gritou Raegan conforme o fogo se esgotava depois de trinta segundos.

75

— Legal! — disse Trenton diante de mim com os braços cruzados.

— Fique longe do canto oeste — falei, sinalizando com a cabeça o mar vermelho de idiotas sendo separados por Kody e Gruber.

Trenton virou, depois balançou a cabeça.

— Não me diga o que fazer.

— Então vai pro inferno e fica longe do meu bar — falei, forçando um sorriso.

— Bravinha — ele disse e deu de ombros algumas vezes.

— Bud Light!

— Margarita, por favor!

— Ei, gata — disse uma voz familiar.

— Ei, Baker — falei com um sorriso. Ele colocava notas de vinte no meu pote de gorjetas há mais de um ano.

Trenton franziu o cenho.

— Você tá perdendo a blusa — disse ele.

Olhei para a minha roupa de couro. É, meus peitos estavam quase aparecendo, mas eu trabalhava em um bar, não numa creche.

— Você tá dizendo que não aprova a minha roupa? — Trenton começou a responder, mas coloquei um dedo em seus lábios. — Ah, que fofo. Você achou mesmo que eu estava perguntando.

Trenton beijou meu dedo, e eu puxei a mão de volta.

Raegan deslizou uma dose para Trenton e piscou para ele. Ele piscou de volta, levantou o copo para ela e atravessou a pista de dança até as mesas de sinuca, a menos de três metros da briga que Kody e Gruber ainda estavam tentando apartar. Trenton observou por mais alguns segundos, virou o uísque cortesia de Raegan e seguiu até o meio da multidão. Como uma gota de óleo em um pote de água, o grupo briguento se afastou.

Trenton disse algumas palavras, e Kody e Gruber acompanharam dois caras até a saída.

— Eu devia oferecer um emprego pra ele — disse Hank, observando a cena atrás de mim.

— Ele não ia aceitar — falei, preparando outro drinque. Diferentemente de seu irmão, eu sabia que Trenton preferia não brigar. Ele não tinha medo de trocar socos, e, assim como nos outros irmãos Maddox, isso lhe estava entranhado como padrão para resolver um problema.

Durante quase uma hora, eu vasculhava de tempos em tempos o salão em busca daqueles cabelos castanhos curtos e da camiseta branca. As mangas se ajeitavam confortavelmente em torno de seus bíceps e o tecido da frente se ajustava ao peito largo, e eu me contorci por dentro ao notar isso. Trenton sempre chamara minha atenção, mas eu nunca tinha tentado conhecê-lo bem o suficiente para saber o motivo. Ele obviamente se destacava para muitas mulheres, e a ideia de entrar na fila não me agradava, mas ainda assim eu o notava. Era difícil não notar.

Trenton se abaixou para pegar a dose do vencedor em uma das mesas de sinuca, com o boné virado para trás. Claramente aquele era um de seus favoritos, e o branco encardido realçava o resto de seu bronzeado do verão.

— Caramba! Já tivemos duas brigas na entrada! — disse Blia, com os olhos arregalados. — Precisa de uma pausa?

Eu assenti e recebi o pagamento pelo último coquetel que tinha preparado.

— Não demora. Isso aqui vai explodir em cinco segundos.

Pisquei.

— Só vou fazer xixi, fumar e já volto.

— Só não peça demissão — disse Blia, já começando a preparar um pedido. — Eu me dei conta de que ainda não tô pronta para o bar leste.

— Não se preocupa. O Hank teria que me demitir primeiro.

Hank jogou um guardanapo amassado na minha cara.

— Não precisa se preocupar com isso, matadora.

Dei um soquinho no braço dele e segui direto para o banheiro dos funcionários. Quando entrei no reservado, abaixei a calcinha até os joelhos e sentei, com o baixo da música lá fora mantendo uma batida abafada, mas constante. As paredes finas vibravam, e eu previ que meus ossos fariam o mesmo.

Depois de dar uma olhada no celular, eu o coloquei sobre o suporte cinza de papel higiênico. Nenhuma notícia de T.J. ainda, mas eu fui a última a mandar mensagem. E eu não queria ser do tipo que implorava atenção.

— Acabou? — perguntou Trenton do lado de fora do reservado.

Meu corpo todo enrijeceu.

— Que diabos você tá fazendo aqui dentro? Aqui é o banheiro feminino, seu Texas Ranger maníaco.

— Você acabou de insinuar que pareço o Chuck Norris? Porque eu gostei disso.

— Sai daqui!

— Calma. Não dá pra te ver.

Dei descarga e abri a porta com tanta força que ela bateu na bancada da pia. Depois de lavar as mãos e pegar toalhas de papel, lancei um olhar furioso ao Trenton.

— É bom saber que os funcionários realmente fazem o que diz no cartaz. Eu sempre duvidei.

Deixei Trenton sozinho no banheiro e segui até a saída de funcionários.

No instante em que pus os pés lá fora, o frio gelou as partes descobertas da minha pele. Ainda havia carros estacionando irregularmente no gramado, na parte mais distante do estacionamento. As portas dos carros eram fechadas, e amigos e casais seguiam para a entrada, formando uma fila de universitários esperando outras pessoas saírem para poderem entrar.

Trenton parou ao meu lado, acendeu um cigarro e em seguida acendeu o meu.

— Você realmente devia parar — ele falou. — É um péssimo hábito. Não é atraente numa garota.

Inclinei o pescoço para ele.

— Que foi? Eu não tô tentando ser bonito. E não sou uma garota.

— Eu não gosto de você.

— Gosta sim.

— Eu também não tô tentando ser bonita.

— Então está fracassando.

Dei uma olhada para ele, me esforçando ao máximo para não me sentir elogiada. Uma sensação reconfortante se instalou em meu peito, depois começou a se espalhar, chegando aos dedos das minhas mãos e pés. Ele provocava o melhor pior efeito em mim. Como se tudo o que eu era — e não era — fosse atraente. O evidente apreço de Trenton por tudo que ele sabia a meu respeito era viciante. Eu me dei conta de que desejava mais, mas não estava certa se era a forma como ele fazia eu me sentir ou a sensação familiar. Era assim que eu me sentia nos três primeiros meses com T.J. O calor que havia me percorrido um segundo antes desapareceu, e eu comecei a tremer.

— Eu te ofereceria meu casaco, mas não trouxe — disse ele. — Mas eu tenho isso aqui. — Ele afastou e estendeu os braços, com a palma das mãos para cima.

Dei de ombros.

— Estou bem. Como foram as últimas horas de trabalho hoje?

Ele cruzou os braços.

— Você está fazendo um ótimo trabalho. A Hazel ficou reclamando que você não estava lá, e o Calvin começou a fazer a mesma coisa.

— Você ao menos me defendeu?

— O que você queria que eu dissesse? *Cala a porra dessa boca, Hazel! Ela é uma péssima funcionária, e eu não quero ela aqui!*

— Um amigo de verdade teria feito isso.

Trenton balançou a cabeça.

— Você não faz merda de sentido nenhum. Mas eu acho que gosto disso.

— Obrigada, eu acho. — Joguei no chão a bituca do cigarro e pisei nela. — De volta ao trabalho.

— Sempre — disse Trenton, me seguindo para dentro.

Blia voltou para o bar da frente, e Jorie veio substituir Raegan. Trenton estava em sua quarta garrafa de cerveja quando Raegan voltou, e ele parecia mais irritado depois de cada drinque que eu preparava.

— Você tá bem? — perguntei acima da música.

Ele assentiu, mas não tirou os olhos dos dedos entrelaçados apoiados no balcão. Pela primeira vez, notei que a camiseta dele tinha dois pálidos pássaros azuis sobre as palavras VOCÊ ENGOLE? As diversas tatuagens complementavam a camiseta e a calça jeans surrada, mas a pulseira rosa, branca e roxa não.

Toquei no plástico com o dedo indicador.

— Olive?

Ele virou um pouco o pulso.

— Ãhã. — Nem o nome da melhor amiga o animou.

— O que tá acontecendo, Trenton? Você tá estranho.

— Ele tá aqui.

— Ele quem? — perguntei, fechando um pouco os olhos enquanto sacudia mais um coquetel.

— O babaca que eu expulsei do Skin Deep.

Dei uma olhada ao redor e ali estava ele, poucos centímetros à esquerda de Trenton, ao lado de Jeremy e Kylie. Ela estava usando outro vestido curto, só que agora dourado e bem mais justo.

— Ignora o cara. Estamos nos divertindo hoje.

— *Estamos?* Tô sentado aqui sozinho.

Clay sorriu para mim, mas eu abaixei os olhos na esperança de não estimular nenhum comentário depreciativo que pudesse fazer Trenton explodir. Não tive essa sorte.

— Olha, Jeremy! É a recepcionista arrogante! — soltou Clay. Ele estava mais bêbado do que quando foi até o estúdio de tatuagem.

Procurei Kody, mas não o vi. Provavelmente estava na entrada, onde as brigas estavam acontecendo. Gruber estava no canto esquerdo, onde também era comum haver confusões. Tuffy estava no intervalo, então Hank provavelmente estava na entrada checando as identidades e recebendo o dinheiro.

Clay ainda não vira Trenton, mas Kylie sim. Ela estava com um braço nas costas de Clay e uma das mãos na barriga dele, com a ponta do dedo anelar enfiada no cós da calça jeans do cara. Mesmo pendurada em Clay, ela continuava encarando Trenton, esperando que ele a notasse.

— Quero uma garrafa de Bud, vadia. E você não vai ganhar gorjeta porque me expulsou aquele dia.

— Quer que eu faça isso de novo? — perguntei.

— Posso te levar para um beco escuro e te fazer abrir as pernas — ele disse e se contorceu.

Trenton ficou tenso, e eu coloquei a mão sobre a dele.

— Ele tá chapado. Me dá um segundo e peço ao Kody pra levá-lo pra fora.

Trenton não levantou o olhar para mim, apenas assentiu, com os nós dos dedos brancos.

— Não tô no clima de ouvir suas merdas hoje. Vai comprar no quiosque da frente.

— Me passa a cerveja, vadia! — exigiu Clay, pouco antes de perceber de quem era a mão que eu estava segurando.

Trenton levantou do banco e saiu atropelando algumas pessoas.

— Trent, não! Merda! — Pulei por cima do balcão, mas não antes de ele conseguir disparar alguns socos. Clay já estava no chão, sangrando. Caí de joelhos e cobri a cabeça, ao mesmo tempo em que protegia Clay com o corpo.

Jorie gritou acima da música.

— Cami, não!

Como não aconteceu nada, olhei para cima e vi Trenton de pé sobre nós, com o punho erguido e tremendo. Kylie estava ao lado dele, apenas assistindo, nem um pouco preocupada com Clay.

Kody e Raegan estavam próximos quando me levantei, e Kody ajudou Clay a levantar. Jorie apontou para Clay, e Kody o pegou pelo braço.

— Beleza. Vem comigo — disse ele.

Clay puxou o braço e limpou o sangue da boca com a manga da camisa.

— Quer começar de novo, raio de sol? — perguntou Trenton.

— Vai se foder. — Clay cuspiu sangue no chão. — Vem, Kylie.

Trenton puxou Kylie para o seu lado.

— É sua namorada?

— O que isso tem a ver? — perguntou Clay.

Trenton agarrou a garota e a inclinou para trás, dando-lhe um beijo na boca. Ela retribuiu a carícia e, por alguns segundos, eles pareceram mais que entusiasmados. Trenton deslizou a mão pela lateral do corpo dela e agarrou sua bunda, mantendo a nuca de Kylie na dobra do outro braço.

Meu estômago embrulhou, e, assim como as outras pessoas, eu congelei até Trenton colocá-la de pé e delicadamente empurrá-la na direção de Clay.

Ele fez uma careta, mas não reagiu. Kylie estava mais do que contente e se virou para dar mais uma olhada para Trenton enquanto o namorado a arrastava pela mão na direção da entrada. Kody os seguiu até o lado de fora, mas não sem antes fazer uma careta de "Que porra é essa?" para Raegan e para mim.

Só então eu me dei conta de que todos os músculos do meu corpo estavam tensos.

Eu me aproximei de Trenton e apontei um dedo para o seu peito.

— Se fizer uma merda dessas de novo, eu dou um jeito de você ser expulso daqui.

Um dos cantos de sua boca se ergueu.

— O soco ou o beijo?

— A sua bunda não tem inveja do tanto de merda que sai da sua boca? — perguntei, contornando o balcão.

— Já ouvi isso antes! — Trenton gritou. Ele pegou a cerveja no balcão e seguiu até as mesas de sinuca, como se nada tivesse acontecido.

— Sem querer acabar com a sua graça, amiga, mas parece que você tá com raiva — Raegan disse.

Eu comecei a lavar canecas como se as odiasse, porque naquele instante eu simplesmente odiava tudo.

— Eu não suportava o Trenton no ensino médio e não suporto agora.

— Você tem passado muito tempo com ele, para alguém que não suporta.

— Achei que ele tinha mudado, mas parece que não.

— Parece que não — disse Raegan, impassível, abrindo três garrafas de cerveja, uma depois da outra.

— Cala a boca, cala a boca, cala a boca — cantarolei, tentando abafar suas palavras. De qualquer forma, eu não o queria. Que importância tinha se ele era um galinha que enfiava a língua na garganta de alguém só para irritar o namorado da garota?

O ritmo acelerado atrás do balcão continuou, mas felizmente as brigas acabaram pouco antes do horário da última rodada de bebidas. Era sempre um saco tentar sair de lá quando o lugar todo explodia em brigas na hora de fechar. As luzes se acenderam, e a multidão se dispersou. Pela primeira vez, Kody e Gruber não tiveram de entrar no modo babaca para tirar os briguentos de lá. Em vez disso, pediam educadamente às pessoas para saírem, e Raegan e eu fechamos o bar. Lita e Ronna se aproximaram com vassouras e materiais de limpeza. Às três da manhã, o pessoal do bar estava pronto para ir embora e, pelas regras do lugar, Kody e Gruber nos acompanhavam até o carro. Acompanhar Raegan até o veículo dela todas as noites e lançar um charme sutil durante esses breves instantes foi como Kody finalmente a convenceu a sair com ele. Gruber me acompanhou até o Smurf, e nós dois fechamos melhor nosso casaco para afastar o frio. Quando vimos o carro de Trenton, e ele ao lado, nos detivemos no mesmo instante.

— Quer que eu fique? — sussurrou Gruber enquanto continuávamos andando.

— E o que você vai fazer? — sibilou Trenton. — Nada.

Torci o nariz, indignada.

— Não seja idiota. Você não tem o direito de agir como um idiota com caras maus e depois tentar ser legal comigo.

— E os que são isso tudo? — perguntou ele, com as sobrancelhas se aproximando.

Fiz um sinal com a cabeça para Gruber.

— Tá tudo bem.

Ele assentiu e voltou para o Red.

— Você tá bêbado — falei, destrancando a porta do meu jipe. — Chamou um táxi?

— Não.

— Um dos seus irmãos?

— Não.

— Então você vai voltar pra casa a pé? — indaguei, puxando o chaveiro de abridor vermelho que saía do bolso de sua calça jeans. As chaves vieram junto.

— Não. — Ele sorriu.

— Eu não vou te levar pra casa.

— Não. Eu não deixo mais as garotas dirigirem pra mim.

Abri a porta do carro e suspirei, pegando o celular.

— Vou chamar um táxi pra você.

— O Kody vai me dar uma carona.

— Se ele ficar te levando pra casa toda vez, vocês vão ter que oficializar a união no Facebook.

Trenton riu, mas o sorriso logo desapareceu.

— Não sei por que fiz aquilo. Com a garota. Costume, eu acho.

— Não foi você que falou de péssimos hábitos mais cedo?

— Eu sou um merda. Desculpa.

Dei de ombros.

— Faça o que bem entender.

Ele pareceu magoado.

— Você não se importa.

Depois de uma breve pausa, balancei a cabeça. Eu não conseguia mentir em voz alta.

— Você tá apaixonada por ele? Pelo seu namorado?

— Ah, Trent. Que papo é esse?

O rosto dele se comprimiu.

— Você e eu... somos apenas amigos, não somos?

— Às vezes não tenho certeza nem se somos amigos.

Trenton assentiu e em seguida abaixou o olhar.

— Tudo bem. Eu só estava confirmando. — Ele se afastou, e eu bufei de frustração.

— Sim — gritei. — Ele virou e me observou com expectativa. — Somos amigos.

Um breve sorriso invadiu seus lábios, se expandindo em seguida para um sorriso completo.

— Eu sei. — Ele enfiou as mãos nos bolsos conforme atravessava o estacionamento, como se fosse o dono do mundo.

Quando ele entrou na caminhonete de Kody, meu estômago embrulhou. Eu estava encrencada. Numa grande e desastrosa encrenca chamada Maddox.

7

— *Ainda nenhuma notícia sobre o Dia de Ação de Graças?* — Eu odiava perguntar, mas ele não tocaria no assunto se eu não falasse, e naquele momento eu estava praticamente desesperada para saber. Eu estava começando a esquecer como era ficar perto dele e ficando confusa sobre coisas que não deveriam me confundir.

Por vários segundos, T.J. não emitiu som nenhum. Nem respirou.

— Estou com saudade de você.

— Então isso é um não.

— Só vou saber na véspera. Talvez no próprio dia. Se alguma coisa acontecer...

— Entendo. Você me avisou. Para de agir como se eu fosse surtar toda vez que você não pode me dar uma resposta direta.

Ele suspirou.

— Desculpa, não é isso. Só estou preocupado que, na próxima vez que você perguntar e eu responder... você diga alguma coisa que eu não quero ouvir.

Sorri ao telefone, desejando poder abraçá-lo.

— É bom saber que você não quer ouvir isso.

— Não quero. É difícil explicar... Eu desejo essa promoção com a mesma intensidade que desejo você.

— Entendi. Não é fácil, mas vai ficar tudo bem. Nem sempre a gente vai ter que sentir saudade um do outro. A gente só precisa superar a parte difícil no começo, certo?

— Certo. — Sua resposta foi imediata e sem hesitação, mas pude notar a incerteza em sua voz.

— Eu te amo — falei.

— Você sabe que eu também — ele disse. — Boa noite, meu amor.

Sabendo que ele não podia ouvir, eu assenti, mas isso foi tudo o que consegui fazer. Desligamos sem falar de Coby, do meu segundo emprego ou do tempo que tenho passado com Trenton. As gorjetas que ganhei no fim de semana tinham ajudado meu irmão a pagar a maior parte de uma prestação do carro, mas eu estava preocupada que fosse apenas questão de tempo até ele largar o programa de reabilitação.

Vesti uma blusa de manga comprida de renda preta e lutei para entrar no meu jeans detonado preferido. Então passei um pouco de gloss labial antes de sair porta afora para não me atrasar para o turno de sexta no Red.

Assim que passei pela entrada dos funcionários, soube que alguma coisa estava errada. Todo mundo estava se arrastando, e o bar estava quieto. Quieto demais. Normalmente, eu curtia aquela primeira hora antes que a multidão chegasse. Sexta-feira era noite de desconto para as garotas, então a correria começava ainda mais cedo, mas o bar estava morto.

Trinta minutos depois, Raegan resmungava entre dentes enquanto limpava o balcão pela terceira vez.

— Tem uma daquelas lutas clandestinas hoje à noite?

Balancei a cabeça.

— O Círculo? Nunca é tão cedo.

— Ah, olha. Alguma coisa pra fazer — disse Raegan, pegando uma garrafa de Jim Beam.

Travis Maddox estava andando com dificuldade até seu banquinho de sempre no bar, num estado deplorável. Raegan colocou uma dose dupla no balcão diante dele, e ele a virou de uma vez só, deixando o copo bater com força na madeira.

— Oh-oh — falei, pegando a garrafa que Raegan me passou. — Só duas coisas que podem ser ruins assim. A família toda está bem? — perguntei, sentindo um arrepio de expectativa pela resposta.

— Ãhã. Todo mundo menos eu.

— Não acredito nisso — falei, surpresa. — Quem é ela?

Os ombros de Travis desabaram.

86

— Uma caloura. E não me pergunte o que ela tem. Eu ainda não sei. Mas hoje, quando eu ia comer outra mina, senti como se estivesse fazendo algo errado, e o rosto dessa garota apareceu na minha mente.

— O da caloura?

— É. Que merda, Cami. Isso nunca aconteceu comigo!

Raegan e eu trocamos olhares.

— Bom — falei. — Não é o fim do mundo. Você gosta dela. E daí?

— Eu não gosto de ninguém desse jeito. E daí é isso.

— *Desse* jeito? — perguntei, surpresa.

Ele tomou outra dose e ergueu as mãos acima da cabeça, movendo-as em círculo.

— Ela não sai da minha cabeça.

— Você tá fracote demais para um cara que não perde! — provocou Raegan.

— Me diz o que fazer, Cami. Você conhece as garotas. Você meio que é uma.

— Tá bom, primeiramente — falei, me inclinando na direção dele —, chupa o meu pau.

— Viu? Garotas não falam isso.

— As legais falam — disse Raegan.

Eu continuei:

— Segundo, você é o Travis Fodão Maddox. Pode ter a garota que quiser.

— Quase — disse Raegan da pia, a um metro e meio de distância.

Travis torceu o nariz.

— Você namorou o Brazil. Eu nunca nem tentei.

Ela estreitou os olhos para o caçula dos Maddox.

— Eu acabei de ouvir isso?

— Bom — disse ele. — É verdade.

— Mesmo assim, nunca teria acontecido.

— Nunca saberemos — disse ele, levantando a terceira dose antes de lançá-la goela abaixo.

— Vai devagar, Cachorro Louco — falei.

Travis se encolheu.

— Você sabe que eu odeio pra caralho esse apelido.

— Sei. — Eu ergui a garrafa. — Mas chama sua atenção. O plano é o seguinte. Número um, para de ser um maricas. Número dois, lembra quem diabos você é e joga seu charme. Ela não é diferente de nenhuma outra...

— Ah, ela é diferente, sim — disse Travis.

Eu suspirei e olhei para Raegan.

— Ele tá mal.

— Cala a boca e me ajuda — disse Travis, frustrado.

— Existem três truques para conseguir alguém difícil: paciência, ter outras opções e bancar o indiferente. Você não é o melhor amigo. Você é sexy, charmoso até não poder mais. Em outras palavras, Travis Maddox.

— Eu sabia. Você sempre me desejou — disse ele, presunçoso.

Eu me levantei.

— Hum... não. Não mesmo. Nem no ensino médio.

— Mentirosa — ele retrucou, ficando em pé. — Eu também nunca tentei. Meu irmão sempre foi apaixonado por você.

Eu congelei. Mas que diabos isso significava? Ele sabia alguma coisa? Travis continuou:

— Indiferente. Outras opções. Paciência. Entendi.

Concordei.

— Se vocês acabarem se casando, você me deve cem pratas.

— Casar? — disse Travis, e seu rosto se contorceu em repulsa. — Que porra é essa, Cami? Tenho dezenove anos! Ninguém se casa aos dezenove.

Dei uma olhada ao redor, para ver se alguém o tinha ouvido admitir que tinha menos de vinte e um anos e, portanto, não podia beber.

— Fala um pouco mais alto.

Ele bufou.

— Me casar é improvável. Num futuro próximo? Nunca vai acontecer.

— Travis Maddox também não entra em um bar chateado por causa de uma garota. Nunca se sabe.

— Que vergonha você me desejar uma coisa dessas — ele piscou para mim. — É melhor eu te encontrar na minha próxima luta, Camille! Seja uma boa amiga, tá?

— Você sabe que eu tenho que trabalhar.

— Vou marcar para mais tarde.

— Eu não vou do mesmo jeito. Não passa de selvageria.

— Vai com o Trent!

Travis virou para se afastar, e eu continuei ali, chocada. Antes ele estava falando do Trenton? Quer dizer que o Trenton andava falando de mim. Para quem mais ele tinha contado? Quando Travis passou pela ampla porta vermelha, um grande grupo entrou no ambiente, e a multidão continuou surgindo. Fiquei grata por não ter tempo de me preocupar se havia ou não boatos por aí ou se eles chegariam aos ouvidos de T.J.

❦

No fim da manhã seguinte, já cheguei no Skin Deep de mau humor. T.J. não me ligara nem mandara mensagem, e isso só alimentou minha paranoia sobre o possível resultado da boca grande de Trenton.

— A Cami chegou! — disse Hazel com um sorriso e ajeitou os óculos grossos de armação preta.

Forcei um sorriso. Hazel fez um biquinho com os lábios pintados de vermelho.

— Por que tão triste? A festa da Alpha Gamma te nocauteou ontem à noite?

— Então era isso? Você foi?

Ela piscou.

— Adoro garotas de fraternidade. E aí, o que você tem?

— Só tô cansada — respondi, virando a placa de ABERTO.

— Se prepara. O Calvin vai te pedir pra começar a trabalhar aos domingos.

— Sério? — perguntei, choramingando um pouco mais do que eu queria. Aquele não era um bom dia para me pedir para aumentar as horas de trabalho. Quando contornei o balcão, Trenton entrou.

— Camomila! — disse. Ele estava segurando uma tigela cheia de frutas de plástico.

— Ah, por favor, não. Não tinha a menor graça no ensino fundamental, e definitivamente não é engraçado agora.

Trenton deu de ombros.

— Eu gostava.

— Você nem sabia quem eu era no ensino fundamental.

Ele franziu o cenho.

— Quem disse?

Fiz um teatrinho, olhando ao redor.

— Você só falou comigo depois que os meus peitos cresceram.

Hazel gargalhou.

— Trabalhar tem sido muito mais divertido depois que ela foi contratada!

— Isso não significa que eu não sabia quem você era — falou Trenton, satisfeito.

Hazel apontou para a tigela nos braços dele.

— Qual é o lance das frutas?

— É pra minha sala. Decoração.

— São horríveis — disse ela.

— Eram da minha mãe — disse ele, sem se deixar abalar. — Decidi que precisava de algo dela no trabalho. Me deixa de bom humor. — Ele seguiu pelo corredor e desapareceu em sua sala.

— Então — disse Hazel, apoiando os cotovelos no balcão. Suas sobrancelhas finas e delineadas se ergueram. — A tensão sexual por aqui tá ficando absurda.

Ergui uma sobrancelha.

— Eu não sabia que você gostava do Calvin.

Hazel torceu o nariz.

— Ninguém gosta do Calvin.

— Eu ouvi isso! — gritou ele do fim do corredor.

— Ótimo! — ela gritou de volta. — Então você não está mesmo interessada no Trent?

— Não — respondi.

— Nem um pouquinho?

— Eu tenho namorado, e ele me faz muito feliz — falei, passando a língua no dedão e contando formulários.

— Merda — soltou Hazel. — Eu meio que gostava de vocês dois juntos.

— Desculpa te desapontar — falei, ajeitando a pilha na mão antes de devolvê-la para o compartimento adequado.

O sino da porta tocou, anunciando a entrada de um grupo de quatro garotas: todas loiras, bronzeadas e ostentando peitos tamanho 48 em camisetas justas em diversos tons de rosa.

Eu estava prestes a recebê-las, mas Hazel apontou para a porta. As garotas pararam onde estavam.

— Poxa, Hazel. A gente falou pra ele que ia dar uma passadinha — reclamou uma delas.

— Pra fora — disse ela, ainda apontando, e em seguida olhando para baixo para virar uma página da revista *Cosmopolitan* com outro dedo. Como não ouviu o sino da porta tocar de novo, ela ergueu os olhos: — Vocês são surdas? Eu disse fora!

As garotas franziram o cenho e fizeram biquinho por alguns segundos antes de saírem em fila por onde tinham entrado.

— O que foi isso? — perguntei.

Ela balançou a cabeça e suspirou.

— Fãs do Trent. O Bishop também tem. Mulheres que ficam no estúdio esperando conseguir tatuagens de graça ou... sei lá... os caras. — Ela revirou os olhos. — Sinceramente, elas me irritam, mas até pouco tempo tinham permissão pra entrar.

— O que mudou?

Hazel deu de ombros.

— O Bishop parou de vir com frequência, e o Trenton me mandou expulsá-las pouco depois de você começar a trabalhar aqui. Viu? Você não é uma completa decepção. — Ela me cutucou com o cotovelo.

— Acho que ainda não tô valendo o salário. Não consigo nem misturar o MadaCide direito. Desinfetante é uma coisa meio importante por aqui.

— Cala essa boca! — disse ela, com um sorriso irônico. — Ninguém mais conseguiria convencer o Calvin a se livrar da decoração asiática barata e a reestruturar os arquivos. Você tá aqui há menos de um mês e já estamos mais organizados, e os clientes não pensam que vão ganhar um biscoito da sorte com a tatuagem.

— Obrigada. É bom se sentir valorizada.

— Eu valorizo você — disse Trenton, entrando na recepção. — Valorizo o fato de que você finalmente vai ver *S.O.S.* comigo hoje à noite. Vou levar na sua casa.

— Não — falei, balançando a cabeça.

— Por que não?

— Vou trabalhar.

— E depois?

— Vou pra cama.

— Que mentira.

— Você tá certo. Tenho planos.

Ele desdenhou.

— Com quem?

— Ainda não sei, mas com certeza não é com você.

Hazel deu uma risadinha.

— Ai.

Trenton pousou a palma da mão toda no rosto minúsculo de Hazel e a empurrou delicadamente, mantendo a mão nela enquanto falava.

— Isso não é legal. Achei que você tinha dito que éramos amigos.

— E somos — falei.

Hazel finalmente se livrou de Trenton e começou a dar tapas no braço dele. Quase sem sentir nada e apenas erguendo um dos braços para afastá-la, ele continuou:

— Amigos veem *S.O.S.* juntos.

— Não somos tão amigos assim — falei, me concentrando em alinhar perfeitamente os clipes no novo organizador.

O sino da porta tocou, e dois clientes entraram: um casal. Eles já tinham tatuagens até a pescoço.

— Oi. — Sorri. — Eu que posso ajudar?

— Rachel! — disse Hazel, abraçando a garota. Ela tinha um piercing na sobrancelha, uma pedra fazendo as vezes de marca de nascença e argolas no nariz e no lábio. Os cabelos curtos vermelho-fogo quase reluziam, de tão intensos. Mesmo com a cabeça cheia de buracos e os braços cobertos de crânios e fadas, ela era linda. Eu me recostei na cadeira e observei as duas conversando. O namorado da garota era alto e magro e também estava contente por ver Hazel. Eu não podia imaginar que um deles queria mais piercings ou tatuagens. A menos que quisessem desenhos no rosto, eles não tinham mais pele disponível para pintar.

Hazel conduziu os dois até sua sala, e os risos e a conversa continuaram.

— Vai ser um dia lento — Trenton suspirou.

— Você não tem como saber. Acabou de começar.

— Eu sempre consigo adivinhar.

— Quem são eles? — perguntei, fazendo um gesto de cabeça para o corredor.

— A Rachel é irmã da Hazel.

Ergui uma sobrancelha, hesitante.

— Talvez seja ignorância da minha parte, mas a Rachel não é asiática. Nem um pouco.

— As duas são adotadas. Elas tiveram vários lares adotivos. Têm, tipo, uma dúzia de irmãos por aí. Estão todos espalhados pelo país agora, e eles se amam loucamente. É muito legal.

Sorri ao pensar na ideia.

— Então você não vai mesmo ver *S.O.S.* comigo hoje à noite?

— Não mesmo.

— Por que não? — ele perguntou e cruzou os braços, mudando a perna de apoio.

Dei um sorriso forçado.

— Está se preparando pra brigar?

— Responde, Camlin. O que você tem contra *S.O.S.*? Preciso saber antes de irmos mais longe.

— Mais longe no quê?

— Você tá me enrolando.

Suspirei.

— Entre o trabalho e o Red e... A gente tá se vendo com muita frequência.

Ele me observou por um instante, dezenas de pensamentos passando atrás de seus excitantes olhos cor de mel. Ele deu poucos passos e parou ao meu lado, apoiando a palma da mão no balcão ao lado do meu quadril, e seu peito tocou meu braço esquerdo. Ele se abaixou, e sua boca quase tocou meu cabelo.

— E isso é ruim?

— Sim. Não. Não sei — falei, comprimindo o rosto. Ele estava me deixando confusa e estava perto demais para eu pensar direito. Virei para mandá-lo recuar, mas, quando ergui os olhos, me detive. Ele estava bem ali, a centímetros de distância, me encarando com um olhar que eu não conseguia decifrar.

Ele olhou para o meu ombro nu.

— Esse é um ponto perfeito pra eu tatuar.

Dei uma risada.

— Não.

— Qual é. Você já viu meu trabalho.

— Verdade — falei, assentindo enfaticamente. — É fantástico.

— E aí?

Olhei para ele mais uma vez, tentando interpretar sua expressão.

— Não confio em você. Eu provavelmente acabaria com a frase "Que o Schwartz esteja com você" tatuada.

Trenton ficou radiante.

— É uma referência a *S.O.S.*? Tô impressionado!

— Viu só? Eu já assisti. Muitas vezes.

— Nunca é demais ver *S.O.S.*

Hazel, Rachel e o namorado dela voltaram para a recepção. Hazel deu um abraço demorado em Rachel, depois as duas se despediram com lágrimas.

— O Natal tá quase chegando — disse Trenton.

Quando Rachel saiu, Hazel estava sorrindo, mas um pouco triste.

— Merda. Eu amo essa minha irmã.

— Você ama todos os seus irmãos — disse Trenton. — Se eles aparecessem todo mês, você poderia ver um por dia.

Hazel deu uma cotovelada em Trenton, e ele retribuiu o gesto. Eles brigavam como irmãos.

— Então — disse Hazel, mascando chiclete. — Ouvi vocês conversando. Não posso acreditar que você tem medo de fazer tatuagem.

Neguei com a cabeça.

— Nem um pouco.

Calvin apareceu na recepção.

— O Bishop apareceu? — perguntou.

Hazel balançou a cabeça.

— Não, Cal. Você já me perguntou isso hoje. A gente tava discutindo a primeira tatuagem da Cami.

Calvin me deu uma olhada da cabeça aos pés.

— Isto é ruim para os negócios, uma recepcionista que não tem nenhuma tattoo. Você pode compensar isso fazendo algumas horas no domingo.

— Só se você me deixar fazer os trabalhos e as tarefas da faculdade quando não estivermos ocupados.

Ele deu de ombros.

— Combinado.

Meus ombros desabaram. Eu não esperava que ele concordasse.

— Me deixa pôr um piercing no seu nariz — disse Hazel, com os olhos brilhando.

— Um dia desses, quem sabe — respondi.

— Baby doll, não deixa eles te convencerem a fazer algo que você não quer. Não é vergonha nenhuma ter medo de agulha — disse Trenton.

— Eu não tenho medo — falei, irritada.

— Então me deixa te tatuar — pediu ele.

— Você é uma bartender, pelo amor de Deus — disse Hazel. — Você devia ter pelo menos uma tatuagem.

Encarei os dois.

— Isso é pressão de grupo? Porque não vai funcionar.

— Como posso estar te pressionando? Eu só disse pra você não deixar ninguém te convencer a fazer nada — disse Trenton.

— E depois disse pra eu deixar você me tatuar.

Ele deu de ombros.

— Admito que seria foda saber que fui o primeiro a te tatuar. É meio como tirar sua virgindade.

— Bom, para isso seria preciso voltar no tempo, e isso não vai acontecer. — Forcei um sorriso.

— Exatamente. Essa é a segunda melhor coisa. *Confia em mim* — disse ele, com a voz baixa e suave.

Hazel gargalhou.

— Ai, meu Deus. Tô com vergonha de admitir que essa cantada funcionou totalmente comigo.

— É mesmo? — perguntei, de repente me sentindo muito constrangida. — Foi o Trent?

Ela caiu na gargalhada de novo.

— Quem dera! — Fechou os olhos e estremeceu. — Bobby Prince. Fala mansa. Pênis minúsculo. — Ela disse a última frase com a voz mais aguda e ergueu o indicador e o dedão, deixando menos de três centímetros de distância entre os dois.

Todos nós caímos na gargalhada. Hazel secava a pele molhada sob os olhos. Depois que nos recuperamos, peguei Trenton me encarando. Alguma coisa no modo como ele me olhava me fez esquecer a razão e a responsabilidade. Pela primeira vez, eu só queria ser jovem e não pensar demais.

— Tá bom, Trent. Tire a minha virgindade.

— Sério? — ele perguntou, se endireitando.

— A gente vai fazer isso ou não? — insisti.

— O que você quer? — Ele foi até o computador e pôs uma caneta na boca, segurando-a horizontalmente entre os dentes.

Pensei por um instante e então sorri:

— Baby doll. Nos meus dedos.

— Tá de sacanagem — balbuciou Trenton, ainda com a caneta na boca.

— Não é legal? — perguntei.

Ele deu uma risadinha e segurou a caneta na mão.

— Não, eu gostei... muito... mas é uma puta tatuagem pra uma virgem. — Ele colocou a caneta de volta na boca, liberando a mão para movimentar o mouse.

Forcei um sorriso.

— Se é pra perder, que seja com força.

A caneta caiu da boca do Trenton direto para o chão, e ele se abaixou para pegá-la.

— Hum... é, alguma... humm... fonte especial? — ele perguntou, olhando mais uma vez para mim antes de desenhar a frase na tela do computador.

— Quero que pareça meio feminino, pra não dar a impressão de que eu saí direto da prisão.

— Colorido? Ou preto e branco?

— Contorno preto. Não sei a cor. Azul, talvez?

— Tipo azul Smurf? — provocou ele. Como eu não respondi, ele continuou. — Que tal um degradê? Um azul na parte de baixo que vai desbotando conforme vai subindo nas letras?

— Demais — falei, dando uma cutucada em seu ombro.

Depois que decidi a fonte e a cor, Trenton imprimiu os transfers, e eu o segui até sua sala.

Eu me sentei, e Trenton preparou o equipamento.

— Isso vai ser foda demais — disse Hazel, sentando numa cadeira perto da minha.

Trenton colocou as luvas de látex.

— Vou usar uma única agulha. Mesmo assim, vai doer pra caralho. Vai ser direto no osso. Você não tem gordura nenhuma nos dedos.

— Nem no resto do corpo — completou Hazel.

Pisquei para ela.

Trenton deu risada enquanto passava um sabonete verde em cada um dos meus dedos para em seguida enxaguar. Depois ele embebeu de álcool um pedaço de algodão e esfregou cada dedo que ia tatuar.

— Pode não ficar perfeito na primeira vez. Pode precisar de um retoque. — Ele usou um dos dedos para esfregar um pouco de vaselina nos lugares que limpara com álcool.

— Sério? — perguntei, franzindo a testa.

Hazel assentiu.

— É. Isso também acontece nos pés.

Trenton posicionou os transfers.

— O que você acha? Estão retos? É assim que você quer?

— Só garante de que esteja certo. Não quero ser uma daquelas idiotas com uma tatuagem escrita errado.

Trenton deu uma risadinha.

— Tá certo. Eu seria um verdadeiro imbecil se não conseguisse soletrar duas palavras de quatro letras.

— Foi você quem disse isso, não eu — brinquei.

Hazel balançou a cabeça.

— Não ofende o cara antes de ele começar a fazer um desenho permanente na sua pele, garota!

— Ele vai deixar lindo, não vai? — perguntei.

Trenton ligou a máquina e me olhou com uma expressão leve.

— Você já é linda.

Pude sentir meu rosto corar. Quando Trenton teve certeza de que os transfers estavam secos e tocou minha pele com a agulha, foi mais uma distração agradável que uma dor absurda. Trenton desenhou, depois limpou e repetiu o processo, muito concentrado. Eu sabia que ele daria um jeito de aquilo ficar perfeito. Apesar de a dor não ter sido tão ruim no início, conforme o tempo passava, a queimação desagradável que eu sentia cada vez que ele começava a marcar a pele me fazia querer puxar a mão.

— Pronto! — ele falou uns quinze minutos depois. Trenton limpou a tinta respingada, revelando as letras em meus dedos. O azul era muito vivo. Tinha ficado maravilhoso. Olhei no espelho e cerrei os punhos.

— Tá linda, baby doll. — Trenton abriu um largo sorriso.

Era perfeita.

— Caramba, que foda — disse Hazel. — Quero tatuagens nos dedos agora!

Trenton me deu algumas amostras de pomada.

— Usa isso. É bom. Especialmente pra cor.

— Obrigada — falei.

Por um único instante, ele me encarou como se de fato tivesse acabado de tirar minha virgindade. Borboletas bateram asas em meu estômago, e meu peito ficou aquecido. Dei alguns passos para trás e virei rumo à recepção. O telefone tocou, mas Hazel atendeu.

Trenton apoiou os cotovelos na bancada, me lançando o sorriso mais ridículo.

— Para — falei, tentando não sorrir de volta.

— Eu não disse nada. — Ele ainda sorria como um idiota.

Meu celular tocou, depois mais uma vez.

— Oi, Chase — falei, já sabendo por que ele estava ligando.

— A mamãe vai fazer um jantar hoje. Te vejo às cinco.

— Tenho que trabalhar. Ela sabe que trabalho de fim de semana.

— E é por isso que vai ser um jantar em família, em vez de almoço em família.

Suspirei.

— Eu só saio às sete.

— De onde? Você não tá trabalhando no Red?

— Tô... — falei, me amaldiçoando pelo deslize. — Ainda estou no bar, mas tenho um segundo emprego.

— Um segundo emprego? Por quê? — perguntou ele, com a voz cheia de desdém. Chase era representante de marca-passo e se achava muito maneiro. Ele ganhava uma grana boa, mas gostava de fingir que era médico, quando na verdade servia café para puxar o saco da equipe.

— Estou... ajudando um amigo.

Chase ficou quieto por um momento, depois finalmente falou:

— O Coby tá usando de novo, não tá? — Fechei os olhos com força, sem saber o que dizer. — Esteja na casa da mamãe às cinco, senão vou te buscar.

— Tá bom — falei, desligando e jogando o celular sobre o balcão. Coloquei as mãos nos quadris e encarei o monitor.

— Tá tudo bem? — perguntou Trenton.

— Acabei de dar início a uma enorme briga de família. Minha mãe vai ficar arrasada, e de alguma forma vai ser tudo culpa minha. Cal — gritei. — Vou ter que sair às quatro e meia.

— Você só sai às sete! — ele gritou de volta do escritório.

— É um problema de família! Ela vai sair às quatro e meia — Hazel gritou de volta.

— Tá, que seja — disse Calvin, não parecendo nem um pouco chateado.

— Cal! — gritou Trenton. — Eu vou com ela!

Calvin não respondeu. Em vez disso, bateu a porta da sua sala com força e apareceu na recepção.

— Mas que porra tá acontecendo?

— Jantar em família — respondi.

Calvin me olhou desconfiado por um instante, depois voltou os olhos para Trenton.

— Você viu o Bishop hoje?

Trenton virou a cabeça.

— Não. Não vi.

Calvin se virou para mim.

— Você realmente precisa de ajuda para jantar na casa dos seus pais? — perguntou, cético.

— Não.

— Precisa, sim — disse Trenton. — Mas não quer admitir.

Não consegui afastar o tom suplicante da voz.

— Você não sabe como eles são. E hoje à noite vai ser... É melhor você não ir, confia em mim.

— Você precisa ao menos de uma pessoa do seu lado naquela mesa, e essa pessoa vou ser eu.

Como eu poderia argumentar com isso? Apesar de não querer que Trenton visse a loucura que era minha família, seria reconfortante quando eles inevitavelmente decidissem que a recaída de Coby e o fato de não saberem disso eram de alguma forma culpa minha. E aí haveria o momento em que Coby descobriria que eu o havia traído.

— Só não... soca ninguém.

— Combinado — disse ele, me abraçando ao seu lado.

8

Trenton parou e desligou o carro. Na última vez em que estivemos juntos no Intrepid, Olive estava no banco de trás, e eu estava irritada por ter sido coagida a ir ao Chicken Joe's. Agora, uma noite com Trenton e Olive em um restaurante barulhento parecia o paraíso.

— Preparada? — ele perguntou, me dando uma piscadela reconfortante.

— Você está?

— Estou preparado pra tudo.

— Eu acredito nisso — falei, puxando a maçaneta. A porta rangeu quando abriu, e precisei de algumas tentativas e de um empurrão com a bunda para fechá-la totalmente.

— Desculpa — disse Trenton, enfiando as mãos nos bolsos da calça jeans. Ele me ofereceu o braço, e eu aceitei. Todos os meus irmãos e meus pais estavam de pé na soleira da porta, observando a gente seguir pela entrada.

— Sou eu que vou pedir desculpas mais tarde.

— Por quê?

— Quem é esse babaca? — perguntou meu pai.

Suspirei.

— Este é Trent Maddox. Trent, esse é o meu pai, Felix.

— Sr. Camlin — desdenhou meu pai.

Trenton estendeu a mão, e meu pai o cumprimentou, encarando-o. Meu amigo não ficou nem um pouco intimidado, mas eu estava me remoendo por dentro.

— Essa é a minha mãe, Susan.

— Prazer em conhecê-la — disse Trenton, apertando suavemente a mão dela.

Minha mãe retribuiu com um leve sorriso, depois me puxou para o próprio peito e me deu um beijo no rosto.

— Já estava na hora de você visitar a sua mãe.

— Sinto muito — falei, apesar de nós duas sabermos que era mentira.

Todos nós entramos na sala de jantar e nos sentamos, exceto minha mãe, que desapareceu na cozinha. Ela voltou com um prato a mais para Trenton e em seguida voltou para a cozinha. Então retornou com uma tigela fumegante de purê de batatas, que colocou sobre um descanso de panela, ao lado das outras comidas.

— Tudo bem, tudo bem — disse meu pai. — Senta logo pra gente comer de uma vez.

Os olhos de Trenton se estreitaram.

— Está com uma cara muito boa, mãe. Obrigado — disse Clark.

Minha mãe sorriu e se inclinou por sobre a mesa.

— Não há de quê...

— Que merda de formalidade é essa? Tô morrendo de fome aqui! — rosnou meu pai.

Passamos as várias tigelas de um para o outro e enchemos nosso prato. Fiquei remexendo a comida, esperando o primeiro tiro que daria início à guerra. Minha mãe estava tensa, o que significava que sabia que algo estava por vir.

— Que merda é essa nos seus dedos? — meu pai me perguntou.

— Hum... — Levantei as mãos por um instante, tentando pensar numa mentira.

— A gente estava brincando com um pincel atômico — disse Trenton.

— Essa merda preta toda é isso? — perguntou meu pai.

— Tinta. É — falei, revirando a comida no prato. Minha mãe era uma cozinheira maravilhosa, mas meu pai sempre dava um jeito de acabar com meu apetite.

— Passa o sal — disse meu pai, repreendendo Coby porque ele demorou muito. — Que inferno, Susan. Você nunca coloca sal suficiente. Quantas vezes eu já não disse isso?

102

— Você pode colocar mais sal no seu prato, pai — disse Clark. — Assim não fica salgado demais pra gente.

— Salgado demais? Essa merda dessa casa é minha. Ela é minha mulher! Ela cozinha pra mim! E do jeito que eu gosto, não do jeito que vocês gostam.

— Não se irrite, querido — disse minha mãe.

Meu pai deu um soco na mesa.

— Não tô irritado! Só não vou aturar alguém que entra na minha casa e diz como a minha mulher deve preparar a minha comida!

— Cala a boca, Clark — resmungou Chase.

Clark enfiou outra garfada na boca e mastigou. Ele era o pacifista havia anos e ainda não estava pronto para desistir. De todos os meus irmãos, ele era o mais fácil de conviver e amar. Ele entregava produtos da Coca-Cola em lojas de conveniência por toda a cidade e sempre se atrasava porque as funcionárias ficavam papeando com ele. Meu irmão tinha uma doçura no olhar que não passava despercebida. Herança da nossa mãe.

Meu pai fez um sinal com a cabeça e olhou para Trenton.

— A Cami te conhece da escola ou do trabalho?

— Dos dois — respondeu Trenton.

— O Trent cresceu em Eakins — falei.

— Nascido e criado — acrescentou ele.

Meu pai pensou por um instante, depois estreitou os olhos.

— Maddox... Você é filho do Jim, não é?

— Sim — respondeu Trenton.

— Ah, eu adorava a sua mãe. Ela era uma mulher maravilhosa — comentou minha mãe.

— Obrigado. — Trenton sorriu.

— Pelo amor de Deus, Susan, você nem conhecia a mulher — debochou meu pai. — Por que todo mundo que morre tem que ser transformado num maldito santo?

— Ela era quase isso — disse Trenton.

Meu pai levantou o olhar, não gostando do tom da minha companhia.

— E como você sabe? Você não era um bebê quando ela morreu?

— Pai! — gritei.

— Você acabou de levantar a voz pra mim na minha casa? Eu devia dar a volta na mesa e dar um tapa nessa sua boca abusada!

— Felix, por favor — implorou minha mãe.

— Eu me lembro dela — Trenton retomou a conversa. Ele demonstrava um enorme autocontrole, mas eu percebia a tensão em sua voz. — A lembrança da sra. Camlin é correta.

— Quer dizer que você trabalha com ela no Red? — perguntou Chase, com um claro tom de superioridade na voz.

Não sei muito bem qual era a minha expressão, mas Chase levantou o queixo de um jeito desafiador.

Trenton não respondeu. Meu irmão estava nos empurrando para uma armadilha, e eu sabia exatamente por quê.

— Qual emprego, então? — perguntou Chase.

— Para — falei entre dentes.

— O que você quer dizer com isso? — perguntou meu pai. — Ela só tem um emprego, no bar, você sabe disso. — Como ninguém concordou, ele olhou para Trenton. — Você trabalha no Red?

— Não.

— Então você é cliente.

— Sim.

Meu pai assentiu. Suspirei aliviada, me sentindo grata por Trenton não ter dado nenhuma informação além do necessário.

— Você não disse que arranjou um segundo emprego? — perguntou Chase.

Pressionei a palma das mãos na mesa.

— Por quê? Por que você tá fazendo isso?

Coby entendeu o que estava acontecendo e se levantou.

— Acabei de lembrar. Tenho um... tenho que fazer uma ligação.

— Senta! — gritou meu pai. — Você não pode simplesmente levantar da mesa no meio do jantar! Qual é o seu problema?

— Isso é verdade? — perguntou minha mãe com sua voz calma.

— Tô fazendo um bico de meio período no Skin Deep Tattoo. Não é nada de mais — falei.

— O quê? Você não consegue pagar suas contas? Você disse que o emprego de bartender te dá o salário de um mês num fim de semana! — falou meu pai.

— Dá mesmo.

— Então você está gastando mais do que ganha? O que eu te falei sobre ser responsável? Que merda, Camille! Quantas vezes eu já não disse pra você não usar cartões de crédito? — Ele limpou a boca e jogou o guardanapo na mesa. — Eu não bati na sua bunda o suficiente quando você era criança! Se eu tivesse feito isso, você talvez me ouvisse uma merda de uma vez na vida!

Trenton estava encarando o prato, respirando mais rápido e se inclinando um pouco para frente. Estendi a mão e toquei no joelho dele.

— Eu não tenho cartão de crédito.

— Então por que, em nome de Deus, você arrumou um segundo emprego enquanto ainda está na faculdade? Isso não faz o menor sentido, e eu sei que burra você não é! Filha minha não é burra! Então qual é o motivo? — ele gritou como se eu estivesse do outro lado da rua.

Nesse instante, minha mãe olhou para Coby, ainda de pé, e o resto da família fez o mesmo. Quando a percepção atingiu os olhos do meu pai, ele se levantou, espancando a mesa como costumava fazer.

— Você está usando aquela merda de novo, não está? — Ele ergueu o punho trêmulo.

— O quê? — disse Coby, com a voz uma oitava acima do normal. — Não, pai, mas que merda!

— Você está usando aquela porcaria de novo, e a sua irmã está pagando as suas contas? Você tá maluco? — disse meu pai. O rosto dele estava vermelho, e havia uma ruga tão profunda entre suas sobrancelhas que a pele ao redor estava branca. — O que foi que eu te disse? O que foi que eu disse que ia acontecer se você chegasse perto dessa porra de novo? Você achou que eu estava de brincadeira?

— Por que eu pensaria isso? — perguntou Coby, com a voz trêmula. — Você não tem senso de humor!

Meu pai contornou rapidamente a mesa e partiu para cima de Coby, e minha mãe e meus irmãos tentaram separar. Houve gritaria, rostos vermelhos, dedos em riste, mas Trenton e eu simplesmente continuamos sentados observando. Não havia crítica nem choque no rosto de Trenton, mas eu afundara em meu assento, totalmente humilhada. Nenhum alerta teria sido suficiente para prepará-lo para o circo semanal dos Camlin.

— Ele não está usando — falei.

Todo mundo virou na minha direção.

— O que você disse? — perguntou meu pai, com a respiração pesada.

— Estou pagando uma dívida que eu tinha com o Coby. Ele acabou ficando com pouco dinheiro depois de me ajudar um tempo atrás.

As sobrancelhas do meu irmão se juntaram.

— Camille...

Meu pai deu um passo em minha direção.

— Você não podia ter dito alguma coisa até agora? Deixou seu irmão assumir a culpa pela sua irresponsabilidade? — Ele deu mais um passo. Trenton virou o torso na direção de meu pai, me protegendo.

— Acho que o senhor precisa sentar — disse Trenton.

A expressão do meu pai passou da raiva para a ira, e Coby e Clark o seguraram.

— Você me mandou sentar na porra da minha própria casa? — ele perguntou, gritando a última parte.

Minha mãe finalmente gritou, com a voz embargada:

— Chega! Não somos um bando de animais selvagens! Temos visita! Sentem!

— Viu o que você fez? — meu pai me acusou. — Você chateou a sua mãe!

— Felix, senta! — ela gritou, apontando para a cadeira do meu pai. Ele obedeceu.

— Sinto muito — minha mãe falou ao Trenton. A voz dela estava tremendo conforme ela se ajeitava na cadeira. Ela secou os olhos com o guardanapo de pano, depois o colocou delicadamente no colo. — Isso é muito vergonhoso pra mim. Imagino como a Camille está se sentindo.

— Minha família também é bem bruta, sra. Camlin — disse ele.

Sob a mesa, seus dedos tinham começado a relaxar no ponto onde haviam agarrado meu joelho. Eu nem tinha me dado conta disso até aquele momento, mas meus dedos encontraram o caminho até os dele, e eu apertei sua mão. Ele apertou a minha também. Sua compreensão me provocou uma onda de sentimentos, e eu tive de engolir as lágrimas. Essa sensação rapidamente desapareceu, assim que o garfo do meu pai raspou no prato.

— Quando é que você ia nos contar que estava roubando seu irmão, Camille?

Olhei para ele, sentindo uma raiva súbita. Eu sabia que a culpa estava a caminho, mas a presença de Trenton me provocou um surto de confiança que eu nunca sentira perto do meu pai.

— Quando eu achasse que você ia se comportar como um adulto maduro em relação a esse assunto.

Meu pai ficou boquiaberto, e minha mãe também.

— Camille! — disse ela.

Meu pai apoiou os nós dos dedos na mesa e se levantou.

— Poupe a sua voz — falei. — A gente tá indo embora. — Eu me levantei, e Trenton me acompanhou. Fomos até a porta da frente.

— Camille Renee! Sente essa bunda aqui de volta! — rosnou meu pai.

Puxei a porta para abri-la. Havia marcas e arranhões na parte de baixo da madeira, onde o meu pai tinha chutado para fechá-la ou abri-la durante alguns de seus diversos surtos. Eu me detive antes de empurrar a porta de tela, mas não olhei para trás.

— Camille! Estou te avisando! — repetiu meu pai.

Empurrei a porta e me esforcei para não sair em disparada até o Intrepid. Trenton abriu a porta do passageiro, eu entrei, e ele então contornou o carro. Ele estava se apressando para colocar a chave na ignição.

— Obrigada — falei, quando ele saiu com o carro.

— Por quê? Não fiz merda nenhuma — ele disse, claramente descontente com a situação.

— Por manter sua promessa. E por me tirar daquele inferno antes que o meu pai saísse pra me pegar.

— Eu tive que correr. Eu sabia que, se ele conseguisse sair e gritasse ou te ameaçasse mais uma vez, seria impossível manter minha promessa.

— Foi uma tarde de folga desperdiçada — falei, olhando pela janela.

— Por que o Chase tocou no assunto? Pra que começar aquela merda toda?

Eu suspirei.

— O Chase tem um ressentimento mal resolvido em relação ao Coby. Meus pais sempre trataram o Coby como se ele nunca pudesse errar. E o Chase adora esfregar o vício do Coby na cara de todo mundo.

— Então por que você quis ir até lá, se sabia que ele sabia?

Olhei pela janela.

— Porque alguém precisava assumir a culpa.

Houve um silêncio por alguns instantes, depois Trenton resmungou:

— O Coby parece um bom candidato.

— Eu sei que parece maluquice, mas eu só preciso que um de nós ache que eles são bons pais. Se todos nós odiarmos a forma como fomos criados, a coisa fica mais real, sabe?

Trenton estendeu a mão para pegar a minha.

— Não é maluquice. Eu costumava fazer o Thomas me contar tudo o que ele lembrava da minha mãe. Eu só tenho vagas e preciosas lembranças dela. Saber que as lembranças dele eram mais que sonhos confusos tornava minha mãe mais real pra mim.

Puxei a mão da dele e toquei meus lábios com os dedos.

— Estou tão envergonhada, mas muito grata por você estar lá. Eu nunca teria falado com o meu pai daquele jeito se você não estivesse presente.

— Se precisar de mim, estou a um telefonema de distância. — Ele estalou os dedos algumas vezes e depois começou a cantarolar, terrivelmente, um coro muito alto e emocionado de "I'll Be There", dos Jackson 5.

— O tom tá meio alto pra você. — Abafei o riso.

Ele continuou cantando.

Escondi o rosto, e a risada começou. Trenton cantou mais alto, e eu cobri os ouvidos, balançando a cabeça e fingindo não gostar.

— *Just look ova ya shoulders!* — ele gritou, desafinado.

— Olhar sobre os dois ombros? — perguntei, ainda rindo.

— Acho que sim. — Ele respondeu, meio indiferente. — O Michael fala isso mesmo na música.

Trenton parou no estacionamento do meu prédio, na vaga ao lado do meu jipe.

— Vai sair hoje à noite? — perguntei.

Ele virou para mim, com um franzido de desculpa no rosto.

— Não. Preciso começar a economizar. Vou arrumar um lugar só pra mim em breve.

— Seu pai não vai sentir falta da sua ajuda com o aluguel?

— Eu podia me mudar agora, mas estou economizando pra ajudar meu pai também. A aposentadoria dele não é muito boa.

— Você vai continuar pagando o aluguel do seu pai depois de mudar?

Trenton cutucou o volante.

— É. Ele fez muita coisa pela gente.

Ele não era nem um pouco como eu pensava.

— Obrigada de novo. Te devo uma.

Um dos cantos de sua boca se curvou.

— Posso fazer o jantar pra você?

— Pra compensar o que você fez por mim, *eu* é que deveria fazer o jantar pra você.

— Você vai me recompensar me deixando cozinhar na sua casa.

Pensei por um instante.

— Tá bom. Mas só se você me der a lista de compras e me deixar pagar.

— Combinado.

Saí do carro e fechei a porta. Os faróis delinearam minha silhueta diante da porta do apartamento enquanto eu virava a chave e em seguida a maçaneta. Acenei para Trenton enquanto ele dava ré, mas ele parou de repente na vaga, saltou do carro e correu até a minha porta.

— O que você tá fazendo?

— Não é... — Ele apontou com a cabeça para um carro que vinha depressa em nossa direção.

— É o Coby. — Engoli em seco. — É melhor você ir.

— Não vou a lugar nenhum.

O Camaro azul metálico de Coby parou de repente, atrás do meu jipe e do carro de Trenton, e meu irmão saltou, batendo a porta com força.

Eu não sabia se devia insistir para ele entrar e os vizinhos não ouvirem, ou se devia deixá-lo do lado de fora para impedir que meu apartamento fosse destruído.

Trenton ajeitou a postura, se preparando para impedir qualquer coisa que Coby pudesse fazer. Meu irmão veio até mim pisando duro, a expressão séria, os olhos vermelhos e inchados, e se jogou em cima de mim, me envolvendo com tanta força que eu mal conseguia respirar.

— Me desculpa, Cami — disse ele, soluçando. — Eu sou um merda!

Trenton nos observou, parecendo tão surpreso quanto eu. Depois de uma pausa breve, retribuí o abraço de Coby, dando uns tapinhas em suas costas com uma das mãos.

— Tudo bem, Coby. Tudo bem. A gente vai dar um jeito.

— Eu me livrei de tudo. Eu juro. Não vou mais tocar naquilo. Vou te pagar.

— Tudo bem. Tá tudo bem. — Estávamos nos balançando, e provavelmente parecíamos meio bobos.

— O papai ainda tá maluco. Eu não consegui mais ficar ouvindo o que ele tava dizendo.

Nós dois nos afastamos.

— Entra um pouco. Preciso me arrumar pra trabalhar daqui a pouco, mas você pode ficar aqui até eu sair.

Coby assentiu.

Trenton enfiou as mãos nos bolsos.

— Você precisa que eu fique?

Balancei a cabeça.

— Não, ele só tá chateado. Mas obrigada por ficar pra saber.

Trenton assentiu, deu uma olhada para além de mim e, então, como se fosse a coisa mais natural do mundo, se inclinou para beijar meu rosto e virou para ir embora.

Fiquei parada na porta por um instante. A minha pele ainda pinicava onde os lábios dele haviam tocado.

— O que aconteceu com o cara da Califórnia? — Coby fungou.

— Ele ainda está na Califórnia — respondi, fechando a porta e me recostando nela.

— E qual é o lance com Trent Maddox?

— Ele é só um amigo.

Coby ergueu uma sobrancelha.

— Você nunca levou um cara pra casa. E eu não beijo as minhas amigas. Só tô dizendo.

— Ele me deu um beijo no rosto — falei, sentando ao lado dele no sofá. — Acho que temos coisas mais importantes para conversar, não?

— Talvez — disse ele, desanimado.

— Você encontrou um programa de reabilitação?

— Vou parar sozinho.

— Não deu muito certo da última vez, né?

Coby franziu o cenho.

— Tenho contas pra pagar, Cami. Se começarem a ligar lá em casa me cobrando, o papai vai descobrir.

Dei um tapinha em seu joelho.

— Deixa que eu me preocupo com isso. Você se preocupa em ficar limpo.

Os olhos dele perderam o foco.

— Por que você é tão legal comigo, Cami? Sou um fracassado. — Seu rosto se contorceu, e ele começou a chorar de novo.

— Porque eu sei que você não é.

A depressão era um dos efeitos colaterais dos anabolizantes, então era importante o Coby ter ajuda para parar. Fiquei com ele no sofá até ele se acalmar, depois me arrumei para o trabalho. Ele ligou a tevê e ficou ali em silêncio, provavelmente feliz por estar longe da guerra constante que acontecia na casa dos meus pais. Quando meu pai não estava gritando com a minha mãe, fazia isso com um dos meninos, ou eles gritavam entre si. Apenas mais um motivo para eu querer sair logo de lá. Conviver com aquilo era o suficiente para ficar deprimido. Coby não estava pronto para morar sozinho, então, ao contrário de todos nós, ele estava preso lá.

Depois de me trocar e retocar a maquiagem, peguei a bolsa e as chaves e fui para a porta.

— Você vai ficar aqui? — perguntei.

— Vou — respondeu Coby. — Se não tiver problema.

— Não faça nada que me obrigue a dizer não na próxima vez que quiser vir.

— Não vou ficar muito. Talvez só até o papai ir dormir.

— Tá bom. Me liga amanhã.

— Cami?

— Oi — falei, me detendo de repente e colocando a cabeça para dentro do apartamento mais uma vez.

— Eu te amo.

Eu sorri.

— Também te amo. Vai dar tudo certo. Prometo.

Ele assentiu e eu me apressei até o Smurf, rezando para ele dar partida. Graças a Deus, funcionou.

Durante toda a minha ida ao trabalho, pensei em Coby, T.J., Trent e ainda tentei me preparar para uma noite de sábado agitada.

Raegan já estava atrás do balcão do bar leste, preparando as coisas e limpando tudo.

— Ei, gata! — disse ela. Seu sorriso iluminado se apagou quando seus olhos encontraram os meus. — Oh-oh. Você foi na casa dos seus pais hoje, não foi?

— Como você adivinhou?

— O que aconteceu?

— O Trent foi comigo, então não foi tão ruim como poderia ter sido. O Chase descobriu que tenho dois empregos.

— Aquele idiota contou para os seus pais o motivo, né?

— Pois é.

Raegan suspirou.

— Sempre causando confusão.

— Você passou o dia todo com o Kody?

O rosto da Raegan ficou vermelho.

— Não. A gente meio que... tá dando um tempo.

— Um o quê?

— Shhh! Um tempo. Até eu acertar algumas coisas.

— Então onde você passou o dia todo?

112

— Dei uma passada na Sig Tau. Só por algumas horas antes do trabalho.

— Na Sig Tau? — Meu cérebro demorou um pouco para entender. Eu a observei por um instante, depois balancei a cabeça. — Ele te ligou, não foi?

Raegan fez uma careta.

— Não vou falar disso aqui. Já tá tudo estranho demais. O Kody está aqui, então vamos guardar o assunto até chegarmos em casa.

Balancei a cabeça mais uma vez.

— Você é muito burra. O Brazil te viu feliz com o Kody, por isso te ligou. Agora você está estragando uma coisa legal, e o Brazil não vai mudar.

Kody se aproximou, parecendo magoado.

— Hum, vocês precisam de alguma coisa?

Raegan negou com a cabeça, e eu fiz o mesmo. Kody percebeu que eu sabia de alguma coisa. Seus ombros desabaram, e ele apenas assentiu e se afastou.

— Que merda, Cami! Eu disse pra não falar disso aqui! — sibilou Raegan.

— Desculpa — falei, contando o dinheiro no meu caixa. Falar alguma outra coisa só a deixaria com mais raiva, então guardei meus pensamentos para mim.

O tumulto aconteceu mais cedo que nos outros dias, e eu me senti grata pela distração. Kody ficou ocupado na entrada, então eu mal o vi até perto da hora de fechar. Ele estava em pé na parede esquerda, num canto escuro, observando Raegan. O DJ estava tocando a música deles, então foi especialmente revoltante ver o Brazil inclinado na ponta do balcão, sorrindo para Raegan, que também estava inclinada e sorrindo.

Eu não podia acreditar que ela estava sendo tão fria com Kody. Levei uma caneca de cerveja até ela e no caminho fingi tropeçar, derramando toda a cerveja em cima do balcão e do Brazil. Ele deu um pulo para trás e ergueu as mãos. Tarde demais. A camisa xadrez marrom e a calça jeans já estavam ensopadas.

— Cami! — gritou Raegan.

Eu me inclinei para perto do rosto dela.

113

— Você está ouvindo a música? O Kody estava na portaria, então ele sabe que o Brazil está aqui. Não precisa agir como uma vaca sem coração, Ray.

— *Eu* sou uma vaca sem coração? Não vou nem mencionar o que você está fazendo.

Fiquei boquiaberta. Sua resposta automática não foi surpresa, mas ela falar do Trenton, sim.

— Eu não estou fazendo nada! Somos apenas amigos!

— É, vamos botar um rótulo agradável pra você poder dormir à noite. Todo mundo está vendo o que você está fazendo, Cami. Só que não somos hipócritas o suficiente pra te condenar por isso.

Raegan abriu a tampa de uma cerveja e a passou ao cliente, pegando o dinheiro em troca. Ela foi até a caixa registradora e digitou furiosamente, como se estivesse com raiva dos botões.

Eu poderia ter me sentido mal se não tivesse olhado para o outro lado do salão e percebido que, apenas por um instante, Kody não parecia tão arrasado.

Raegan veio até o meu lado, com os olhos em Kody na outra extremidade do bar.

— Eu não tinha notado a música.

— Você percebeu que o Brazil estava quase te beijando na frente de todo mundo menos de vinte e quatro horas depois de você ter dado um pé na bunda do Kody?

— Você tem razão. Vou falar pra ele se afastar. — Ela ergueu o braço e tocou a campainha, anunciando a última rodada de bebidas. Kody enfiou as mãos nos bolsos e seguiu para a entrada.

— Acho que o Kody vai me levar até o meu carro hoje — falei.

— Vai ser melhor assim — disse Raegan.

Limpamos o nosso balcão e arrumamos tudo para a noite seguinte. Depois de uma hora que havíamos fechado, pegamos o nosso casaco. Raegan pendurou a bolsa no ombro e fez um sinal com a cabeça para Gruber.

— Você me leva? — perguntou.

Ele hesitou, e Kody surgiu ao lado dela.

— Posso te levar.

— Kody... — começou Raegan.

Kody deu de ombros, rindo.

— Não posso te levar até o carro? Faz parte do meu trabalho, Ray.

— O Gruber pode me levar, não pode, Gruby?

— Eu... hum... — gaguejou ele.

— Poxa, Ray. Me deixa te levar. Por favor.

Os ombros de Raegan desabaram, e ela suspirou.

— Te vejo em casa, Cami.

Acenei para ela e me certifiquei de permanecer vários metros atrás dos dois.

Gruber e eu ouvimos Kody implorando a Raegan no carro dela, do outro lado do estacionamento, e isso partiu meu coração. Gruber ficou parado comigo perto do meu carro até Raegan entrar no dela. Ela me seguiu até em casa, e, quando paramos no estacionamento, percebi que ela estava soluçando, com o rosto escondido nas mãos.

Abri a porta dela.

— Vem. Vamos ver filmes de terror e tomar sorvete.

Raegan ergueu os olhos vermelhos e inchados para mim.

— Você já amou duas pessoas ao mesmo tempo? — perguntou.

Depois de uma longa pausa, estendi a mão para ela.

— Se um dia eu tentar, pode me bater, tá?

9

No auge da lotação da noite de sexta no Red, Travis Maddox veio até seu banquinho de costume no meu balcão, atravessando o bar como sempre fazia: sexy, confiante e dominando o salão. Shepley estava junto, acompanhado da namorada, America, e de outra garota — que imaginei ser aquela de quem ele tinha falado na semana anterior, a caloura. Eu disse ao cara que estava no banquinho dele que Travis estava se aproximando. Ele e o amigo cederam o lugar sem protestar.

Travis sentou de pernas abertas no banco. Pediu uma cerveja, bebeu metade em poucos goles e então virou para dar uma olhada na pista de dança. A caloura estava lá, dançando com America.

Três garotas estavam de pé atrás de Travis, agindo feito tietes, esperando que ele virasse.

America e a amiga então se juntaram aos dois, sorrindo e suadas. A caloura era uma gata, nisso Travis tinha razão. Ela tinha aquele quê especial que se poderia esperar daquela que finalmente chamara a atenção de Travis Maddox, mas eu não saberia dizer bem o que era. Havia certa confiança em seu olhar. Ela sabia alguma coisa que ninguém mais sabia.

— Vai ser assim a noite toda, Mare. É só ignorar — disse Shepley.

America bufou e deu uma olhada para as três mulheres que estavam encarando Travis e sussurrando entre si. Eu não sabia bem por que America estava tão irritada. Elas não estavam olhando para Shepley.

— Parece que Vegas vomitou em um bando de abutres — disse ela.

Travis olhou por cima do ombro para ver de quem America estava falando, depois virou de novo, dando um gole na cerveja. Ele acendeu um cigarro e soprou uma nuvem de fumaça. Olhou para mim e levantou dois dedos.

Isso vai ser interessante. Peguei duas Bud Lights da geladeira, abri e coloquei no balcão diante de Travis.

Uma das abutres pegou uma cerveja, mas Travis tirou da mão dela.

— Hum... não é pra você — disse ele, entregando para a caloura.

Os cantos da boca da caloura se curvaram um pouquinho, pouco antes de ela dar um gole na cerveja.

— Você pode fazer um... — começou Marty, cliente regular de Raegan. Ela estava do outro lado do bar, em uma conversa intensa com Kody.

— Sim — respondi, interrompendo-o. — Não se preocupa, Marty. Eu cuido disso. — Enquanto eu preparava o drinque com licor de ovo especialmente complicado de Marty, Travis e a caloura se divertiam na pista de dança, proporcionando um espetáculo e tanto. Quando Marty terminou seu drinque, Travis já havia irritado a garota, e ela estava se afastando dele com raiva, voltando para o bar.

Ela me deu um leve sorriso e levantou um dedo. Peguei uma cerveja, tirei a tampa e a coloquei diante da garota no balcão. A caloura já tinha bebido mais da metade quando Travis voltou para o bar. Não era surpresa ele estar tão descontente em relação aos próprios sentimentos. Os dois já estavam me deixando exausta, e eu ainda nem sabia o nome dela.

Megan, o plano B testado e aprovado de Travis, surgiu ao seu lado.

— Veja só, se não é o Travis Maddox.

Megan não fazia muito drama, mas não era minha favorita. Além do Travis, havia outros caras que ela gostava de perseguir. Mas nunca quando eles a queriam e nunca quando estavam solteiros. Ela gostava do desafio de tirar um cara da namorada, e mulheres assim são inimigas de casais em qualquer lugar.

— O que está acontecendo? — Raegan sussurrou.

Nesse exato momento, Travis puxou Megan pela mão até a pista de dança, e os dois começaram a se esfregar na frente de Deus e o mundo.

— Ah, Travis — falei, desapontada. — Que diabos você tá fazendo?

Não fazia nem cinco minutos que Travis havia se afastado quando Ethan Coats se aproximou e sentou no banco de Maddox. Ele se inclinou, jogando seu charme. A caloura gostou da atenção que recebeu. Eu não a culparia, se a atenção não viesse de Ethan.

— Ah, isso não é nada legal. Tira essa ameba de perto dela! — sibilou Raegan.

Todo mundo sabia o que Ethan fizera e do que era capaz. Tentávamos vigiá-lo quando ele estava no bar, mas nem todas as garotas davam importância aos nossos alertas.

Vi Travis voltando para o balcão, com os olhos em Ethan.

— Acho que não vai ser preciso — falei.

Travis parou praticamente entre os dois, e, depois de uma rápida conversa, Ethan se afastou com o rabo entre as pernas, e Travis e a caloura partiram, parecendo prestes a brigar.

Raegan deu um sorriso forçado.

— Acho que Travis Maddox encontrou sua cara-metade.

— Acho que você tem razão — concordei.

Uma hora antes da última rodada de bebidas, eu já tinha recebido mais gorjetas do que nunca. Raegan estava de bom humor, apesar de o Kody aparecer por ali com muita frequência e parar por tempo suficiente para ela lhe dizer que não podia conversar.

Vi Trenton pegar o troco da chapelaria com Tuffy, então lhe dei um sorriso e assenti em sua direção. Com o andar arrogante dos Maddox que todo mundo notava, ele veio até o meu bar e se sentou na minha frente.

— Uísque? — perguntei.

— Água.

— Água? — repeti, sem acreditar.

— Eu te falei. Estou tentando economizar.

— Água, então.

Trenton tomou um gole, deixou o copo sobre o bar e olhou ao redor.

— Eu vi o Travis gritando com uma garota no estacionamento.

— Ah, é? E o que aconteceu?

— Ela gritou de volta. Não sei quem é, mas eu meio que gosto dela.

— Eu também.

Trenton encarou o gelo flutuante em seu copo.

— É meio esquisito. Ver meu irmão tentando se ajeitar.

— Você acha que é isso que ele está fazendo?

— Ele falou com você sobre ela, não falou?

Eu assenti.

— Então.

Eu o observei por um instante. Havia algo errado, mas eu não conseguia entender o que era.

— Quer conversar sobre alguma coisa?

Ele refletiu por um momento.

— Não. Não adianta. — Ele tomou outro gole de água, olhou para trás e percebeu alguém parado nas mesas de sinuca. — Vou até lá.

— Tá bom — falei. Eu não devia ter ficado desapontada por ele não parecer tão a fim de conversar comigo. Algumas semanas antes, ele fora ao Red para beber, curtir com os irmãos ou encontrar uma bela bunda. Mas, conforme ele atravessava a pista de dança e pegava um taco de sinuca, com os braços flexionados polindo a ponta com giz, uma estranha sensação tomou conta de mim.

— O que aconteceu com ele? — Raegan perguntou.

— Não sei. Ainda bem que não fui a única que notou.

— O que aconteceu com você? Você estava com uma cara estranha quando ele se afastou. Ele disse alguma coisa?

— Não — respondi, balançando a cabeça. — Você não ia acreditar em mim se eu dissesse.

— Sou sua melhor amiga. Provavelmente já sei.

— É difícil de explicar... Eu... tô com uma sensação triste, bizarra. Como se o Trent e eu não fôssemos mais amigos.

— Talvez porque você sabe que ele finalmente acredita que vocês são apenas amigos.

— Talvez. Quer dizer, não — falei, mudando de ideia.

— Eu sabia, vadia. Eu não sei nem por que você tenta. — Ela ficou parada atrás de mim e passou os braços pela minha cintura, pousando o queixo em meu ombro.

Nós duas vimos duas garotas que tinham acabado de chegar se dirigirem até a parede esquerda e ficarem rodeando a mesa de sinuca de Trenton. As duas eram claramente íntimas do descolorante de cabelo, mas, por mais que eu odiasse admitir, eram absurdamente bonitas. Vinte minutos depois, uma terceira se uniu a elas. Não demorou muito para ela conseguir a total atenção de Trenton, e ele a encurralou contra a mesa de sinuca. Ela estava enrolando uma mecha do longo cabelo castanho no dedo, rindo como se Trenton fosse a pessoa mais engraçada que ela conhecesse. Dava para ouvir as risadinhas acima da música.

— Deus do céu, tô pronta pra ir pra casa — disse Raegan, virando para pousar a têmpora em meu ombro.

— Eu também — falei, observando Trenton se inclinar mais para perto do rosto da garota.

Mesmo do outro lado do bar, pude notar que ela tinha lábios de modelo e um olhar provocante. Ele estava sorrindo para ela. A proximidade dos dois era meio revoltante. Eu nunca tinha visto aquela garota, então ela provavelmente vinha da Estadual. Provavelmente Trenton também não a conhecia, e, menos de meia hora depois, eles estavam separados apenas por poucos centímetros.

Trenton colocou as mãos na mesa de sinuca, e a bunda da garota ficou bem aninhada entre elas. Ela sussurrou no ouvido dele.

Cinco minutos antes da última rodada de bebidas, uma galera barulhenta entrou e veio até meu bar pedir bebida, apesar de a maioria já ter bebido um bocado. Quando comecei a voltar a ficar ocupada, vi de relance Trenton conduzindo a garota pela mão. E instantaneamente me senti enjoada.

— Você tá bem? — perguntou Raegan, destampando várias garrafas de cerveja ao mesmo tempo.

— Tô — respondi. Não sei se ela me ouviu, mas não importava. Ela sabia a verdade.

10

Uma batida à porta me despertou. Novas batidas me acordaram por completo. Então os socos começaram. Eu me arrastei para fora da cama, me encolhendo quando o sol claro do início da manhã atingiu meu rosto no instante em que cheguei ao corredor.

Cambaleei pela sala de estar e abri a porta.

— Que diabos você tá fazendo aqui? — perguntei.

— Ela dumiu de ropa — disse Olive com sua voz doce e suave.

Olhei para baixo, protegendo com as mãos os olhos da claridade.

— Ah, oi, Olive. Desculpa, eu não te vi aí embaixo — falei, sem conseguir deixar de franzir o cenho.

— Tudo bem — disse ela. — O Tenton diz que sou nanica.

— A gente trouxe o café da manhã pra você — disse Trenton, erguendo uma sacola branca.

— Eu não tomo café da manhã.

— Toma, sim. Rosca de passas com canela e geleia. O Kody me falou.

As duas linhas que já haviam se formado entre as minhas sobrancelhas se aprofundaram. Olhei furiosa para Trenton, então baixei os olhos para Olive. Minha expressão se suavizou e eu suspirei.

— Eu adoro ela — falei. — Olive, você sabe que eu te adoro, mas vou voltar pra cama. — Voltei os olhos estreitos para Trenton. — Não vai dar certo dessa vez. Leve a Olive pra casa.

— Não dá. Os pais dela vão ficar fora o dia todo.

— Então leva ela pra *sua* casa.

— Meu pai está resfriado. Você não quer que ela fique doente, quer?

— Sabe o que eu odeio? — perguntei.

Trenton tinha desespero nos olhos.

— Eu. Eu sei. Eu só... sou um idiota egoísta e inseguro.

— É.

— Mas eu sou um idiota egoísta, inseguro e arrependido, no frio com uma garotinha.

Foi a minha vez de suspirar. Fiz um gesto para Olive entrar. Ela obedeceu satisfeita, se ajeitando no sofá. Então imediatamente encontrou o controle remoto e ligou a tevê, colocando no canal de desenhos animados.

Trenton deu um passo e eu levantei a mão.

— Você não.

— O quê?

— Você não pode entrar.

— Mas... eu tenho que cuidar da Olive.

— Você pode tomar conta dela pela janela.

Ele cruzou os braços.

— Você acha que eu não vou fazer isso?

— Não, eu sei que vai. — Puxei a sacola branca de sua mão e bati a porta com força, trancando a fechadura. Joguei a sacola para Olive. — Você gosta de roscas, menina?

— Ãhã! — ela disse, abrindo a embalagem. — Você vai mesmo fazê o Tenton esperá lá fora?

— Vou, sim — respondi, voltando para o meu quarto e caindo na cama.

❦

— Cami! — Raegan me sacudiu. Dei uma olhada no relógio. Quase duas horas tinham se passado desde que Trenton batera à minha porta. — Aquela garotinha tá vendo desenho na nossa sala! — sussurrou ela, claramente incomodada.

— Eu sei.

— Como foi que ela entrou aqui?

— O Trent trouxe.

— Onde ele está?

— Lá fora, eu acho — respondi, bocejando.

Raegan saiu pisando duro até a sala de estar, e em seguida voltou para o meu quarto.

— Ele tá sentado no chão do lado de fora da nossa janela, jogando Flappy Bird no celular.

Assenti.

— Tá quase zero grau lá fora.

— Ótimo — falei, me sentando. — Queria que estivesse nevando.

O rosto de Raegan se contorceu.

— Ele acenou pra mim como se fosse a coisa mais normal do mundo. Que diabos está acontecendo?

— Ele trouxe a Olive aqui. O pai dele está resfriado, então ele não podia levar a menina pra casa dele, e os pais dela vão ficar fora o dia todo.

— E ele não podia cuidar da menina na casa dela?

Pensei nisso por um instante, depois me arrastei para fora da cama pela segunda vez naquele dia. Fui até o sofá.

— Por que o Trent não cuidou de você na sua casa? — perguntei.

— Eu queria vê você — respondeu ela casualmente.

— Ah — comentei. — O Trenton não queria vir aqui?

— Queria, mas ele disse que você não ia gostá.

— Ah, é?

— É, mas aí eu pedi por favô, por favô, por favozinho. E ele disse que tudo bem.

Sorri para ela, depois segui até a porta da frente e a abri. Trenton virou e olhou para mim. Meu sorriso desapareceu.

— Entra.

Ele levantou e entrou, mas ficou parado perto da porta.

— Você está com raiva de mim — disse. Estreitei os olhos. — Por quê? — ele perguntou.

Não respondi.

— É porque eu fui pra casa com aquela garota ontem à noite?

Continuei sem responder.

— Eu não peguei a garota.

123

— Quer uma recompensa? — perguntei. — Porque isso vale um prêmio.

— Qual é a sua? Você me diz cinco vezes por dia que nós somos amigos, e agora tá com ciúme de uma garota que eu paquerei por dois segundos.

— Eu *não* tô com ciúme!

— Então o que é?

— Como sua amiga, não posso me preocupar que você pegue uma DST?

— O que é deéssitê? — perguntou Olive do sofá.

Fechei os olhos com força.

— Ai, meu Deus. Desculpa, Olive. Esquece isso.

Trenton deu um passo na minha direção.

— Os pais dela me deixam cuidar da menina. Você acha que estão preocupados com palavras proibidas?

Ergui uma sobrancelha.

Ele abaixou o queixo, olhando direto nos meus olhos.

— Diz a verdade. Você está com raiva de mim porque achou que eu tinha levado aquela garota pra casa, ou é alguma outra coisa? Porque você está com raiva de mim por algum motivo.

Cruzei os braços e desviei o olhar.

— O que a gente está fazendo, Cami? — perguntou ele. — O que está acontecendo?

— Somos amigos! Eu já disse!

— Papo-furado de merda!

O dedo de Olive apareceu atrás do sofá.

— Você tem que colocá uma moedinha no meu potinho.

— Desculpa — disse Trenton, com as sobrancelhas juntas.

— Quer dizer que você... não foi pra casa com ela? — perguntei.

— Pra onde eu ia levar a garota? Pra casa do meu pai?

— Sei lá. Pra um motel?

— Não estou bebendo para economizar, você acha que eu ia gastar cem pratas em um motel por causa de uma garota qualquer que eu acabei de conhecer?

— Você já fez coisas menos inteligentes.

— Tipo o quê?

— Tipo comer cola!

Trenton ergueu o queixo e desviou o olhar, claramente indignado e talvez um pouco envergonhado.

— Eu nunca comi cola.

Cruzei os braços.

— Comeu, sim. Na aula da sra. Brandt.

Raegan deu de ombros.

— Comeu, sim.

— Você não estava na minha turma, Ray! — disse Trenton.

— Você também comia lápis vermelhos com certa frequência, segundo a Cami! — Raegan tentou abafar uma risada.

— Que seja! — gritou Trenton. — Cadê a minha rosca?

A sacola branca apareceu sobre o sofá de dois lugares, com a parte de cima amassada e enrolada pelos dedinhos de Olive. Trenton sentou ao lado da amiguinha, brigou com a sacola e pegou seu café da manhã, desembrulhando-o em seguida.

Raegan olhou para mim e colocou três dedos sobre a boca. Seu corpo se sacudiu com uma risada silenciosa, como um leve soluço. Em seguida ela voltou para o quarto.

— Eu nunca comi cola — resmungou Trenton.

— Talvez você tenha apagado essa lembrança. Eu teria feito isso, se tivesse comido cola...

— Eu não comi cola — ele disparou.

— Tá bom — falei, arregalando os olhos por um instante. — Meu Deus.

— Você quer... quer metade da minha rosca? — perguntou Trenton.

— Sim, por favor.

Ele me passou a rosca e nós comemos em silêncio, enquanto Olive, sentada entre nós, via seu desenho. Seus pezinhos mal chegavam até a beirada da almofada do sofá, e ela os balançava de vez em quando.

Depois de dois desenhos inteiros, acabei cochilando, e acordei quando minha cabeça caiu para frente.

— Ei — disse Trenton, dando um tapinha em meu joelho. — Por que você não vai dormir um pouco? A gente pode ir embora.

— Não — falei, negando com a cabeça. — Eu não quero que vocês vão embora.

Trenton me encarou por um minuto, então fez sinal para Olive trocar de lugar com ele. Ela pulou por cima do amigo, mais que satisfeita em obedecer. Trenton ficou ao meu lado, se inclinando mais para perto, depois apontou para o próprio ombro.

— É macio. Foi o que me disseram.

Fiz uma careta, mas, em vez de argumentar, envolvi os braços no dele e repousei confortavelmente a cabeça entre seu ombro e seu pescoço. Trenton apoiou a bochecha em meu cabelo e, ao mesmo tempo, respiramos fundo e relaxamos encostados um no outro.

Não me lembro de mais nada depois disso, até piscar e abrir os olhos. Olive estava dormindo com a cabeça no colo de Trenton. O braço dele cobria o dela de forma protetora, e o outro estava envolvido pelos meus braços. A mão dele estava em minha coxa, e seu peito subia e descia em um ritmo tranquilo.

Raegan e Brazil estavam sentados no sofá, vendo tevê no mudo. Quando ela percebeu que eu estava acordada, sorriu.

— Ei — sussurrou.

— Que horas são? — perguntei baixinho.

— Meio-dia.

— Sério? — falei, me endireitando.

Trenton despertou e imediatamente deu uma olhada para a Olive.

— Nossa. Quanto tempo a gente ficou fora do ar?

— Um pouco mais de três horas — falei, passando a mão nos olhos.

— Eu nem sabia que estava cansado — disse ele.

Brazil sorriu.

— Eu não sabia que você estava saindo com a bartender. O Kyle e o Brad vão ficar decepcionados.

Franzi o cenho para ele. Eu nem sabia quem eram Kyle e Brad.

— Eles podem comemorar. A gente é só amigo — disse Trenton.

— Sério? — perguntou Brazil, procurando em nós dois sinais de que era brincadeira.

126

— Eu te falei — disse Raegan, se levantando. Quando ela se espreguiçou, a camiseta escapou do minúsculo shorts listrado branco e rosa. — O Brazil tem jogo às quatro e meia. Estão a fim de ver os Bulldogs em ação?

— Tenho que cuidar da Olive — respondeu Trenton. — A gente ia convidar a Cami para ir com a gente até o Chicken Joe's.

— Talvez a Olive goste de futebol americano — disse Brazil.

— Jason... — disse Trenton, balançando a cabeça. — Ir ao Chicken Joe's é tipo... um milhão de vezes melhor do que ver um jogo de futebol.

— Como é que você pode saber antes de levá-la a um jogo?

— Já levei. Ela não me deixa esquecer até hoje.

— Ela é sua priminha ou o quê? — perguntou Brazil. — Por que ela tá sempre com você?

Trenton deu de ombros.

— Ela tinha um irmão mais velho. Ele teria catorze anos hoje. Ela adorava o garoto. Ele foi atropelado quando andava de bicicleta uns meses antes de eles se mudarem pra casa ao lado da nossa. A Olive estava do lado dele quando ele deu o último suspiro. Só estou tentando compensar um pouco.

— Que barra, cara. Mas... sem querer ofender... você é um Maddox.

— É. E daí? — disse Trenton.

— Sei que você é um cara legal, mas é cheio de tatuagens, bebe uísque, é esquentado e fala palavrão. Os pais dela simplesmente deixam a filhinha entrar no seu carro?

— Foi acontecendo naturalmente, acho.

— Mas... por que ela é sua responsabilidade? — perguntou Brazil. — Eu não entendo.

Trenton baixou o olhar para Olive, ainda profundamente adormecida. Ele tirou uma mecha loiro-acinzentada delicada dos olhos dela e deu de ombros.

— Por que não?

Sorri com a simples demonstração de afeto.

— Chicken Joe's, então. Mas tenho que voltar cedo para me arrumar para o trabalho.

— Combinado. — Trenton abriu o sorriso mais fácil do mundo.

— Bom, eu preciso resolver umas coisas por aí — disse Raegan.

— E eu tenho que comer carboidratos e ir para o ginásio — falou Brazil. Quando se levantou, ele deu um tapinha no traseiro da Raegan e se inclinou para beijá-la. Então pegou a carteira, o celular e as chaves antes de bater a porta atrás de si.

Os olhos da Olive se abriram de repente.

— Oba! — disse Trenton. — Ela acordou! Agora a gente pode DE-VORÁ-LA! — Ele se inclinou e fingiu morder a barriga de Olive enquanto a enchia de cócegas.

Ela começou a rir descontroladamente.

— Nãããããão. Quero fazê xixi!

— Eita! — disse Trenton, levantando as mãos.

— Por aqui — falei, conduzindo Olive pela mão até o banheiro no corredor. Seus pés descalços batiam no piso de cerâmica. — Papel higiênico, sabonete, toalha — falei, apontando para cada um dos itens.

— Entendi — disse ela. Olive parecia tão pequenina no meio do banheiro. Ela ergueu as sobrancelhas. — Você vai ficá aqui?

— Ah! Não. Desculpa — falei, recuando e fechando a porta.

Eu me virei e fui me juntar ao Trenton, que estava de pé na passagem entre o balcão da cozinha e o sofá.

— Ela é incrível — disse ele, sorrindo.

— Você é incrível — falei.

— É mesmo? — ele perguntou.

— É. — Ficamos nos encarando em silêncio por um instante, apenas olhando um para o outro e sorrindo, e um sentimento familiar tomou conta de mim: um formigamento interior e um calor nos lábios. Eu me concentrei em sua boca, e ele deu um passo em minha direção.

— Trent...

Ele balançou a cabeça, se inclinou mais para perto e fechou os olhos. Fiz a mesma coisa, esperando sentir seus lábios nos meus.

Então ouvimos o som da descarga e nos afastamos. O ar entre a gente de repente ficou carregado e tenso. Conforme a expectativa do que íamos fazer foi desaparecendo, foi surgindo um constrangimento impressionante.

128

Olive estava de pé no corredor, nos encarando. Ela coçou o cotovelo e então o nariz.

— Almoço?

Dei um meio sorriso envergonhado.

— Preciso ir ao mercado.

— Boa ideia — disse Trenton, batendo palmas e depois esfregando as mãos. — Supermercado?

Olive sorriu de orelha a orelha.

— Posso sentá na cestinha do carrinho?

Trenton me olhou enquanto ajudava Olive a vestir o casaco.

— Claro! — falei, de repente me dando conta de por que Trenton era tão dedicado a fazê-la feliz. Fazer a garotinha sorrir era viciante.

Olive fez uma dancinha, e Trenton começou a dançar também. Ele parecia totalmente ridículo, então eu me juntei a eles.

Dançamos até o estacionamento, sem nenhuma música de fundo. Trent apontou para o Intrepid, mas eu parei no meu jipe.

— Você sempre dirige. Me deixa dirigir dessa vez. Tem mais espaço no meu porta-malas para as compras, de qualquer maneira.

— Você não tem porta-malas — disse Trenton.

— Tenho algo parecido.

— A cadeirinha da Olive tá no meu carro.

— É bem fácil trocar, não é?

Ele balançou a cabeça.

— Eu... tenho um problema. Com garotas dirigindo.

— É por causa da Mackenzie, ou é um comentário machista?

— Desde o acidente.

Eu assenti.

— Tudo bem, então. Mas você vai me deixar pagar a gasolina.

— Você pode ajudar a pagar o jantar — disse ele.

— Rock'n'roll — falei, dobrando o cotovelo e, com o punho no ar, levantando o indicador e o mindinho.

Olive olhou para a minha mão e tentou fazer o mesmo.

— Óken ôu! — disse ela, assim que conseguiu imitar o gesto.

Seguimos de carro até o supermercado, e, conforme passeávamos pelos corredores, eu me senti bastante caseira, o que foi meio empolgante.

Não que eu quisesse ter filhos ou algo assim — ainda —, mas fazer algo tão rotineiro com o Trenton era estranhamente estimulante. Só que o sentimento não durou muito. T.J. e eu nunca tínhamos feito nada assim, e essa simples ida ao mercado agora me deixou envergonhada. Apesar de não fazer o menor sentido, um toque de ressentimento queimou minhas veias. Eu não conseguia ser feliz com o T.J., e agora ele também roubava minha alegria quando não estava por perto. Claro que não era culpa dele, mas era mais fácil culpá-lo do que reconhecer minhas limitações.

Nada mais fazia sentido. Por que ainda estávamos juntos, por que eu estava passando tanto tempo com Trenton, ou por que eu continuava em um relacionamento fantasma quando tinha alguém que gostava de mim — e de quem eu gostava — a dois palmos de distância, esperando apenas um sinal verde?

A maioria das pessoas simplesmente desistiria, mas elas não tinham T.J. Ele entrara uma noite no Red, pedira meu telefone uma hora depois e em poucos dias tivemos nosso primeiro encontro. Eu nem precisara pensar sobre isso. Estar com ele fazia total sentido. T.J. passou praticamente os dez dias seguintes no meu apartamento, e depois, durante os próximos três meses, ele vinha para casa em fins de semana alternados. E então o projeto dele começou, e a gente só se viu algumas vezes depois disso. Eu me detive no corredor, fingindo olhar as sopas, mas na verdade estava paralisada, me perguntando por que é que eu estava tão comprometida com T.J., quando a essa altura eu nem sabia direito se a gente tinha um relacionamento de verdade.

Ele não me mandava mensagem havia três dias. Antes eu achava que ele estava ocupado no trabalho. Mas de repente, ao me dar conta de como era passar tanto tempo com alguém — e adorar isso —, as mensagens esporádicas, os telefonemas e a esperança de nos encontrarmos um dia não bastavam. Nem um pouco.

— Carne de soja com molho madeira? — perguntou Trenton, levantando uma lata grande. — Que bela porcaria.

Sorri e agarrei a barra do carrinho de compras.

— Joga pra dentro. Vai ser muito útil em breve, quando as noites ficarem ainda mais frias.

— Você pode me pegar emprestado a qualquer momento. Sou perfeito como casaco de inverno.

— Cuidado. Eu posso cobrar isso de você.

— Não me ameace com bons momentos. — Ele parou no meio do corredor. — Espera um pouco. É sério?

Dei de ombros.

— Achei você bem macio hoje.

— Macio? Minha pele é que nem cashmere.

Caí na gargalhada e balancei a cabeça. Empurramos o carrinho enquanto a Olive fingia dirigir e atropelar as coisas.

— Aposto que o seu namorado da Califórnia não é tão macio quanto eu — disse Trenton conforme seguíamos no corredor dos congelados.

— Tá fio! — disse Olive, fingindo tremer. Trenton tirou o casaco e o colocou sobre ela. Estendi a mão, peguei um pacote de frios e joguei no carrinho.

— Não sei — respondi. — Eu não lembro bem se ele é macio.

— Como é estar com alguém que você nunca vê?

— Esposas de militares fazem isso o tempo todo. Não vejo motivo pra reclamar.

— Mas você não é esposa dele.

— Não sei nem como eu poderia ser, se a gente não se encontrar com mais frequência.

— Exatamente. Então, o que é que te faz continuar?

Dei de ombros.

— Não sei identificar. Tem alguma coisa nele.

— Ele te ama?

A pergunta direta e muito pessoal de Trenton fez os músculos de meu pescoço enrijecerem. Parecia um ataque ao nosso relacionamento, mas eu sabia que essa sensação de estar na defensiva era tão forte porque Trenton estava fazendo perguntas que eu fizera a mim mesma várias vezes.

— Ama.

— Mas ama mais a Califórnia? Ele está na faculdade, não está?

Eu me encolhi. Eu não gostava de dar detalhes de T.J. E T.J. também não gostava que eu desse detalhes de sua vida.

— Não é a faculdade que o mantém lá. É o trabalho. — Trenton enfiou as mãos nos bolsos. Ele estava usando um bracelete de couro marrom, uma pulseita trançada do mesmo material e a pulseira que a Olive fizera para ele. — Você nunca tira a pulseira da Olive? — perguntei.

— Prometi a ela que não ia tirar. Não muda de assunto.

— Por que você quer conversar sobre o T.J.?

— Porque estou curioso. Quero saber o que faz você ficar num relacionamento desse tipo.

— De que tipo?

— Do tipo em que você não é a prioridade. Não tenho a impressão de que esse cara é um idiota, por isso estou tentando entender.

Mordi o lábio. Trenton estava ao mesmo tempo sendo afetuoso e me fazendo sentir náuseas em relação a T.J.

— É tipo você e a Olive. Pode não fazer sentido para as pessoas de fora, e parece estranho mesmo quando ele tenta explicar, mas ele tem responsabilidades que são importantes.

— Você também é.

Eu me inclinei para ele, e Trenton colocou o braço ao meu redor, me apertando com força.

11

Depois de sanduíches de presunto e queijo, um filme e uma ida rápida
ao Chicken Joe's, Trenton e Olive estavam a caminho de casa, e eu, a caminho do Red. Eu podia enxergar minha própria respiração enquanto
seguia até a entrada lateral de funcionários, e fiquei de casaco até que
mais gente entrasse e aquecesse o bar.

— Cacete! — disse Blia, esfregando as mãos conforme passava ao
meu lado. — Tá mais frio que bunda de sapo no inverno!

— E ainda estamos em outubro — resmunguei.

A multidão da noite de sábado não entrava, e, três horas depois de
chegarmos ao trabalho, o bar ainda estava morto. Raegan apoiou o queixo
em um dos punhos e, com os dedos da outra mão, batucou no balcão.
Dois caras estavam jogando sinuca perto da parede esquerda. Um deles
usava uma camiseta do Legend of Zelda, e as roupas do outro estavam
tão amassadas que ele parecia ter vestido qualquer coisa que estivesse no
cesto de roupa suja. Eles não eram do tipo que frequentava lutas clandestinas, então não foi difícil adivinhar quem havia roubado nossa clientela.

O cliente regular de Raegan, Marty, estava sentado sozinho na parte
dela do balcão. Ele e os garotos cheios de espinhas na mesa de sinuca
eram nossos únicos clientes, e já eram dez horas.

— Que inferno. Lutas malditas. Por que eles não podem fazer essas
coisas durante a semana, quando não interferem na nossa gorjeta? —
comentou Raegan.

— Eles vão vir depois, e aí o bar todo vai virar uma grande briga e
você vai desejar que eles estivessem longe — falei, varrendo o chão pela
terceira vez.

Kody passou por ali, olhando de canto de olho para Raegan. Ele dependia de estar ocupado para sobreviver a uma noite inteira com ela por perto. Ele andava rondando por ali havia duas semanas, e acabava descontando a frustração nos bêbados idiotas que ousavam brigar na parte dele do bar. Na quarta-feira anterior, Gruber teve de arrancá-lo do meio das brigas. Hank já tinha falado com ele uma vez, e eu temia que ele fosse demitido se não saísse desse buraco.

Raegan deu uma olhada para ele por um único instante, quando teve certeza de que ele não estava olhando.

— Você tem falado com ele? — perguntei.

Ela deu de ombros.

— Tento não falar. Ele faz com que eu me sinta uma babaca quando *não* estou falando com ele, então não fico muito animada para começar uma conversa.

— Ele está chateado. Ele te ama.

O rosto de Raegan ficou triste.

— Eu sei.

— Como estão as coisas com o Brazil?

Seu rosto se iluminou.

— Ele anda ocupado com o futebol e com a Sig Tau, mas vai ter uma festa de Dia dos Namorados. Ele me convidou ontem.

Ergui uma sobrancelha.

— Ah. Então é tipo... sério.

Raegan entortou a boca, olhou para Kody e depois para baixo.

— O Brazil foi meu primeiro amor, Cami.

Estendi a mão e toquei no ombro dela.

— Eu não te invejo. Que merda de situação.

— Por falar em primeiro amor... acho que você é o dele — disse ela, fazendo um sinal com a cabeça na direção da entrada.

Trenton havia passado pela porta com um enorme sorriso no rosto. Não consegui evitar de fazer o mesmo. De canto de olho, vi Raegan nos observando, mas não me importei.

— Oi — disse ele, se inclinando sobre o balcão.

— Achei que você estivesse na luta.

— Ao contrário dos namorados na Califórnia, eu sei bem quais são as minhas prioridades.

— Engraçadinho — falei, mas meu estômago se agitou.

— O que você vai fazer mais tarde? — ele perguntou.

— Dormir.

— Tá muito frio lá fora. Achei que talvez você precisasse de um cobertor a mais.

Tentei não sorrir como uma idiota, mas não consegui. Ele vinha provocando esse efeito em mim ultimamente.

— Onde a Ray se meteu? — perguntou Hank.

Dei de ombros.

— É noite de luta, Hank. Tá morto por aqui. Eu posso cuidar de tudo.

— Quem é que se importa com onde ela está? — disse Kody. Seus braços estavam cruzados quando ele se recostou no bar. Com o cenho franzido, ele observava o salão quase vazio.

— Você conseguiu aquele emprego? — perguntou Hank.

— Não — respondeu Kody, se ajeitando.

Hank colocou as mãos em torno da boca, numa tentativa de amplificar o que ia gritar, depois respirou fundo.

— Ei, Gruby! Manda a Blia pra cá pra cobrir a Raegan enquanto ela tá lá fora, tá?

Gruber assentiu e seguiu rumo ao quiosque. Eu me encolhi, desejando que o Hank não tivesse lembrado ao Kody e a todo mundo que a Raegan provavelmente estava lá fora conversando com o Brazil.

O rosto todo de Kody se enrugou.

Eu me senti mal por ele. Ele agora odiava o emprego que antes adorava, e nenhum de nós podia culpá-lo por isso. Hank até deu uma boa recomendação para a loja de ferramentas à qual ele se candidatara.

— Sinto muito — falei. — Eu sei que é difícil pra você.

Kody virou para olhar para mim, com uma expressão magoada.

— Você não sabe merda nenhuma, Cami. Se soubesse, teria colocado um pouco de juízo na cabeça dela.

— Ei — disse o Trenton, virando para ele. — Mas que porra é essa, cara? Não fala assim com ela.

Fiz sinal para Trenton se acalmar e cruzei os braços, pronta para a força total da frustração de Kody vir na minha direção.

— A Ray faz o que quer, Kody. Você sabe disso melhor do que ninguém.

Seu maxilar se contorceu, e ele olhou para baixo.

— Eu só... eu não entendo. Estava tudo bem. A gente não brigava. Não de verdade. Às vezes umas idiotices sobre o pai dela, mas na maior parte do tempo a gente se divertia. Eu adorava ficar com ela, mas dava espaço quando ela precisava. Ela me amava. Quer dizer... pelo menos era o que ela dizia.

— Ela amava — falei. Era difícil vê-lo falar. Ele estava recostado no bar como se fosse um esforço ficar de pé.

Estendi a mão e a coloquei no ombro dele.

— Você só precisa aceitar que não tem nada a ver com você.

Ele deu de ombros e se afastou.

— Ele só está usando a Ray. Essa é a pior parte. Eu amo essa garota mais do que a minha própria vida, e ele não dá a mínima pra ela.

— Você não sabe — falei.

— Sei sim. Você acha que os caras da Sig Tau não conversam, Cami? Você acha que eles também não discutem o seu drama? Eles são piores que as garotas da Cap Sig. Ficam lá sentados focando sobre quem tá trepando com quem. E aí isso chega aos meus ouvidos e eu tenho simplesmente que ouvir.

— *Meu* drama? — Olhei ao redor. — Eu não tenho drama nenhum.

Kody apontou para Trenton.

— Você tá correndo para o seu drama a cento e cinquenta quilômetros por hora. Você não devia brincar com isso, Cami. Eles já passaram por coisas demais.

Kody se afastou, e eu congelei, chocada por alguns instantes.

Trenton fez uma careta.

— Mas que porra é essa?

— Nada — respondi. Mantive a expressão calma, fingindo que meu coração não estava tentando sair pela boca. T.J. e eu não éramos exatamente um segredo, mas a gente não fazia propaganda do nosso relacionamento. Eu era a única na nossa cidadezinha que sabia a natureza do trabalho dele, e era importante para ele que continuasse assim. Um pouco de conhecimento levava a perguntas, e evitar perguntas significava manter segredos. Não tinha sido um grande problema porque a gente nunca tinha dado motivo para falarem da gente. Até agora.

— Do que ele tá falando, Cami? — perguntou Trenton.

Revirei os olhos e dei de ombros.

— Vai saber. Ele tá louco.

Kody virou e tocou o próprio peito.

— Você não sabe do que eu tô falando? Você não é melhor do que ela, e sabe disso! — Ele se afastou de novo.

Trenton estava totalmente confuso, mas, em vez de ficar ali para explicar, eu empurrei a porta articulada do bar, deixei que ela batesse atrás de mim e segui Kody pelo salão.

— Ei. Ei! — Na segunda vez eu gritei e corri para alcançá-lo.

Ele parou, mas não virou.

Dei um puxão em sua camisa, obrigando-o a me encarar.

— Eu não sou a Raegan, então para de descontar sua raiva em mim! Eu tentei falar com ela. Eu estava te defendendo, porra! Mas agora você está agindo como um babaca insuportável, chorão e reclamão!

Os olhos de Kody se suavizaram, e ele começou a falar alguma coisa.

Levantei a mão, porque não estava interessada no que provavelmente seria um pedido de desculpas. Apontei um dedo para o seu peito largo.

— Você não sabe *porra nenhuma* sobre a minha vida pessoal, então *nunca mais* fale comigo como se soubesse. Estamos entendidos?

Kody assentiu, e eu o deixei ali parado no meio do salão para voltar ao meu posto.

— Caraca, pegou pesado — disse Blia, com os olhos arregalados. — Me lembra de nunca te irritar. Até o segurança tá com medo de você.

— Camille! — disse uma voz do outro lado do bar.

— Ah, inferno — falei entre dentes. Por força do hábito, tentei desaparecer, não ser notada, mas era tarde demais. Clark e Colin me esperavam pacientemente no balcão, na parte de Blia. Fui até eles e fingi sorrir. — Sam Adams?

— Sim, por favor — respondeu Clark. Ele era o menos desagradável dos meus irmãos, e na maior parte do tempo eu desejava que fôssemos

137

mais próximos. Mas, em um dia normal, estar perto de um deles significava estar perto de todos, e esse não era mais um ambiente que eu queria tolerar.

— O tio Felix ainda está puto com você — disse Colin.

— Meu Deus, Colin. Estou no trabalho.

— Só achei que você devia saber — comentou ele, com uma expressão convencida.

— Ele está sempre puto comigo — falei, pegando duas garrafas da geladeira e tirando a tampa. Deslizei as garrafas sobre o balcão.

O rosto de Clark se entristeceu.

— A mamãe teve que impedir o papai de ir até o seu apartamento todas as vezes que ele e o Coby tocaram no assunto.

— Minha nossa, ele ainda está na cola do Coby? — perguntei.

— A coisa anda bem... instável por lá ultimamente.

— Nem me fale — comentei, balançando a cabeça. — Não posso ouvir isso.

— Ele não vai falar — disse Colin, franzindo o cenho. — Meu pai disse que o Felix jurou que nunca mais ia fazer isso.

— Não que importasse se ele fizesse — resmunguei. — Ela ainda ia ficar.

— Ei, isso é assunto deles — disse Colin.

Olhei furiosa para ele.

— Essa foi a *minha* infância. Ela é *minha* mãe. É assunto meu.

Clark deu um longo gole em sua cerveja.

— Ele está com raiva porque você perdeu o almoço em família hoje de novo.

— Não fui convidada.

— Você está sempre convidada. A mamãe também ficou decepcionada.

— Desculpa, mas eu não consigo lidar com ele. Tenho coisas melhores pra fazer.

As sobrancelhas de Clark se uniram.

— Que hostilidade. Ainda somos sua família. Ainda daríamos a vida por você, Camille.

— E a mamãe? — perguntei. — Você daria a vida por ela?

— Porra, Cami. Você não pode esquecer essas coisas? — perguntou Colin.

Ergui uma sobrancelha.

— Não, e o Chase, o Clark e o Coby também não deviam. Tenho que trabalhar — falei, voltando para o meu lado do balcão.

Uma mão grande segurou meu braço. Trenton se levantou quando viu Clark me agarrar, mas balancei a cabeça e virei.

Meu irmão suspirou.

— A gente nunca foi o tipo de família que expressa os sentimentos, mas ainda somos uma família. Você ainda faz parte dela. Eu sei que às vezes é difícil conviver com ele, mas mesmo assim a gente tem que segurar a onda. Temos que tentar.

— Não é você que está sempre na mira dele, Clark. Você não sabe como é.

O maxilar dele se contraiu.

— Eu sei que você é a mais velha, Cami. Mas você saiu de casa há três anos. Se acha que eu não sei como é enfrentar o peso da raiva dele, você está enganada.

— Então pra que fingir? Estamos por um fio. Não sei nem o que nos mantém juntos ainda.

— Não importa. É tudo o que temos — disse Clark.

Eu o observei por um tempo, depois servi mais duas cervejas para eles.

— Toma. Essas são por minha conta.

— Valeu, mana — disse Clark.

— Você tá bem? — perguntou Trenton quando voltei para o meu lado.

Assenti.

— Eles disseram que o meu pai ainda está puto por causa do Coby. Acho que ele e o Coby têm brigado muito. Meu pai tem ameaçado ir ao meu apartamento me endireitar.

— Te endireitar como, exatamente?

Dei de ombros.

139

— Quando meus irmãos saem da linha, de alguma forma a culpa cai sobre mim.

— E o que acontece? Quando ele aparece na sua casa puto da vida?

— Ele nunca foi até lá. Mas acho que, se ele estiver com raiva suficiente, um dia desses ele aparece.

Trenton não respondeu, mas se ajeitou no banco, parecendo muito incomodado.

Blia se aproximou e me mostrou a tela do celular.

— Acabei de receber uma mensagem da Laney. Ela disse que a luta acabou e que a maioria do pessoal está vindo pra cá.

— Uhu! — falou Raegan conforme contornava o balcão. Ela pegou seu pote de gorjetas vazio (uma taça hurricane) e o colocou sobre o balcão. Marty imediatamente pegou uma nota de vinte e colocou ali.

Raegan piscou para ele e sorriu.

Trenton deu alguns tapinhas no balcão.

— É melhor eu ir. Não quero estar aqui quando os idiotas da luta chegarem e acabar quase matando alguém. De novo.

Pisquei para ele.

— Sr. Responsável.

— Me manda uma mensagem mais tarde. Quero sair com você amanhã — disse ele, se afastando.

— De novo? — perguntou Raegan, com as sobrancelhas quase alcançando o couro cabeludo.

— Cala a boca — falei, não querendo ouvir sua opinião.

A multidão pós-luta foi chegando aos poucos, e de repente o Red estava cheio de gente em pé. O DJ tocava músicas animadas, mas não importava: os caras estavam bêbados e achavam que eram tão invencíveis quanto Travis Maddox.

Em meia hora, Kody, Gruber e Hank estavam apartando brigas. Em certo momento, a maioria das pessoas no bar estava envolvida em uma confusão gigantesca, e Hank estava expulsando dezenas delas de uma vez. Viaturas da polícia estacionaram lá fora, ajudando com a multidão e prendendo os caras mais violentos por embriaguez pública antes que eles entrassem no carro.

Em pouco tempo, o bar tinha voltado a ser uma cidade fantasma. A música de balada deu lugar ao rock clássico e às 40 Mais, e Raegan contava as gorjetas, resmungando e soltando um palavrão de vez em quando.

— Entre você ajudar seu irmão e essas gorjetas de merda, vamos ter sorte se conseguirmos pagar as contas este mês. Preciso começar a economizar para um vestido de festa em algum momento.

— Então aposta no Travis — falei. — É grana fácil.

— Primeiro eu tenho que ter dinheiro para apostar no Travis — ela soltou.

Alguém se sentou pesadamente em um dos banquinhos diante de mim.

— Uísque — ele pediu. — Um atrás do outro.

— Suas orelhas estavam ardendo, Trav? — perguntei, passando-lhe uma cerveja. — Não me parece uma noite apropriada para uísque.

— Vocês não seriam as únicas mulheres falando merda de mim. — Ele inclinou a cabeça para trás e deixou o líquido âmbar deslizar goela abaixo, quase que em um gole só. A garrafa de vidro bateu com força de volta ao balcão, e eu abri a segunda tampa, colocando a garrafa diante de Travis.

— Alguém está falando merda de você? Não é muito inteligente — falei, observando-o acender um cigarro.

— A Beija-Flor — disse ele, cruzando os braços sobre o balcão. Ele se debruçou, arqueado, parecendo perdido. Eu o observei por um instante, sem saber se ele estava falando em código ou se já estava bêbado.

— Você apanhou mais que o normal hoje à noite? — perguntei, genuinamente preocupada.

Outro grupo grande entrou, provavelmente saindo da luta. Eles estavam mais felizes e pareciam ter se dado bem, pelo menos. Travis e eu tivemos de interromper nossa conversa. Durante mais ou menos os vinte minutos seguintes, fiquei ocupada demais para conversar, mas, quando o último grupo pós-luta passou pela porta vermelha para ir para casa, abri uma garrafa de Jim Beam e a coloquei diante de Travis. Ele ainda parecia deprimido. Talvez até mais que antes.

— Muito bem, Trav. Vamos ouvir o que você tem a dizer.

— Ouvir o quê? — perguntou ele, se afastando.

Balancei a cabeça.

— Sobre a garota? — Essa era a única explicação para Travis Maddox estar com aquela aparência. Eu nunca tinha visto aquilo antes, então só podia significar uma coisa.

— Que garota?

Revirei os olhos.

— Que garota. Sério? Com quem você acha que está falando?

— Tá bom, tá bom — disse ele, olhando ao redor e voltando a se inclinar sobre o balcão. — É a Beija-Flor.

— *Beija-Flor?* Você só pode estar de brincadeira.

Travis conseguiu dar um leve sorriso.

— Abby. Ela é um beija-flor. Um beija-flor demoníaco que fode tanto com a minha cabeça que não consigo mais pensar direito. Nada mais faz sentido, Cami. Todas as regras que eu tinha estão sendo quebradas, uma por uma. Sou um molenga. Não... pior. Sou o Shep.

Eu ri.

— Seja bonzinho.

— Tem razão. O Shepley é um cara bacana.

Servi outra dose, e ele bebeu de um gole só.

— Seja bonzinho com você também — falei enquanto limpava o balcão. — Se apaixonar não é pecado, Trav, meu Deus.

Seus olhos saltaram de um lado para o outro.

— Estou confuso. Você está falando comigo ou com Deus?

— Estou falando sério — eu disse. — Então você sente algo por ela. E daí?

— Ela me odeia.

— Nem.

— Não, eu ouvi uma conversa dela hoje. Sem querer. Ela me acha um cafajeste.

— Ela disse isso?

— Basicamente.

— Bom, mas você meio que é mesmo.

Travis franziu a testa. Ele não estava esperando por isso.

— Valeu.

Eu lhe servi mais uma dose. E Travis a meteu goela abaixo antes que eu pudesse pegar outra cerveja na geladeira. Coloquei a cerveja no balcão e estendi as mãos, com as palmas para cima.

— Com base no seu comportamento, você discorda? O ponto é que... talvez com ela você não seria. Talvez por ela você pudesse ser um cara melhor.

Servi outra dose de bebida. Ele imediatamente virou a cabeça para trás, abriu a boca e deixou o líquido descer.

— Você está certa. Eu tenho sido um cafajeste. Será que consigo mudar? Eu não sei, porra. Provavelmente não o bastante para merecer a Abby.

Os olhos de Travis já estavam ficando vidrados, então voltei a garrafa de uísque para o lugar, depois me virei para o meu amigo. Ele acendeu outro cigarro.

— Me vê outra cerveja.

— Trav, acho que você já bebeu demais — falei.

Ele estava bêbado demais para perceber que já tinha uma no balcão.

— Só me dá a porra da cerveja, Cami.

Puxei a garrafa que estava a menos de quinze centímetros de distância e a coloquei em seu campo de visão.

— Ah — disse ele.

— É. Foi o que eu disse. Você já bebeu demais no curto período desde que chegou aqui.

— Não existe bebida suficiente no mundo pra me fazer esquecer o que ela disse hoje. — A fala dele estava enrolada. Merda.

— O que exatamente ela disse? — perguntei.

— Ela disse que eu não sou bom o bastante. Quer dizer... de um jeito indireto, mas foi isso que ela quis dizer. Ela me acha um merda, e eu... eu acho que estou me apaixonando por ela. Não sei. Não consigo mais pensar direito. Mas, quando levei a Abby pra casa depois da luta, sabendo que ela ia ficar lá por um mês — ele esfregou a nuca —, acho que nunca fiquei tão feliz, Cami.

Minhas sobrancelhas se uniram. Eu nunca o vira tão confuso.

— Ela vai ficar na sua casa por um mês?

— A gente fez uma aposta hoje. Se eu não levasse nenhum soco, ela teria que passar um mês na minha casa.

— Foi ideia sua? — perguntei. Merda. Ele já estava apaixonado pela garota e nem sabia.

— É. Eu achei que eu era um puta gênio até uma hora atrás. — Ele inclinou o copo. — Mais uma dose.

— Nem. Bebe a maldita cerveja — falei, empurrando-a na direção dele.

— Eu sei que não mereço essa garota. Ela é... — seus olhos perderam o foco — incrível. Tem alguma coisa familiar nos olhos dela. Alguma coisa que mexe comigo, sabe?

Assenti. Eu sabia exatamente o que ele queria dizer. Eu me sentia assim em relação a dois olhos muito parecidos com os dele.

— Então talvez você devesse conversar com ela sobre isso — falei. — Não ficar com esses mal-entendidos idiotas.

— Ela tem um encontro amanhã à noite. Com o Parker Hayes.

Torci o nariz.

— Parker Hayes? Você não alertou a garota sobre ele?

— Ela não ia acreditar. Ia achar que eu estava falando por ciúme.

Ele estava oscilando no banco. Eu ia ter que chamar um táxi para ele.

— E você não está? Com ciúme?

— Tô, mas ele também é um imbecil de merda.

— Verdade.

Travis inclinou a garrafa de cerveja e deu um longo gole. Suas pálpebras estavam pesadas. Ele não estava conseguindo se controlar nem um pouco.

— Trav...

— Hoje não, Cami. Eu só quero ficar bêbado.

Assenti.

— Parece que você já conseguiu. Quer que eu chame um táxi?

Ele balançou levemente a cabeça.

— Tá bom, mas vá de carona pra casa. — Ele tentou dar outro gole, mas eu segurei o gargalo da garrafa até ele fazer contato visual. — Estou falando sério.

— Eu ouvi.

Soltei a garrafa e fiquei olhando Travis terminar sua bebida.

— O Trent estava falando de você outro dia — disse ele.

— Ah, é?

— Vou comprar um cachorro pra ela — disse Travis. Pelo menos ele estava bêbado demais para continuar falando do irmão. — Você acha que o Trent pode ficar com ele pra mim?

— Como é que eu vou saber?

— Vocês dois não andam grudados nos últimos dias?

— Não muito.

O rosto de Travis se contraiu.

— Isso é um saco — disse ele, e as palavras se misturaram. — Quem quer se sentir assim, porra? Quem faria isso de propósito?

— O Shepley — respondi com um sorriso.

Ele ergueu as sobrancelhas.

— Pior que é verdade. — Depois de uma pausa curta, seu rosto ficou triste. — O que eu faço, Cami? Me diz o que fazer, porque eu não sei merda nenhuma.

Balancei a cabeça.

— Tem certeza que ela não te quer?

Travis ergueu o olhar infeliz.

— Foi o que ela disse.

Dei de ombros.

— Então tenta esquecer.

Ele olhou para a garrafa vazia. As duas garotas da Estadual que Trenton deixara de lado na noite anterior começaram a pagar bebidas para Travis e em pouco tempo ele mal conseguia parar no banquinho. Nos noventa minutos seguintes, ele estava comprometido a encontrar o fundo de todas as garrafas a que tivesse acesso.

As irmãs da Estadual sentaram cada uma de um lado de Travis. Eu me afastei, atendendo meus clientes regulares por um tempo. Eu não me surpreenderia se elas estivessem achando que era o Trenton que estava ali. Os quatro Maddox mais novos eram muito parecidos, e Travis estava com uma camiseta branca muito semelhante à que Trenton usava ontem.

De canto de olho, vi uma das garotas passar a perna por cima da coxa de Travis. A outra virou o rosto dele, e em seguida os dois estavam se beijando com tanta agressividade que eu me senti uma pervertida só por olhar.

— Hum, Travis? — falei.

Ele se levantou e jogou uma nota de cem sobre o balcão. Levou o dedo até os lábios e em seguida piscou.

— Esse sou eu. Esquecendo.

As meninas seguiram uma de cada lado dele, que se apoiou nas duas, mal conseguindo se manter de pé.

— Travis! É melhor você pegar carona com elas! — gritei.

Ele não me deu ouvidos.

Raegan riu.

— Ah, Travis — disse ela. — Ele com certeza é divertido.

Cruzei os braços.

— Espero que eles arrumem um quarto de hotel.

— Por quê? — perguntou Raegan.

— Porque a garota por quem ele está apaixonado está no apartamento dele. E, se aquelas meninas da Estadual forem com ele pra casa, ele vai se odiar amanhã de manhã.

— Ele vai dar um jeito de escapar. Ele sempre consegue.

— É, mas dessa vez é diferente. Ele estava muito desesperado. Se ele perder essa garota, não sei o que vai fazer.

— Vai se embebedar e comer alguém. É isso que todos os Maddox fazem. — Estiquei o pescoço para ela, que me deu um sorriso de desculpas. — Há muito tempo eu te avisei para não se envolver com eles. Você precisa ouvir os meus conselhos um dia.

— Vocês deviam conversar — falei, estendendo a mão e tocando a campainha da última rodada de bebidas.

12

— Não acredito que você deixou ele te convencer a ficar com o cachorro — falei, balançando a cabeça.

Trenton se espreguiçou no meu sofá, cobrindo os olhos com o braço.

— É só por mais uns dias. O Travis vai fazer uma festa surpresa para a Abby no domingo e vai dar de presente pra ela. Até que ele é bonitinho. Vou sentir falta dele.

— Você já deu um nome pra ele?

— Não — respondeu Trenton, fazendo careta. — Tá bom, eu meio que dei um nome pra ele. Mas a Abby vai dar o nome de verdade, então não é permanente. Eu expliquei isso pra ele.

Dei uma risadinha.

— Você vai me contar?

— Não, porque não é o nome dele.

— Me fala mesmo assim.

Trenton sorriu, com o braço ainda cobrindo os olhos.

— Crook.

— Crook?

— Ele rouba e esconde as meias do meu pai. É um menor infrator.

— Gostei — respondi. — O aniversário da Raegan também está chegando. Preciso comprar algo pra ela. É tão difícil comprar presente pra Ray.

— Compra um daqueles adesivos GPS para as chaves dela.

— Não é má ideia. Quando é o seu aniversário?

Trenton sorriu.

— Quatro de julho.

— Mentira.

— Não tô mentindo.

— Seu nome verdadeiro é Tio Sam?

— Nunca ouvi essa piadinha — comentou ele, sem emoção.

— Você não vai perguntar quando é o meu?

— Eu sei.

— Não sabe, não.

Ele não hesitou.

— Seis de maio.

Minhas sobrancelhas subiram depressa.

— Camomila, eu sei desde, tipo, o quarto ano.

— *Como* você se lembra disso?

— Seus avós te mandavam bexigas todo ano no mesmo dia até você se formar.

Meus olhos vagaram como a minha mente.

— Uma bexiga para cada ano. Tive que enfiar dezoito bexigas no Smurf no meu último ano. Sinto falta deles. — Saí do transe. — Espera um pouco... você *está* mentindo. O aniversário do Travis não é no Dia da Mentira?

— Primeiro de abril, isso mesmo.

— E o seu é no Dia da Independência?

— É, e o do Thomas é no Dia de São Patrício, e os gêmeos nasceram em primeiro de janeiro.

— Mentiroso! O aniversário do Taylor e do Tyler é em março! Eles foram comemorar no Red no ano passado!

— Não, o aniversário do Thomas é em março. Eles foram comemorar com ele e só disseram que também faziam aniversário para ganhar doses de graça.

Olhei furiosa para ele.

Ele deu uma risadinha.

— Eu juro!

— Não dá pra confiar nos irmãos Maddox.

— Fiquei magoado agora.

Olhei para o relógio.

— Está quase na hora de trabalhar. É melhor a gente ir.

Trenton se sentou mais reto, depois apoiou os cotovelos nos joelhos.

— Não posso continuar indo te ver todas as noites no Red e depois trabalhar o dia todo. É cansativo demais.

— Ninguém disse que você era obrigado a fazer isso.

— Ninguém assume esse tipo de compromisso se não for obrigado. Só se realmente quiser. E eu quero de verdade.

Não consegui impedir o sorrisinho que tomou conta dos meus lábios.

— Você devia tentar trabalhar a noite toda no Red e depois o dia todo.

— Para de reclamar, bebezona — provocou ele.

Juntei os punhos.

— Pra você é Baby Doll.

Alguém bateu à porta. Franzi a testa, olhei para Trenton e segui até a entrada, espiando através do olho mágico. Era um cara mais ou menos da minha idade, com olhos grandes, cabelo muito bem penteado e um rosto tão perfeito que parecia ter saído direto de um catálogo de moda. Ele usava camisa social verde-clara, jeans e mocassins. Eu o reconheci, mas não sabia bem de onde, então mantive a corrente na porta conforme a abri.

— Oi. — Ele riu de um jeito nervoso.

— Posso te ajudar?

Ele se inclinou para frente e levou a mão ao peito.

— Sou o Parker. Minha amiga Amber Jennings mora ao lado. Eu vi você chegando ontem à noite quando estava indo pra casa, e achei que talvez você quisesse...

A corrente fez um barulhinho quando caiu, e Trenton abriu a porta por completo.

— Ah — disse Parker. — Talvez não.

— Talvez não — disse Trenton. — Some daqui, Parker. Caralho.

— Tenham um bom dia.

Trenton fez um sinal com a cabeça e eu bati a porta.

— Eu sabia que ele não me era estranho. As pessoas ficam diferentes fora do Red.

Trenton desdenhou dele.

149

— Eu odeio esse merdinha desde o ensino médio.

— Você mal conhecia o cara no ensino médio.

— Ele era um fedelho do country club. Os pais são donos daquele restaurante italiano no centro da cidade.

— E daí?

— E daí que eu não quero esse cara espreitando por aqui — disse ele. — Caras assim acham que as regras não se aplicam a eles.

— Que regras?

— As regras do respeito.

— Foi isso que aconteceu aqui? — perguntei, apontando para a porta.

— Do que você está falando?

— Da cena desnecessária que você acabou de protagonizar.

Trenton se apoiou na outra perna, agitado.

— Ele estava prestes a te chamar pra sair!

— E daí?

Trenton franziu a testa.

— Ele é um aproveitador!

— E daí?

— E daí que eu não queria que ele te chamasse!

— Sou perfeitamente capaz de recusar o convite de alguém. Você só queria intimidar o cara pra ele não aparecer aqui de novo.

— Ele ficou observando você entrar em casa de madrugada. Acho que isso é coisa de maníaco. Desculpa por querer que a porra do cara achasse que você tem alguém por perto.

Cruzei os braços.

— Ah, era isso que você estava fazendo?

— Sim. Era.

— Não tinha nada a ver com querer acabar com a concorrência?

Ele torceu o nariz, se sentindo insultado.

— Isso seria assumir que eu teria concorrência. E não tenho. Definitivamente não do babaca do Parker Hayes.

Estreitei os olhos para ele.

— Você tem razão, porque somos apenas amigos.

— Meu Deus, Cami, eu sei. Não precisa ficar esfregando isso na minha cara.

Meus olhos se arregalaram.

— Uau. Esfregando isso na sua cara? Tá bom.

Trenton riu, frustrado.

— Como você não sabe? Todas as outras pessoas da porra do mundo sabem, menos você!

— Eu sei. Só estou tentando manter as coisas simples.

Trenton deu um passo na minha direção.

— Isso não é simples. Nem um pouco.

— *É* simples, sim. Preto no branco. Direto.

Trenton me agarrou pelos ombros e me deu um beijo na boca. O choque absoluto deixou meus lábios rígidos e implacáveis, mas então eles simplesmente se derreteram na boca de Trenton, assim como o resto do meu corpo. Eu relaxei, mas minha respiração ficou pesada, e as batidas do meu coração ficaram tão fortes que eu tinha certeza de que Trenton podia ouvi-las. Sua língua penetrou por entre os meus lábios, e suas mãos deslizaram dos meus braços até os quadris, seus dedos cravaram em minha pele. Ele puxou meu quadril de encontro ao dele conforme me beijava, e então sugou meu lábio inferior enquanto se afastava.

— Agora está complicado. — Ele pegou as chaves e bateu a porta atrás de si.

Alcancei a maçaneta e me apoiei, tentando não cair. Eu nunca tinha sido beijada daquele jeito na vida, e alguma coisa me dizia que aquela nem era a melhor performance de Trenton Maddox. O modo como sua língua envolveu a minha teria causado a vertigem que agora eu sentia mesmo se eu estivesse esperando aquele beijo. Quando ele me puxou, os músculos de seus antebraços se moveram como se ele não conseguisse chegar perto o suficiente, mas suas mãos estavam controladas, como apenas mãos experientes poderiam estar. Minha pulsação acelerada latejava por todo o meu corpo cada vez que meu coração dava uma batida. Eu estava sem fala, sem ar e indefesa.

Ficar sozinha no meu apartamento parecia estranho, quando trinta segundos antes eu vivenciara o melhor beijo da minha vida. Minhas coxas se retesaram só de pensar.

Ainda respirando com dificuldade, olhei de relance para o relógio da cozinha. Trenton viera mais cedo para ficar aqui antes do trabalho, e agora estava a caminho do Skin Deep. Eu também devia estar indo para lá no Smurf, mas não sabia se ia conseguir.

Não só seria estranho como eu tinha acabado de trair o T.J. Por que um cara, especialmente o Trenton, ia querer uma traidora? Todo esse tempo que passamos juntos e o fato de eu não ter dado um soco em seu nariz no instante em que sua boca encostou na minha me fizeram sentir culpada. Ele tinha razão. Ele tornara as coisas tão complicadas que nunca mais poderíamos fingir que éramos apenas amigos. Não depois daquele beijo, não depois daquele toque e, definitivamente, não depois do jeito como ele me fez sentir.

Puxei o celular do bolso traseiro e fiz uma discagem rápida.

— Skin Deep — atendeu Hazel.

— Oi, é a Cami. Não vou poder ir hoje.

— Você está doente?

— Não... É... complicado. Muito, *muito* complicado.

— Entendi. Sem problemas, mas isso é péssimo pra mim. Os domingos são chatos, e hoje vai ser pior ainda.

— Desculpa, Hazel.

— Não se preocupa. Eu falo com o Cal.

— Obrigada — falei. — Espero que ele não me demita por faltar logo depois de ser contratada.

Hazel suspirou pesado.

— Sinceramente, a gente não tem movimento suficiente aos domingos pra precisar de uma recepcionista. Ele não vai falar nada.

— Tá bom. Até mais — eu disse.

Calcei meus sapatos, peguei minha bolsa e dirigi até o Red. Só o Jaguar XKR preto de Hank estava no estacionamento. Estacionei ao lado, deixando bastante espaço entre os veículos, e apertei meu casaco enquanto atravessava o pátio.

Uma música do Queen estava saindo pelos alto-falantes quando entrei, e o Hank estava deitado no bar leste, olhando para o teto.

— O que você está fazendo, seu doido? — perguntei.

— Relaxando antes de a Jorie chegar. Vou pedir pra ela ir morar comigo.

Minhas sobrancelhas se ergueram de repente.

— Sério? Parabéns, Hank, isso é demais.

Ele sentou e suspirou.

— Só se ela disser sim.

— O que a sua ex vai dizer sobre isso?

— Falei com a Vickie na sexta. Ela não se importa. A Jorie se dá muito bem com os meninos.

— Uau — falei, inspirando fundo. Sentei no banquinho ao lado dele. — Isso é importante.

— E se ela disser não? — ele perguntou. Havia uma preocupação em sua voz que eu nunca tinha ouvido.

— Aí você pensa no que fazer.

— E se ela disser não e depois terminar comigo?

Assenti lentamente.

— Isso seria ruim.

Ele levantou num pulo.

— Preciso de uma bebida.

— Eu também.

Hank serviu uísque em dois copos e deslizou um para mim. Dei um gole e franzi a testa.

— Uau. O que é isso?

— Mágica — respondeu ele, dando um gole também. — Eu amo a Jorie, Cami. Não sei o que vou fazer se ela disser não.

— Ela também te ama — falei. — Se concentra nisso.

As sobrancelhas dele se uniram.

— Por que *você* está bebendo?

— Eu traí o T.J.

— Quando?

— Meia hora atrás.

Os olhos de Hank se arregalaram por um único instante.

— Com quem?

Fiz uma pausa, hesitando em pronunciar em voz alta.

— Trent.

Seus olhos se arregalaram de novo, e ele resmungou alguma coisa em italiano.

— É, é isso aí que você disse. — Tomei outro gole, acabando com a bebida. Meu celular tocou. Era Trenton.

— Alô?

— A Hazel disse que você não vem hoje. Você tá bem?

— Hum...

— Tá doente?

— Não.

— Então por que você não vem trabalhar?

— Estou com um caso grave de constrangimento.

— Porque eu te beijei? — ele perguntou com raiva. Eu podia ouvir Hazel ao fundo.

— Você beijou a Cami? — ela gritou. — Seu filho da puta fod...

— Você complicou as coisas! Agora não pode reclamar! — falei.

— Que porra importa se eu te beijei?

— Porque! Eu tenho! Namorado! — gritei.

— Ele vai perceber? Você não fala com ele há uma semana!

— Isso não é da sua conta!

— É, sim! Você é da minha conta!

— Vai se foder!

— Vai você! — ele gritou de volta. Nós dois ficamos em silêncio por um tempo, depois Trenton finalmente falou: — Eu passo aí depois do trabalho.

— Não — respondi, esfregando a têmpora. — Você bagunçou tudo, Trent. Está tudo... estranho demais agora.

— Isso é idiotice. Tá tudo igual — disse ele. — A única diferença é que agora você sabe que eu beijo bem pra caralho. — Não consegui evitar um sorriso. — Não vou te atacar de surpresa. Eu só quero te ver.

A verdade era que eu tinha me acostumado a tê-lo por perto, mas, se a gente ia continuar passando tanto tempo juntos, eu precisava terminar com o T.J... Só que não tinha certeza se queria fazer isso.

— Não — falei e desliguei.

Meu celular tocou de novo.

— Alô?

— Você acabou de desligar na minha cara? — perguntou Trenton, irritado.

154

— Sim.

— Por quê?

— Porque eu já tinha terminado de falar.

— Você não pode dizer tchau?

— Tchau...

— Espera!

— Foi por isso que eu desliguei. Eu sabia que você não ia me deixar dizer tchau.

— Você vai mesmo me cortar da sua vida por causa de uma porra de um beijo?

— Então foi só isso? — perguntei.

Trenton ficou mudo.

— Foi o que pensei. — Desliguei de novo.

Ele não ligou de volta.

Hank estava na minha frente, e nós dois bebemos para afastar os problemas. Acabamos com uma garrafa, e ele abriu outra. Estávamos dando risadinhas e agindo feito idiotas quando Jorie chegou. Hank tentou fingir que estava sóbrio, mas falhou feio.

— Oi, meu amor — disse ele.

— Oi. — Jorie sorriu. Ela o abraçou, e ele envolveu os braços ao redor dela, esmagando seus longos e brilhosos cabelos ondulados nas costas. Ela deu uma olhada na gente e não demorou para chegar a uma conclusão. — Vocês estão aqui há algum tempo. Atacaram o estoque, não foi?

Hank sorriu enquanto se balançava para frente e para trás.

— Baby, eu queria...

— Hank — falei, balançando a cabeça rapidamente antes que Jorie pudesse me ver. Ela virou, e eu sorri para ela.

— O que vocês dois aprontaram? — perguntou.

— Uma garrafa e meia — respondeu Hank, rindo da própria piada.

Jorie levou o resto da garrafa embora e a colocou de volta no armário inferior, trancando-o e guardando a chave no bolso. Ela estava usando um shorts preto que parecia uma minicalça de smoking, e uma linda e transparente blusa champanhe que revelava o sutiã de renda preto. Os saltos eram bem altos, mas ainda assim ela não ficava da altura do Hank.

— Vou fazer café. Não queremos que os funcionários pensem que é uma boa ideia vir bêbados pra reunião de domingo.

Hank deu um beijo na bochecha de Jorie.

— Sempre pensando em tudo. O que eu faria sem você?

— Beberia o resto da garrafa — provocou ela. Então pegou o bule vazio e encheu de água. — Ai, merda. Esqueci que estamos sem filtro.

— Não, chegaram hoje de manhã — disse ele, enrolando as palavras. — Ainda estão no quartinho dos fundos.

— Vou pegar — falou Jorie.

— Vou com você. — Hank apoiou a mão nas costas dela conforme caminhavam juntos.

Passei o dedo na tela do celular, pensando na ligação que estava prestes a fazer. Antes de digitar os números, abri a tela de mensagens. Era uma coisa covarde, mas fiz mesmo assim.

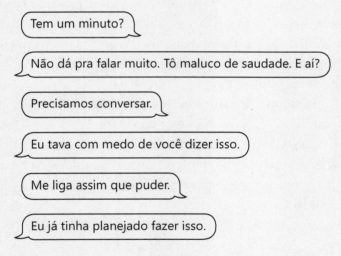

Ele era sempre tão doce. Eu ia mesmo terminar o namoro só porque ele andava ocupado? Ele já tinha me avisado sobre isso, e eu concordei em tentar. Prometi que não seria um problema. Por outro lado, a gente mal se falava, e não havia a menor esperança de a situação melhorar. E tinha ainda a pequena questão chamada Trenton. Não importava realmente se eu terminasse com T.J. Sair dele para Trenton ainda pareceria errado, mesmo que eu esperasse seis meses. Mesmo seis anos. Eu estava andando por aí com Trenton pelas costas de T.J. Qualquer coisa que resultasse daí seria vergonhosa.

Kody não estava nem perto da verdade em relação a mim. Eu não estava fazendo o mesmo que Raegan. Estava fazendo muito pior. Pelo menos ela teve a decência de terminar com Kody antes de voltar a sair com Brazil. Ela não saiu com dois caras ao mesmo tempo. Ela foi honesta com os dois, e *eu* tinha tentado dar um sermão *nela*.

Tapei os olhos com a mão, tão envergonhada que não conseguia nem encarar o salão vazio. Mesmo que passar um tempo com Trenton fosse divertido ou reconfortante no momento, eu sabia o que aquilo significava para ele e como me sentiria se T.J. fizesse a mesma coisa. Sair com os dois — envolvendo sexo ou não — era desonesto. Tanto T.J. quanto Trenton mereciam coisa melhor.

> Eu o beijei.

Pressionei "Enviar", e instantaneamente minhas mãos começaram a tremer. Vários minutos se passaram até T.J. responder.

> Quem?

> O Trenton.

> Você beijou ele, ou ele te beijou?

> E isso importa?

> Sim.

> Ele me beijou.

> Imaginei.

> E agora?

157

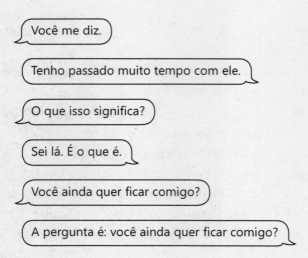

Mais uma vez, precisei esperar vários minutos até ele responder. Quando ouvi o toque do celular, tive de me forçar a olhar as palavras na tela. Mesmo merecendo, eu não queria que ele me descartasse como o lixo que eu era.

13

Meu voo era às sete e meia. Saí cedo da reunião de funcionários para fazer as malas e tentei não deixar que pensamentos sobre Trenton invadissem minha mente enquanto eu dirigia o Smurf até o aeroporto. Olhei para minha mão esquerda, no topo do volante. Juntos, meus dedos formavam a palavra DOLL. T.J. não ia aprovar, e eu esperava que ele não perguntasse por que eu tinha escolhido aquelas palavras.

Estacionar, pegar a van até o terminal e fazer o check-in pareceu demorar uma eternidade. Eu detestava estar com pressa, mas T.J. reservara o último voo, e, não importava o que acontecesse, eu entraria de qualquer jeito naquele avião. Eu precisava saber que não estava simplesmente esquecendo minha paixão por T.J. por causa da distância.

Fiquei parada na longa fila da segurança e ouvi meu nome do outro lado do salão. Virei e vi Trenton vindo a toda velocidade na minha direção. Um agente de segurança deu um passo à frente, mas, quando Trenton diminuiu o ritmo perto de mim, ele relaxou.

— Que diabos você está fazendo? — perguntou ele, arfando e colocando as mãos nos quadris. Ele estava com um shorts vermelho de basquete, camiseta branca e o surrado boné de beisebol da Sig Tau. Meu estômago se agitou ao vê-lo, mais porque eu me sentia pega em flagrante do que lisonjeada.

— Que diabos *você* está fazendo? — perguntei, olhando ao redor, para todas as pessoas que nos encaravam.

— Você disse que eu ia te ver amanhã, e agora você vai entrar na porra de um avião? — Uma mulher bem à frente na fila cobriu os ouvidos da filha. — Desculpa — disse Trenton.

A fila andou, e eu andei junto. Trenton seguiu comigo.

— Foi meio que de última hora.

— Você vai pra Califórnia, não vai? — Ele pareceu magoado. Não respondi.

Demos mais alguns passos.

— Só porque eu te beijei? — ele perguntou, dessa vez num tom mais alto.

— Ele reservou a passagem, Trent. Eu devia ter dito não?

— Sim, você devia ter dito não! Ele não se deu o trabalho de te ver por mais de três meses, e de repente ele reserva uma passagem pra você? Se liga! — disse ele, deixando a mão cair sobre a coxa.

— Trent — sussurrei baixinho —, vai pra casa. Isso é vergonhoso. — A fila andou de novo, e eu dei mais alguns passos.

Trenton andou de lado até ficar perto de mim.

— Não entra naquele avião. — Ele disse essas palavras sem emoção, mas seus olhos estavam implorando.

Dei risada, tentando de alguma forma aliviar a situação.

— Eu volto em alguns dias. Você está agindo como se nunca mais fosse me ver.

— Vai ser diferente quando você voltar. Você sabe que vai.

— Por favor, para — implorei, olhando ao redor. A fila andou de novo.

Trenton estendeu as mãos.

— Só... espera uns dias.

— Esperar uns dias pra quê?

Ele tirou o boné e coçou o topo da cabeça, pensando. Sua expressão desesperada me obrigou a engolir o choro. Eu queria abraçá-lo, dizer que estava tudo bem, mas como eu poderia reconfortá-lo quando era o motivo de seu sofrimento?

Trenton colocou o boné de volta na cabeça, puxando-o sobre os olhos, frustrado, e então suspirou.

— Meu Deus, Cami, *por favor*. Eu não vou aguentar. Não posso ficar aqui pensando em você lá com ele.

A fila andou de novo. Eu era a próxima.

160

— Por favor. — Ele deu uma risada nervosa. — Eu estou apaixonado por você.

— Próximo — disse o agente de segurança, sinalizando para eu me aproximar do guichê.

Depois de uma longa pausa, eu me encolhi com as palavras que estava prestes a dizer.

— Se você soubesse o que eu sei... não estaria apaixonado.

Ele balançou a cabeça.

— Não quero saber. Eu só quero você.

— Somos apenas amigos, Trent.

Seu rosto ficou triste e seus ombros desabaram.

— Próximo! — o agente repetiu. Ele estava vendo a gente conversar e não estava com paciência.

— Tenho que ir. Te vejo quando voltar, tá?

Os olhos de Trenton desabaram até o chão, e ele assentiu.

— Tá. — Ele começou a ir embora, mas virou. — Não somos apenas amigos já faz algum tempo. E você sabe disso. — Ele virou de costas, e eu entreguei a passagem e meu documento para o agente.

— Tudo bem? — perguntou o homem, escrevendo na minha passagem.

— Não — respondi. Minha respiração ficou presa na garganta, e eu olhei para cima enquanto meus olhos se enchiam de lágrimas. — Sou uma grande idiota.

O agente assentiu e fez sinal para eu me afastar.

— Próximo — disse ele, chamando a pessoa seguinte.

Eu não queria me mexer, para o caso de estar sonhando. Quando eu era criança e ia até a casa dos meus amigos, comecei a perceber que os outros pais não eram como os meus e que muitas famílias eram mais felizes que a minha. A partir daí, comecei a sonhar em ter minha própria casa, nem que fosse apenas para ter um pouco de paz. Mas até mesmo a vida adulta parecia mais fonte de decepção que de aventuras, então, só para me certificar de que esse momento de felicidade não era um truque sujo, fiquei parada.

A casa imaculada e minimalista era exatamente onde eu queria estar: não vestindo nada além de um sorriso satisfeito, enrolada em lençóis brancos de algodão egípcio, no meio da cama king-size de T.J. Ele estava deitado ao meu lado, respirando lenta e profundamente pelo nariz. Ele teria de levantar em poucos minutos e se arrumar para o trabalho, e eu teria uma bela visão daquela bunda durinha quando ele saísse da cama. O problema, é claro, não era esse. As próximas oito horas sozinha com meus pensamentos levariam essa estadia do nirvana ao estresse.

Uma enxurrada de dúvidas inundara minha mente durante o voo, me fazendo questionar se essa seria a última vez. Meses de nervosismo acumulado continuaram em mim quando o vi na esteira de bagagens, mas então avistei seu sorriso. O mesmo sorriso que fazia estar deitada ali com ele parecer o tipo certo de erro.

Talvez eu devesse servir café na cama para comemorar nossas primeiras doze horas juntos em meses? Talvez não. Essa seria eu me esforçando demais outra vez, e eu tinha desistido de ser essa garota. Eu nunca mais seria essa garota. Raegan explicou perfeitamente enquanto eu arrumava as malas na noite anterior:

"O que aconteceu com você, Cam? Você costumava irradiar confiança. Agora parece um cachorrinho que apanhou. De qualquer forma, se o T.J. não for o cara, não é algo que você pode controlar, então para de se preocupar com isso."

Eu não sabia o que tinha acontecido entre o tempo em que eu era aquela garota maravilhosamente confiante e agora. Na verdade, eu sabia, sim. O T.J. entrara na minha vida, e eu havia passado os seis últimos meses tentando merecê-lo. Bom, metade desse tempo, na verdade. A outra metade eu tinha passado fazendo exatamente o oposto.

T.J. virou a cabeça e beijou minha têmpora.

— Bom dia. Quer que eu dê uma corrida até a esquina pra comprar o café da manhã? — perguntou.

— Parece incrível, na verdade. — Dei um beijo em seu peito nu.

T.J. delicadamente puxou o braço que estava sob mim e sentou, se espreguiçando por alguns instantes antes de se levantar e me conceder a visão com a qual eu estava fantasiando havia mais de três meses.

Ele vestiu a calça jeans que estava dobrada sobre a cadeira e pegou uma camiseta no armário.

— Rosca com tudo que tem direito e cream cheese?

— E suco de laranja. Por favor.

Ele calçou os tênis e pegou as chaves.

— Sim, senhora. Já volto — gritou antes de fechar a porta da frente.

Obviamente, eu não sentia que não era merecedora de T.J. porque ele era um babaca. Era o contrário. Quando alguém tão incrível entra no seu bar e pede seu telefone antes de ter bebido um único drinque, você se esforça ao máximo para mantê-lo por perto. No meio do caminho, eu havia esquecido que tinha conseguido fisgá-lo logo de cara. E depois eu havia me esquecido dele completamente.

Mas, no instante em que T.J. me envolveu em seus braços na esteira de bagagens, eu imediatamente comparei o modo como ele me abraçou ao modo como Trenton me abraçara. Quando T.J. pousou os lábios nos meus, sua boca era tão maravilhosa quanto eu me lembrava, mas ele não parecia precisar de mim como Trenton. Eu estava absurdamente ciente de que estava fazendo comparações injustas e desnecessárias e tentei não fazer isso até o instante em que aconteceu, mas fracassei — todas as vezes, em todos os níveis. Justo ou não, Trenton era o que eu conhecia, e T.J. se tornara um estranho.

Dez minutos depois, ele voltou correndo, colocou a rosca no meu colo e o suco de laranja na mesinha de cabeceira. E então me deu um beijo rápido.

— Te ligaram?

— É, reunião bem cedo. Não sei o que está acontecendo, então não sei que horas volto pra casa.

Dei de ombros.

— Tudo bem. A gente se vê quando der.

Ele me beijou de novo, tirou a roupa rapidamente e vestiu uma camisa branca alinhada e um terno cinza-escuro, calçando os sapatos antes de correr para a porta com a gravata na mão.

A porta bateu.

— Tchau — falei, sentada sozinha.

Deitei de novo e fiquei olhando para o teto, roendo as unhas. A casa dele era quieta. Nada de colega de quarto nem de bichinho de estimação. Nem mesmo um peixinho dourado. Pensei que em casa Trenton provavelmente estaria ao meu lado no sofá, enquanto eu tagarelava sobre o trabalho, a faculdade ou as duas coisas. Como era bom simplesmente ter alguém que queria estar perto de mim a qualquer custo.

Bege era a cara do T.J. Ele gostava de segurança. Era estável. Mas qualquer coisa parece legal a milhares de quilômetros de distância. A gente nunca brigava, mas as pessoas não têm motivo para brigar se nunca se encontram. T.J. sabia de que tipo de rosca eu gostava, mas será que sabia que eu detestava comerciais ou qual estação de rádio eu ouvia, ou ainda que a primeira coisa que eu fazia quando chegava do trabalho era tirar o sutiã? Será que ele sabia que meu pai era um completo babaca, ou que meus irmãos eram carinhosos e insuportáveis ao mesmo tempo? Será que ele sabia que eu nunca arrumava a cama? Porque o Trenton sabia. Ele sabia tudo isso e me queria mesmo assim.

Estendi a mão e dei uma olhada no celular. Um e-mail do Solteiros na Área, mas era tudo. Trenton me odiava, isso era certo, porque ele me pediu para escolher, e eu não o escolhi. Agora eu estava nua na cama de outro homem, pensando em Trenton.

Cobri o rosto e amaldiçoei as lágrimas quentes conforme escorriam por minhas têmporas e caíam em meu ouvido. Eu queria estar aqui. E queria estar lá. Raegan tinha me perguntado se eu já amara dois homens ao mesmo tempo. Na época eu não sabia que já estava nessa situação. Dois homens que não podiam ser mais diferentes e ao mesmo tempo tão parecidos. Ambos amáveis e insuportáveis, mas por motivos completamente diversos.

Arrastando o lençol comigo, saí da cama e caminhei pela casa arrumadinha de T.J. Parecia um cenário, como se ninguém morasse ali de verdade. Acho que, na maior parte do tempo, ninguém morava mesmo. Havia alguns porta-retratos prateados sobre uma mesa estreita encostada na parede da sala de estar. Havia fotos em preto e branco de T.J. quando criança, com os irmãos, os pais, e uma de nós dois no píer em minha primeira visita.

A televisão era preta, o controle remoto estava perfeitamente posicionado em uma mesa de canto. Eu me perguntei se ele tinha TV a cabo. T.J. raramente teria tempo de assistir. Revistas *Men's Health* e *Rolling Stone* estavam espalhadas como uma mão de cartas sobre a mesinha de centro. Peguei uma e folheei, me sentindo de repente agitada e entediada. Por que é que eu tinha vindo? Para provar a mim mesma que amava T.J.? Ou que não o amava?

O sofá mal cedeu quando me sentei. Era cinza-claro, de lã, com a estrutura de couro marrom. O tecido pinicava minhas costas. O espaço tinha um clima totalmente diferente comparado com o da última vez em que estive ali. O cheiro almiscarado, porém limpo, já não era tão atraente. A vista das grandes janelas, com um vislumbre da baía, não era tão mágica; a perfeição de T.J. não era mais tão impressionante. Algumas poucas semanas com Trenton tinham mudado tudo isso. De repente, parecia tudo bem querer uma bagunça e falhas e incerteza, tudo que Trenton encarnava... tudo que eu via em mim mesma e achava que não gostava. Porque, mesmo que tivéssemos dificuldades, tínhamos também objetivos. O que importava era que nós dois enfrentávamos obstáculos e fracassos completos, mas nos levantávamos, sacudíamos a poeira e seguíamos em frente — e estávamos tirando o máximo disso. Trenton não só tornava todas essas coisas aceitáveis; ele tornava divertido chegar lá. Em vez de sentirmos vergonha de onde não tínhamos chegado, tínhamos orgulho do ponto para onde estávamos indo e do que superaríamos para chegar lá.

Eu me levantei e fui até as altas janelas, olhando para a rua abaixo. Trenton descobrira o que eu estava prestes a fazer, correra até o aeroporto e me implorara para ficar. Se fosse eu do outro lado do cordão de segurança, será que eu o perdoaria? Pensar nele se sentindo rejeitado e sozinho no caminho de volta para casa fez lágrimas pinicarem meus olhos. Parada ali, na casa perfeita do homem perfeito, envolvi os lençóis com mais força ao meu redor e deixei as lágrimas caírem, desejando o tatuador batalhador que eu tinha deixado para trás.

Eu tinha passado a infância desejando meu primeiro dia de liberdade. Durante quase todos os dias da maior parte de dezoito anos, meus desejos eram sobre o amanhã. Mas, pela primeira vez na vida, desejei poder voltar no tempo.

14

— Eu disse que sinto muito — falou T.J., me encarando sob a sobrancelha.

— Não estou chateada.

— Você está um pouco chateada.

— Não. De verdade — falei, rolando um pouco da minha salada de carne pelo prato.

— Não gostou da salada?

— Gostei, sim — falei, bem ciente de minhas expressões faciais e de cada movimento que eu fazia. Era exaustivo tentar provar que eu não estava chateada. T.J. só chegou em casa depois das oito e meia e não mandou mensagem nem ligou durante todo esse tempo. Nem quando estava a caminho de casa.

— Quer experimentar um pouco do meu peixe? — Faltavam duas garfadas para ele terminar seu peixe, mas empurrou o prato para frente. Balancei a cabeça. A comida tinha um cheiro maravilhoso, mas eu não sentia vontade de comer, e isso não tinha nada a ver com T.J.

Estávamos em uma mesa de canto, na parede mais ao fundo do restaurante favorito de T.J. na vizinhança, o Brooklyn Girl. As paredes cinza e a decoração simples, mas moderna, pareciam muito com o apartamento dele. Limpo, tudo no lugar e ainda assim aconchegante.

T.J. suspirou e recostou-se na cadeira.

— Não era assim que eu queria que as coisas acontecessem. — Ele se inclinou para frente, apoiando os cotovelos na mesa. — Eu trabalho cinquenta horas por semana, Camille. Simplesmente não tenho tempo para...

— Mim — falei, terminando a frase embaraçosa para ele.

— Nada. Eu mal vejo minha família. Falo mais com você do que com eles.

— E o Dia de Ação de Graças?

— Parece mais provável, conforme o trabalho progride.

Dei um leve sorriso.

— Não me importo que você tenha chegado tarde. Eu sei que você trabalha bastante. Eu sabia que não ia te ver muito quando chegasse aqui.

— Mas você veio — disse ele, estendendo a mão sobre a mesa para segurar a minha.

Eu me recostei, pousando as mãos no colo.

— Mas eu não posso largar tudo toda vez que você decidir que quer me ver.

Seus ombros despencaram, mas ele ainda estava sorrindo. Por algum motivo, ele estava satisfeito.

— Eu sei. E isso é justo.

Eu me inclinei para frente mais uma vez e remexi a salada com o garfo.

— Ele foi até o aeroporto.

— O Trenton?

Fiz que sim com a cabeça.

T.J. ficou em silêncio por muito tempo, depois finalmente falou:

— O que está acontecendo entre vocês dois?

Eu me ajeitei na cadeira.

— Já te falei. A gente tem passado muito tempo juntos.

— Juntos como?

Franzi o cenho.

— A gente vê tevê. Conversa. Sai para comer. A gente trabalha junto.

— Trabalham juntos?

— No Skin Deep.

— Você saiu do Red? Por que não me contou?

— Não saí. O Coby está tendo problemas para pagar as contas. Arrumei um segundo emprego até ele se ajeitar.

— Sinto muito. Pelo Coby.

Assenti, sem querer me aprofundar no assunto.

— Foi o Trenton que fez isso? — ele perguntou, baixando o queixo e olhando para os meus dedos.

Eu fiz que sim com a cabeça.

Ele respirou fundo, como se estivesse absorvendo a realidade da situação.

— Quer dizer que vocês passam *muito* tempo juntos.

Eu me encolhi.

— Sim.

— Ele já dormiu na sua casa?

Balancei a cabeça.

— Não. Mas nós... Ele...

T.J. fez sinal de positivo com a cabeça.

— Te beijou. Você já me disse. Ele está saindo com alguém?

— Só comigo, a maior parte do tempo.

T.J. ergueu uma sobrancelha.

— Ele vai ao Red?

— Sim. Mas não mais do que o normal. Talvez até menos.

— Ele ainda leva garotas pra casa? — perguntou T.J., meio que brincando.

— Não.

— *Não?* — ele se surpreendeu.

— Não. Não desde que...

— Ele começou a ir atrás de você. — Balancei a cabeça de novo. T.J. baixou o olhar. — Uau. — Ele riu, sem acreditar. — O Trenton está apaixonado. — Levantou o olhar para mim. — Por você.

— Você parece surpreso. Você já foi apaixonado por mim, sabia?

— Eu ainda sou.

Fechei os olhos com força.

— Como? Como você pode se sentir assim depois de tudo que te contei?

Ele manteve a voz baixa.

— Sei que eu não sou bom pra você agora, Camille. Não posso estar presente como você precisa, e provavelmente não vou poder por um bom tempo. É difícil te culpar quando sei que nosso relacionamento se baseia em telefonemas e mensagens esporádicas.

— Mas você me falou isso quando a gente se conheceu. Você disse que seria assim, e eu disse que tudo bem. Que estava disposta a fazer dar certo.

— É isso que você está fazendo? Cumprindo sua palavra? — T.J. buscou meus olhos por um instante, depois suspirou. Ele bebeu o último gole do vinho branco e colocou a taça vazia ao lado do prato. — Você ama o Trenton?

Congelei por um instante, me sentindo um animal encurralado. Ele estava me interrogando desde que a garçonete colocara o jantar sobre a mesa, e eu estava ficando emocionalmente exausta. Vê-lo pela primeira vez em meses, depois ficar sozinha com meus pensamentos o dia todo... tinha sido demais. Eu era uma fugitiva sem ter para onde ir. Meu voo só partiria na manhã seguinte. Por fim, cobri o rosto com as mãos. Fechei os olhos, e as lágrimas transbordaram e escorreram por meu rosto.

T.J. suspirou.

— Acho que isso é um sim.

— Sabe como você descobre que ama alguém? Você tem um sentimento que não desaparece. Eu ainda sinto isso por você.

— Eu me sinto do mesmo jeito. Mas eu sempre soube que seria difícil demais pra você.

— As pessoas fazem isso o tempo todo.

— Sim, mas elas se falam mais de oito ou nove vezes por mês.

— Quer dizer que você sabia que tinha acabado? Então por que me trouxe aqui? Pra me dizer que tudo bem eu não conseguir fazer dar certo?

— Achei que, se você estivesse aqui comigo, talvez a gente pudesse entender o que estava acontecendo com você: se estava sendo difícil demais porque não nos víamos há algum tempo, ou se você realmente sentia algo pelo Trenton.

Comecei a chorar no guardanapo de novo. Suspeitei que as pessoas estivessem olhando, mas não tive coragem de checar.

— Isso é tão humilhante — falei, tentando não soluçar.

— Tudo bem, querida. Somos só nós.

Abaixei as mãos apenas o suficiente para olhar ao redor. Ele estava certo. Éramos os últimos clientes do restaurante. Eu estava tão preocupada que nem tinha me dado conta.

— O senhor deseja mais alguma coisa? — perguntou a garçonete. Não precisei olhar seu rosto para saber que ela estava curiosa a respeito do que acontecia na nossa mesa.

— Traga a garrafa — pediu T.J.

— De vinho branco?

— De vinho branco — respondeu ele com sua voz suave e confiante.

— S-sim, senhor — disse ela. Ouvi seus sapatos batendo no chão enquanto ela se afastava.

— Eles não estão quase fechando?

— Só daqui a vinte minutos. Conseguimos matar uma garrafa até lá, não?

— Sem problemas — respondi, fingindo me divertir. Naquele momento, eu só sentia tristeza, culpa e vergonha.

Seu pequeno sorriso forçado desapareceu.

— Você vai embora amanhã. Não precisamos tomar nenhuma decisão hoje à noite. Nem amanhã. Vamos apenas curtir o tempo que temos juntos. — Ele estendeu a mão sobre a mesa e entrelaçou os dedos aos meus.

Depois de uma pausa rápida, eu me afastei.

— Acho que nós dois já sabemos o que aconteceu.

Com tristeza nos olhos, T.J. assentiu.

Meus olhos se abriram de repente quando as rodas do avião tocaram o solo, e eu olhei ao redor, vendo todo mundo pegar seus celulares e enviar mensagens para amigos, familiares ou colegas sobre a chegada. Não me preocupei em ligar meu aparelho. Raegan estava na casa dos pais, e a minha família nem sabia que eu tinha viajado.

T.J. e eu fomos dormir assim que voltamos para casa na noite anterior, sabendo que teríamos de acordar antes de o sol nascer para que eu chegasse a tempo no aeroporto. Ele me manteve em seus braços a noite toda, como se não quisesse me deixar partir, mas na manhã seguinte, no aeroporto, me deu um abraço e um beijo de despedida como se fosse para sempre. Foi forçado, triste e distante.

Dei partida no Smurf e saí para a rua. Parte de mim esperava que Trenton estivesse sentado diante da minha porta, mas ele não estava.

O clima estava agradável em San Diego, e agora eu tinha voltado ao lugar onde eu podia enxergar minha respiração. O ar machucava meu rosto. Como é que o ar pode machucar o rosto de alguém?

Destranquei a porta e a empurrei, deixando-a bater atrás de mim, e segui para o meu quarto, caindo de cara na minha cama maravilhosamente bagunçada.

Raegan veio descalça pelo corredor.

— Como foi? — ela perguntou da porta.

— Não sei.

O piso estalou sob seus pés conforme ela vinha até minha cama e se sentava ao meu lado.

— Vocês ainda estão juntos?

— Não.

— Ah. Bom... isso é bom, não é? Quer dizer, apesar de o T.J. não ter falado com você até o Trent te beijar, e de repente ter comprado uma passagem pra você ir até a Califórnia...

— Hoje não, Ray.

— O Trenton esteve no Red hoje. Ele parecia péssimo.

— É? Ele saiu com alguém? — Espiei por detrás do travesseiro.

Raegan hesitou.

— Um pouco antes da última rodada de bebidas. Ele estava bêbado pra cacete.

Fiz que sim com a cabeça e enterrei a cara no travesseiro.

— Só... conta pra ele — implorou Raegan. — Conta pra ele do T.J.

— Não posso — falei. — E você também não. Você prometeu.

— Eu ainda não entendo por que tanto segredo.

— Você não tem que entender — falei, olhando direto em seus olhos. — Só tem que guardar segredo.

Raegan assentiu.

171

— Vou guardar.

Parecia que eu mal tinha fechado os olhos quando ela me acordou com uma sacudida.

Eu resmunguei.

— Você vai se atrasar para o trabalho, Cami! Tira a bunda da cama!

Nem me mexi.

— Você acabou de tirar dois dias de folga de última hora. O Cal vai te demitir! Levanta! — Ela agarrou meu tornozelo e me arrastou até eu cair da cama com força.

— Ai! Que merda, Ray!

Ela se inclinou.

— São onze e meia! Levanta!

Olhei para o relógio e dei um pulo, correndo pelo quarto e praguejando. Mal escovando os dentes, fiz um coque rápido e coloquei os óculos. O Smurf também não queria acordar e berrou feito um gato moribundo antes de finalmente dar partida.

O relógio na parede do Skin Deep marcava 12h07 quando passei pela porta. Hazel já estava ao telefone, e Calvin estava de pé ao lado dela, franzindo a testa.

— Que porcaria é essa que você está vestindo? — perguntou ele.

Olhei para minha calça skinny cor de ameixa e para minha blusa de manga longa com listras pretas e brancas horizontais.

— Roupas.

— Eu te contratei pra ser a gostosa atrás do balcão, e você está parecendo minha prima Annette. Que visual é esse? — ele perguntou à Hazel.

— Hipster — ela respondeu rapidamente antes de voltar à conversa.

— É. Como minha prima hipster Annette. Da próxima vez que vier trabalhar, quero decote e cabelo de sexo! — disse ele, erguendo um dedo e depois dois.

— Que diabo é cabelo de sexo? — questionei.

Calvin deu de ombros.

— Você sabe. Bagunçado, mas sexy. Como se você tivesse acabado de transar.

Hazel bateu o telefone com força.

172

— Tudo que sai da sua boca é ofensivo. Gostosa? Decote? Você é um processo de assédio sexual ambulante!

Calvin não se abalou.

— São os sapatos? — perguntei, olhando para meus coturnos favoritos.

— O cachecol! — disse ele, apontando quatro dedos para mim. — Qual é o objetivo de ter peitos bonitos se você vai cobrir?

Hazel sorriu.

— É um cachecol fofo. Preciso de um preto igual a esse.

Calvin franziu a testa.

— Não é fofo! Não quero fofura nenhuma! Contratei uma bartender sexy e instigante e recebi uma hipster de coque e sem tatuagens! Consigo lidar com o fato de você sumir e voltar a porra da hora que quiser, mas é errado andar por aqui com a pele em branco. Não pega bem os nossos funcionários não confiarem o suficiente no nosso serviço para serem tatuados!

— Já terminou? — perguntou Hazel sem emoção, então olhou para mim. — Ele ficou menstruado hoje.

— Vai se foder, Hazel! — soltou Calvin, pisando duro pelo corredor até seu escritório.

— Vai se foder você! — gritou ela.

Ele pôs a cabeça no corredor.

— O Bishop já apareceu?

— Que merda, Cal, não! Pela terceira vez hoje, ele não apareceu!

Calvin assentiu e desapareceu de novo. Hazel franziu a testa por meio segundo antes de virar para mim com um sorriso.

— Acho que vou mostrar meus dedos pra ele hoje. Pode aliviar a tensão — falei.

— De jeito nenhum — disse ela. — Deixa ele sofrer. — Ela ficou quieta por um minuto, claramente pensando em alguma coisa, depois me cutucou com o cotovelo. — E aí, a Califórnia?

— É — falei, inclinando a pescoço conforme passava a alça da bolsa pela cabeça. Joguei a bolsa no balcão e fiz login no computador. — Sobre esse assunto...

O sino da porta tocou e Trenton entrou, vestindo um casaco azul-marinho acolchoado e um boné de beisebol branco sujo que lhe ocultava os olhos.

— Bom dia, meninas — disse ele, passando por nós.

— Bom dia, raio de sol — respondeu Hazel, observando-o passar direto.

Ele desapareceu em sua sala, e ela me deu uma olhada.

— Você fodeu a cabeça dele.

Suspirei.

— Não era minha intenção.

— É bom pra ele. Nenhum homem deveria conseguir toda mulher que deseja. Isso mantém a babaquice deles num nível tolerável.

— Eu vou só... — falei, apontando para o corredor. Hazel fez que sim com a cabeça.

Trenton estava ocupado arrumando o equipamento quando entrei. Cruzar os braços e me recostar no batente enquanto ele me ignorava foi aceitável nos primeiros minutos, mas depois eu comecei a me sentir uma idiota.

— Você vai voltar a falar comigo um dia? — perguntei.

Ele manteve os olhos no equipamento e deu uma risada.

— Claro, baby doll. Eu falo com você. E aí?

— O Calvin disse que eu preciso de mais tatuagens.

— Você quer mais tatuagens?

— Só se você fizer.

Ele continuou sem me olhar.

— Não sei, Cami, meu dia está bem cheio.

Fiquei observando enquanto ele organizava pacotes brancos repletos de ferramentas esterilizadas.

— Qualquer dia desses. Não precisa ser hoje.

— Tá, beleza. Sem problemas — disse ele, mexendo em outra gaveta.

Depois de mais um minuto de Trenton fingindo que eu não estava ali, voltei para a recepção. Ele tinha dito a verdade. Ele tinha mesmo um cliente atrás do outro, mas, mesmo quando sobrava um tempinho entre eles, Trenton só apareceu uma vez no balcão, e ainda assim apenas para conversar com um novo cliente potencial. Ele ficou o resto do dia em sua sala ou foi conversar com Calvin no escritório dele. Hazel não parecia preocupada com o comportamento de Trenton, mas ela nunca parecia abalada com nada.

Naquela noite, Trenton não apareceu no Red, e o dia seguinte contou com mais seis horas da Operação Ignorar a Cami. Foi assim também no dia seguinte e em todos os outros durante três semanas. Passei muito mais tempo fazendo trabalhos da faculdade e estudando. Raegan estava passando bastante tempo com Brazil, por isso fiquei feliz quando Coby apareceu para me visitar numa noite de segunda-feira.

Tigelas idênticas e fumegantes de sopa de galinha com macarrão estavam entre nós, sobre o balcão da cozinha.

— Você parece melhor — falei.

— Eu me sinto melhor. Você estava certa: foi mais fácil com um programa de reabilitação.

— Como estão as coisas em casa? — perguntei.

Coby deu de ombros.

— Iguais.

Fiquei remexendo os macarrões que boiavam na minha tigela.

— Ele nunca vai mudar, sabe?

— Eu sei. Só estou tentando organizar as minhas merdas pra poder ter minha própria casa.

— Boa ideia — falei, dando uma colherada na comida.

— Vamos levar as tigelas para o sofá e ver um filme — disse Coby.

Eu assenti, e ele colocou minha tigela perto de si na almofada enquanto eu vasculhava as caixas de DVDs. Minha respiração parou quando vi S.O.S. Trenton deixara aqui depois que vimos.

— Que foi? — perguntou Coby.

— O Trent deixou um filme aqui.

— Por onde ele anda? Achei que ele estaria aqui.

— Ele não... vem mais aqui.

— Vocês terminaram?

— Somos só amigos, Coby.

— Só você acha isso.

Olhei para ele e me arrastei até o sofá, pegando a tigela e sentando ao seu lado.

— Ele não me quer.

— Ele queria.

— Não quer mais. Eu estraguei tudo.

— Como?

— Não quero falar sobre isso. É uma história longa e chata.

— Nada que tem a ver com os irmãos Maddox é chato. — Ele colocou uma colherada na boca e esperou. Era como se fosse uma pessoa diferente quando estava limpo. Ele se preocupava com as coisas. Ele ouvia.

— A gente estava passando praticamente todos os dias juntos.

— Essa parte eu sei.

Suspirei.

— Ele me beijou. Isso me deixou apavorada. E aí ele disse que me amava.

— Duas coisas horríveis e péssimas — disse ele, concordando com a cabeça.

— Não me sacaneia.

— Desculpa.

— São coisas muito ruins, sim. O T.J. me comprou uma passagem para a Califórnia depois que contei do beijo.

— Faz todo sentido, pela perspectiva de um homem.

— O Trent me implorou para não ir. Disse no aeroporto que estava apaixonado por mim, e eu fui. — Meus olhos se encheram de lágrimas conforme minha mente reproduzia a cena e eu me recordava da expressão de Trenton. — Enquanto eu estava lá, o T.J. e eu nos demos conta de que nos amamos, mas simplesmente não tem como fazer dar certo.

— E vocês terminaram?

— Mais ou menos. Não de verdade.

— Caramba, Camille. Vocês são adultos. Se estava implícito...

— Não importa — falei, girando uma fatia de cenoura no caldo. — O Trent mal fala comigo. Ele me odeia.

— Você contou pra ele o que aconteceu na Califórnia?

— Não. O que eu devo dizer? "O T.J. não me quer, então agora você pode ficar comigo"?

— É isso que está acontecendo?

— Não. Quer dizer, mais ou menos, mas o Trenton não é um estepe. Não quero que ele se sinta assim. E, mesmo que ele de alguma forma me perdoasse, sempre tem o fato de que seria totalmente errado sair de um direto para o outro.

— Eles são adultos, Cami. Eles vão superar.

Terminamos de comer em silêncio, então Coby pegou minha tigela e passou uma água nela na pia.

— Tenho que ir. Eu só queria te dar isso. — E pegou um cheque na carteira.

— Obrigada — falei. Meus olhos se arregalaram quando vi o valor. — Não precisava pagar tudo de uma vez.

— Consegui um segundo emprego. Não vai me fazer falta.

Eu o abracei.

— Eu te amo. Estou tão orgulhosa, e muito feliz porque você vai ficar bem.

— Todos vamos. Você vai ver. — Ele abriu um leve sorriso.

No sábado seguinte, Trenton chegou ao Skin Deep com uma hora de atraso, com o rosto vermelho e muita pressa. A caminhonete do pai dele tinha quebrado, e ele tentou fazê-la funcionar. Trenton não me passou essa informação diretamente. Como tudo o que eu queria saber sobre ele desde que eu estivera na Califórnia, tive de perguntar a Hazel.

No fim da primeira semana de novembro, T.J. só telefonara uma vez para dizer que estava na cidade a trabalho, mas não ia conseguir me ver, e Trenton e eu mal tínhamos nos falado. Ele tinha ido ao Red algumas vezes e pegado bebidas com Raegan, Blia ou Jorie, e todas as noites, pouco antes da última rodada, ele era visto saindo de lá com uma garota diferente.

Tentei me comportar do mesmo jeito no Skin Deep. Tecnicamente, eu não precisava desse segundo emprego, mas gostava de trabalhar lá e da grana extra, e gostava demais de ver o Trenton todos os dias, mesmo que ele estivesse me ignorando.

Era fácil enganar o Calvin, mas a Hazel sabia de tudo. Ela passava um tempo com o Trenton na sala dele, e então, quando saía de lá, piscava para mim. Eu não tinha certeza se ela queria me consolar, ou se achava que compartilhávamos alguma informação privilegiada da qual eu não estava a par.

O sino da porta tocou e Travis e Shepley entraram.

— Oi, meninos. — Sorri.

— Você está emprestando sua beleza para todas as espeluncas da cidade? — perguntou Travis, lançando seu sorriso mais charmoso.

— Alguém está de bom humor — falei. — O que podemos fazer por vocês?

— Nem pergunta — disse Shepley. Ele definitivamente não estava de bom humor.

— Vou fazer umas tatuagens. Cadê o bosta do meu irmão?

Trenton colocou a cabeça para fora de sua sala.

— Cuzão!

Preenchi o formulário de entrada de Travis e ele assinou. Então os irmãos Maddox seguiram para a sala de Trenton.

— Tá brincando comigo, porra! — gritou Trenton, uivando de tanto rir. — Você virou uma mulherzinha!

— Cala a boca, babaca, e faz logo essa merda!

Hazel seguiu pelo corredor e parou na porta de Trenton. Logo ela também estava sorrindo. A máquina de tatuagem começou a zumbir, e, durante toda a hora seguinte, a sala de Trenton ficou cheia de risadas e insultos bem-humorados.

Quando eles retornaram ao balcão, Travis estava com uma bandagem no punho. Ele parecia radiante. Shepley, não.

— Isso me fodeu de tantas formas — resmungou ele.

Trenton deu um tapa nos ombros de Shepley e depois os agarrou.

— Ah, Shep, vai ficar tudo bem. O Travis vai lançar o feitiço dele e a Abby vai curtir.

— Abby? Tô falando da America! — comentou ele. — E se ela ficar puta da vida porque eu não tatuei o nome *dela*? E se a Abby não curtir, der um pé na bunda do Travis e isso me causar problemas com a Mare? Tô fodido!

Os irmãos riram, e Shepley zombou deles, claramente chateado com a falta de preocupação de ambos.

Trenton sorriu para o irmão mais novo.

— Estou feliz por você.

Travis não conseguiu conter o amplo sorriso que iluminou seu rosto todo.

— Valeu, babaca. — Eles deram início a um abraço ombro a ombro, e então Travis e Shepley seguiram para o Charger e partiram.

Trenton estava sorrindo quando virou de volta, mas, no instante em que seus olhos bateram em mim, seu sorriso desapareceu e ele voltou para a sala.

Fiquei sozinha no balcão, ouvindo os sussurros dele e da Hazel. Eu me levantei e fui até a sala dele. Trenton estava limpando a cadeira. Hazel estava sentada reta, olhando para Trenton. Quando ela me viu, lançou-lhe um olhar para avisar que eu estava ali.

— Sobre o que vocês estão sussurrando? — perguntei, tentando sorrir.

— Meu cliente já está pra chegar? — perguntou Hazel.

Olhei para o pequeno relógio de metal na parede.

— Onze minutos. Trent, você não tem nenhum compromisso logo mais. Tirando as pessoas que podem aparecer por aqui, seria uma boa hora pra começar a traçar aquela tatuagem que combinamos um tempo atrás.

Ele olhou para mim enquanto continuava limpando, depois balançou a cabeça.

— Hoje não dá, Cami.

— Por que não? — perguntei.

Hazel saiu, nos deixando sozinhos.

Trenton estendeu a mão e enfiou no pote de balas sobre a bancada perto dele. Ele desembrulhou um pequeno pirulito e colocou na boca.

— O Jason disse que ia aparecer aqui hoje, mais ou menos nesse horário, se saísse do treino a tempo.

Franzi a testa.

— Você pode simplesmente dizer que não quer fazer, Trent. Não precisa mentir. — Eu deixei a sala dele e sentei no banquinho atrás do balcão da recepção, bufando de raiva. Menos de dez minutos depois, uma caminhonete parou no estacionamento, e Jason Brazil entrou pela porta.

— O Trent está ocupado? — perguntou ele.

Eu me encolhi e afundei no assento. Meu rosto parecia em chamas enquanto a adrenalina da humilhação queimava minhas veias.

— Você tá bem? — perguntou Brazil.

— Tô — falei. — Ele está lá atrás.

Dia após dia, Trenton me ignorou, mas depois disso eu não tive coragem de confrontá-lo. Era especialmente doloroso porque a interação dele com a Hazel não havia mudado, e ele conversava muito com a Raegan quando ia ao Red. Ele estava me ignorando de propósito, e eu odiava isso.

No segundo sábado de novembro, Trenton entrou sozinho no Red e sentou no seu novo banco favorito, em frente à Raegan. Ela estava ocupada com o cliente regular, Marty, mas Trenton ficou ali sentado pacientemente, sem me olhar nem uma única vez para ser atendido. Meu coração afundou. As últimas semanas perto dele tinham me ensinado a entender o sofrimento pelo qual Kody passava de quarta a domingo, desde que ele e Raegan tinham terminado. Olhei para Kody e o vi dar uma olhada de relance na direção de Raegan, com os olhos tristes. Ele fazia isso dezenas de vezes todas as noites.

Meu cliente regular, Baker, estava com uma caneca cheia quase congelada, então fui até o lado de Raegan no balcão, abri uma garrafa da cerveja favorita de Trenton e passei para ele.

Ele fez sinal de positivo com a cabeça e estendeu a mão para pegá-la, mas alguma coisa tomou conta de mim e eu a puxei para longe dele.

Os olhos de Trenton focaram os meus por menos de um segundo. Uma combinação de choque e confusão havia tomado conta de seu rosto.

— Ok, Maddox. Já se passaram cinco semanas.

— Cinco semanas do quê? — perguntou ele.

— Miller Lite! — gritou um cara atrás de Trenton. Assenti para ele, depois abaixei o queixo para Trenton, cruzando os braços e deixando a garrafa de cerveja na dobra de um deles.

— Cinco semanas de fingimento — respondi.

Trenton olhou para trás por sobre os dois ombros e para todos os lugares, menos para mim. Ele balançou a cabeça algumas vezes.

— Não sei do que você está falando.

— Tá bom. Então você me odeia. — As palavras pareciam veneno saindo da minha boca. — Quer que eu peça demissão do Skin Deep?

— O quê? — disse ele, finalmente olhando para mim, pela primeira vez em semanas.

— Posso fazer isso, se é o que você quer.

— Por que você pediria demissão? — perguntou ele.

— Responda à minha pergunta primeiro.

— Que pergunta?

— Você me odeia?

— Cami, eu nunca poderia te odiar. Mesmo que quisesse. Pode acreditar, eu já tentei.

— Então por que você não fala comigo?

Seu rosto se retorceu em repulsa. Ele começou a falar, depois mudou de ideia. Acendeu um cigarro e deu um trago.

Puxei o cigarro de seus dedos e o parti ao meio.

— Caramba, Cami!

— Desculpa, tá bom? Podemos pelo menos falar sobre o assunto?

— Não! — respondeu ele, ficando mais agitado a cada segundo. — Qual é a porra do objetivo disso?

— Uau. Obrigada.

— Você foi embora, Cami.

— Eu não mereço que você fale comigo, já entendi. Falo com o Cal amanhã e peço as contas.

O rosto de Trenton se contorceu.

— Isso é uma idiotice do caralho.

— Nós dois estamos sofrendo. Não gosto disso tanto quanto você, mas idiotice é ficarmos perto um do outro quando não somos obrigados.

— Tá bom.

— Tá bom? — Eu não sabia ao certo o que esperava que ele dissesse, mas não era isso. Tentei engolir o bolo que se formou na minha garganta, mas ele só aumentou, e lágrimas começaram a inundar meus olhos.

Ele estendeu a mão para mim.

— Posso pegar minha cerveja agora?

Dei uma risada, sem acreditar.

— Você queria uma reação quando me beijou e conseguiu.

— Se eu soubesse que você ia pegar um voo para a Califórnia e trepar com outra pessoa algumas horas depois, eu teria pensado melhor.

— Você realmente quer fazer um registro de quem trepou com quem ultimamente? — Coloquei a cerveja na frente dele e voltei para o meu lado.

— Estou tentando lidar com isso!

Eu virei de repente.

— Bom, você está fazendo tudo errado!

Raegan estava nos encarando, assim como todas as pessoas a um grito de distância.

— Você viu o Travis no Halloween! Ele está descontrolado pela garota! Ela foi embora sem se despedir na manhã seguinte depois que eles transaram pela primeira vez, e ele destruiu o apartamento! Pode acreditar, eu adoraria destruir alguma coisa ou alguém, mas não posso me dar o luxo, Cami. Tenho que ficar firme! Não preciso que você fique me julgando em relação ao que faço para te manter longe da minha cabeça!

— Não inventa desculpas. Principalmente as idiotas, é ofensivo.

— Você... Eu... Meu Deus. Que merda, Camille! Achei que era isso que você queria!

— *Por que* eu ia querer isso? Você é meu *melhor amigo*! — Senti uma lágrima escorrer por meu rosto e rapidamente a sequei.

— Porque você voltou com o babaca da Califórnia!

— *Voltei* com ele? Se você simplesmente conversasse comigo, poderíamos esclarecer isso. Poderíamos...

— Não que você algum dia tenha estado de verdade com ele — rosnou Trenton, pegando a garrafa do balcão. Ele deu um longo gole e resmungou algo bem baixinho.

182

— O que foi? — soltei.

— Eu disse que, se você gosta de ser um estepe, tudo bem!

— Miller Lite, Cami! — o cara gritou de novo, dessa vez menos paciente.

Olhei furiosa para Trenton.

— Estepe? Você está me zoando? Você só usa estepes! Com quantos estepes você saiu daqui no último mês?

O rosto de Trenton ficou vermelho. Ele se levantou e chutou o banquinho para trás, fazendo-o voar quase até a pista de dança.

— Você não é uma porra de um estepe, Cami! Por que está deixando alguém te tratar como se fosse?

— Ele não está me tratando como nada! A gente não se fala há semanas!

— Ah, quer dizer que, agora que ele tá te ignorando, eu sirvo pra ser seu amigo?

— Desculpa, mas eu achei que já éramos amigos!

— Miller Lite! Será que uma de vocês pode fazer seu maldito trabalho? — o cara gritou novamente.

Trenton virou e apontou um dedo na cara dele.

— Se falar com ela desse jeito de novo, eu arrebento a sua cara, porra.

Abrindo um sorriso irônico, o cara começou a dizer alguma coisa, mas Trenton não lhe deu chance. Ele deu o bote, agarrando o cara pelo colarinho. Os dois caíram no chão, e eu os perdi de vista. Uma multidão rapidamente se formou ao redor, e, depois de alguns segundos, a plateia do Trenton se encolheu, cobriu a boca e gritou "Ah!" em uníssono.

Poucos segundos depois, Kody e Gruber caíram em cima dos dois. De repente, Trenton estava de pé, parecendo nunca ter estado numa briga. Ele nem respirava com dificuldade. Voltou para sua cerveja e tomou um gole. Sua camiseta estava um pouco rasgada no colarinho, e o pescoço e a bochecha tinham respingos de sangue.

Gruber arrastou a vítima pela entrada lateral, e, sem fôlego, Kody ficou parado ao lado de Trenton.

— Desculpa, Trent. Você conhece as regras. Tenho que pedir pra você sair.

Trenton fez que sim com a cabeça uma vez, tomou mais um gole e saiu. Kody o seguiu até o lado de fora. Abri a boca para chamá-lo, mas não sabia muito bem o que dizer.

Raegan estava ao meu lado.

— Uau.

15

*Minhas mãos estavam tremendo, e, sem nenhum bom motivo ou des-*culpa, parei o Smurf na entrada de carros de Jim Maddox. As ruas estavam difíceis, com chuva e gelo, e eu não tinha nada que dirigir até ali, mas cada esquina que eu dobrava me deixava mais perto de Trenton. Apaguei os faróis antes que eles atingissem as janelas da frente da casa, em seguida desliguei o motor, deixando o jipe parar devagar.

Meu telefone apitou. Era o Trenton, querendo saber se era o meu jipe que estava na entrada... Como se pudesse ser o de outra pessoa. Quando confirmei sua suspeita, a porta de tela se abriu, e Trenton desceu os degraus. Ele estava de pantufas e shorts de basquete azul-royal, de braços cruzados sobre o torso nu. Grossas tatuagens tribais pretas se espalhavam pelos ombros e pelo peito e diversos desenhos coloridos se sobrepunham ao descer pelos dois braços, parando de repente nos pulsos.

Trenton parou ao lado da minha janela, esperando que eu a abrisse. Ele ajeitou o boné branco de beisebol e colocou as mãos nos quadris, pronto para me ouvir.

Meus olhos percorreram a definição dos músculos de seu peitoral, depois desceram para apreciar todos os seis gomos abdominais lindamente protuberantes.

— Eu te acordei? — perguntei.

Ele negou com a cabeça.

— Acabei de sair da banheira.

Mordi o lábio, tentando pensar em algo para dizer.

— O que você está fazendo aqui, Cami?

Olhei para frente, balancei a cabeça e comprimi os lábios, formando uma linha fina.

— Não tenho a menor ideia.

Ele apoiou os braços na minha janela e se abaixou.

— Você se importa de descobrir? Está um frio da porra aqui fora.

— Ah! Meu Deus! Desculpa — falei, ligando o Smurf e o aquecedor do carro. — Entra.

— Vai pra lá — disse Trenton.

Eu me arrastei sobre o câmbio e o console e pulei quando cheguei ao banco do carona. Trenton entrou, bateu a porta e fechou a janela até ficar só uma fresta aberta.

— Você tem cigarro aí? — ele perguntou. Ofereci meu maço, e ele tirou dois. Acendeu os dois e me passou um.

Dei um trago e soprei a fumaça, observando-o fazer a mesma coisa. A tensão ali era mais densa que a fumaça rodopiando entre nós. Pedacinhos de gelo começaram a bater nas janelas e na estrutura do Smurf, depois o céu desabou e o som de gelo batendo no carro se intensificou.

— Você tem razão. Eu fui mesmo pra casa com umas garotas — disse Trenton, aumentando a voz acima do barulho do gelo. — Mais do que as que você viu no Red.

— Não precisa me contar.

— Eu precisava tirar você da cabeça. — Como não respondi, ele se virou para mim. — Todas as noites, eu deixava uma mulher diferente me salvar daquela tortura, mas, quando estava com elas, só conseguia pensar em você.

— Isso não é exatamente... um elogio — falei.

Trenton bateu no volante com a palma da mão e soprou mais fumaça.

— Não estou tentando te elogiar! Achei que eu ia perder a merda da cabeça pensando em você na Califórnia. Eu jurei a mim mesmo que não ia te ligar, e, quando você voltou, que ia aceitar sua escolha. Mas você veio até a minha casa. Você tá aqui. Não sei o que fazer com isso.

— Eu só não queria mais sentir sua falta — falei, sem saber o que dizer além disso. — É egoísta, eu sei. Eu não devia estar aqui. — Soltei todo o ar dos pulmões e afundei o máximo possível no banco do carona. Ser tão sincera me fazia sentir muito vulnerável. Era a primeira vez que eu admitia isso até para mim mesma.

— Que porra isso significa?

— Não sei! — gritei. — Você já quis alguma coisa que sabia que não devia ter? Que era errada em todos os sentidos, mas precisava dela? Eu gostava de como a gente era, Trent! E aí você... A gente não pode mais ter aquilo.

— Caramba, Cami. Eu não podia continuar daquele jeito.

— Eu sei que não foi justo com você. Na verdade, não foi justo com ninguém além de mim mesma. Mas ainda assim sinto falta daquilo, porque era melhor do que estar com você de forma desonesta ou te perder pra sempre — falei, limpando o nariz. Abri a porta, apaguei o cigarro no estribo e joguei a guimba no assoalho do carro. — Me desculpa. Foi besteira vir aqui. Vou embora. — Comecei a sair, mas o Trenton me agarrou pelo braço.

— Cami, para. Não tem sentido o que você está fazendo. Você veio até aqui, agora quer ir embora. Se não existisse... aquilo, o que quer que seja... o que você faria?

Dei uma risada, mas pareceu mais um choro.

— Eu te deixei no aeroporto. E depois passei os dois dias seguintes desejando não ter feito isso.

Uma centelha de felicidade iluminou seus olhos.

— Então vamos...

— Mas tem mais do que isso, Trenton. Eu queria poder te contar, mas não posso.

— Não precisa me contar. Se você precisa que eu diga que não me importo com o que eu não sei, eu não me importo. Não dou a mínima, porra — disse ele, balançando a cabeça.

— Você não pode dizer isso. Você não diria se soubesse...

— Eu sei que tem alguma coisa que você quer me contar, mas não pode. Se o assunto surgir no futuro, não importa o que seja, eu quis seguir em frente sem saber. Vai ser por minha conta.

— Para qualquer outra coisa, isso seria suficiente.

Trenton jogou o cigarro pela janela.

— Isso não faz porra de sentido nenhum. Nenhum.

— Eu sei. Desculpa — falei, lutando contra as lágrimas.

Trenton esfregou o rosto, mais do que frustrado.

— O que você quer de mim? Eu fico aqui dizendo que não me importo com esse segredo. Estou falando que eu te quero. Não sei mais o que dizer pra te convencer disso.

— Tem que ser você a se afastar. Me diz pra cair fora e acaba com tudo. Eu peço demissão do Skin Deep, você encontra um outro bar para frequentar. Eu não posso... É você quem tem que fazer isso.

Ele balançou a cabeça.

— Eu *sou* o cara, Cami. Sou o cara pra você. Eu sei porque você é a mulher pra mim.

— Você não tá me ajudando.

— Ótimo!

Eu o observei, implorando com o olhar. Era uma sensação tão estranha esperar alguém partir meu coração. Quando percebi que ele ia ser tão teimoso quanto eu estava sendo fraca, algo dentro de mim estalou.

— Tá bom, então. Eu faço. Tenho que fazer. É melhor do que você me odiar depois. É melhor do que te deixar fazer algo que eu sei que é errado.

— Estou tão cansado dessa merda de segredo. Sabe o que eu acho de certo e errado? — Trenton perguntou, mas, antes que eu pudesse responder, ele agarrou meu rosto com as duas mãos e grudou os lábios nos meus.

Eu imediatamente abri a boca, deixando sua língua entrar. Ele agarrou minha pele, tocando todo o meu corpo, como se não conseguisse me possuir o suficiente, depois passou o braço por cima de mim e mexeu na alavanca do banco. O encosto lentamente se inclinou para trás e, enquanto isso, Trenton pulou o console num movimento suave. Mantendo a boca colada à minha, ele agarrou meus joelhos e os ergueu até suas costelas. Apoiei os pés no painel e ergui os quadris para encontrar os dele. Trenton gemeu na minha boca. Seu shorts não disfarçava a ereção, e ele pressionou o membro duro contra o ponto exato onde eu já desejava que ele estivesse.

Seus quadris se moviam pressionados contra os meus conforme ele me beijava e dava leves mordidas em meu pescoço. Minha calcinha imediatamente ficou encharcada, e, quando deslizei os dedos por entre seu shorts e sua pele, os beijos ficaram mais lentos e então cessaram.

Nós dois respirávamos com dificuldade, nos encarando. Todas as janelas do jipe estavam embaçadas.

— Que foi? — perguntei.

Ele balançou a cabeça, olhou para baixo e então deu uma risada antes de erguer os olhos para encontrar os meus.

— Vou me odiar mais tarde, mas não vou fazer isso num carro, e definitivamente não de pantufas.

— Tira — falei, beijando seu pescoço e seu ombro.

Ele meio que gemeu e meio que suspirou.

— Eu seria tão péssimo quanto qualquer outro babaca que não te trata do jeito que você merece. — Ele se afastou dos meus lábios, me dando um selinho. — Vou aquecer o Intrepid.

— Por quê?

— Não quero que você dirija pra casa nessa porcaria, e o Intrepid tem tração dianteira. Segura melhor. Eu levo seu jipe antes de você acordar amanhã.

Ele puxou a maçaneta da porta e saltou para fora, correndo para casa por alguns minutos e depois reaparecendo, dessa vez de tênis, moletom e as chaves na mão. Ele deu partida no Intrepid e se apressou até o Smurf, entrando e esfregando as mãos.

— Merda!

— O frio tá mesmo congelante — falei, concordando.

— Não é isso. — Ele olhou para mim. — Não quero que você vá embora.

Eu sorri e ele se aproximou, deslizando o dedão sobre os meus lábios. Depois de alguns instantes, relutantemente saímos do Smurf e entramos no carro dele.

Por mais que eu achasse que estava feliz na cama de T.J. algumas semanas antes, sentar ao lado de Trenton em seu Intrepid destruído enquanto ele me levava para casa era muito melhor. A mão dele estava no meu joelho, e ele manteve o sorriso mais satisfeito do mundo até a minha casa.

— Tem certeza que não quer entrar? — perguntei quando ele estacionou.

— Tenho — disse ele, claramente infeliz com a resposta.

Ele se aproximou e me deu um beijo suave, lento a princípio, mas então começamos a puxar a roupa um do outro de novo. O shorts de Trenton estava armado, e seus dedos se enroscavam suavemente em meu cabelo. Então ele acabou se afastando.

— Droga — disse ele, sem fôlego. — Vamos ter um encontro decente primeiro, mesmo que isso acabe comigo.

Deixei a cabeça cair para trás e encostar no apoio, depois levantei o olhar, frustrada.

— Legal. Você pode sair do Red com uma garota qualquer e levá-la pra casa quarenta e cinco minutos depois de conhecer, mas eu sou rejeitada.

— Não estou te rejeitando, baby. De jeito nenhum.

Olhei para ele, e minhas sobrancelhas se uniram. Eu queria fingir que ia ficar tudo bem e que eu podia esquecer o que sabia, mas eu tinha de alertá-lo mais uma vez.

— Eu não sei o que isso significa. Mas sei que, se você soubesse a história toda, Trenton, você se afastaria de mim e nunca mais olharia para trás.

Ele recostou a cabeça no apoio e então pousou a palma da mão no meu rosto.

— Eu não quero a história toda. Eu só quero você.

Balancei a cabeça, com lágrimas ameaçando se acumular em meus olhos pela terceira vez naquele dia.

— Não. Você merece saber. Certas coisas na nossa vida são tão frágeis... E você e eu, Trent? A gente pode estragar tudo.

Ele balançou a cabeça.

— Escuta o que estou dizendo, Cami. Se isso me impede de ficar com você, eu sei o que é.

Olhei para ele, com o coração martelando, mais alto que o gelo que batia no para-brisa e que o motor abafado do Intrepid.

— Ah, é? E o que é?

— Está no meio do caminho. — Ele se aproximou e tocou meu rosto enquanto seus lábios encostavam nos meus.

— Só lembre que eu sinto muito por qualquer coisa que aconteça depois disso, e peço desculpas por não ter te deixado ir quando você se afastou como eu pedi — falei.

— Eu nunca vou lamentar por isso. — A pele ao redor de seus olhos se contraiu quando ele me olhou diretamente nos olhos. Ele realmente acreditava no que estava dizendo, e isso me fez querer acreditar também.

Corri até o meu apartamento, bati a porta e me recostei nela até ouvir o Intrepid se afastar. Era irresponsável e egoísta, mas parte de mim queria acreditar em Trenton quando ele disse que o que ele não sabia não importava.

Pouco antes de o sol nascer e de os meus olhos abrirem, senti alguma coisa quente percorrendo toda a extensão do meu corpo. Eu me movi apenas um centímetro na direção do que quer que fosse, só para ter certeza de que minha mente não estava me pregando uma peça.

Pisquei algumas vezes e depois me concentrei, vendo uma figura sombreada deitada ao meu lado. O relógio da mesinha de cabeceira marcava seis da manhã. O apartamento estava escuro e quieto, como sempre àquela hora do dia. Mas, no instante em que as lembranças daquela madrugada surgiram na minha mente, tudo pareceu diferente.

Ai, meu Deus. O que é que eu tinha feito? Uma fronteira tinha sido ultrapassada, e não havia como voltar atrás ou seguir em frente sem consequências reais. No instante em que Trenton sentou na minha mesa no Red, eu achei que conseguiria lidar com qualquer coisa que ele inventasse, mas ele era como areia movediça. Quanto mais eu lutava, mais afundava.

Eu estava bem na beirada da cama e tentei me afastar um pouquinho, sem sucesso.

— Por que você está na minha cama, Ray? — perguntei.

— Como? — disse Trenton, com a voz profunda e rouca.

Um choque percorreu meu corpo, e eu dei um gritinho quando caí da cama. Trenton se esticou até a beirada, tentando me segurar, mas era tarde demais. Eu já estava no chão.

— Ai! Merda! Tá tudo bem?

Com as costas na parede, eu rapidamente tirei o cabelo do rosto. Quando a ficha caiu, soquei os dois punhos no chão.

— Que diabos você está fazendo na minha cama? Como foi que você entrou aqui?

Trenton estremeceu.

— Eu trouxe o jipe uma hora atrás, mais ou menos. O Brazil estava deixando a Raegan aqui e ela me deixou entrar.

— E você simplesmente... se enfiou na cama comigo? — Minha voz estava aguda, parecendo um guinchado.

— Eu disse que não ia entrar, mas depois entrei. Então eu disse a mim mesmo que ia dormir no chão, mas não fiz isso. Eu só... precisava ficar perto de você. Deitei, mas não consegui dormir na casa do meu pai. — Ele se inclinou e estendeu a mão para mim. Seus músculos dançaram sob o braço macio e tatuado. A mão segurou a minha, e ele me puxou de volta para a cama, ao seu lado. — Espero que não tenha problema.

— A essa altura, isso importa?

Metade da boca de Trenton se curvou. Ele claramente estava se divertindo com meu surto matinal.

Raegan disparou pelo corredor e virou na porta, com os olhos arregalados.

— Por que vocês estão gritando?

— Você deixou o Trenton entrar?

— Deixei. Tudo bem? — ela perguntou, sem fôlego. Estava descabelada e com rímel manchado sob os olhos.

— Por que todo mundo está me perguntando isso depois de já ter acontecido? Não! Não está tudo bem!

— Quer que eu vá embora? — perguntou Trenton, ainda sorrindo.

Olhei para ele, para Raegan e para ele de novo.

— Não! Só não quero que você apareça na minha cama enquanto estou dormindo!

Raegan revirou os olhos e voltou pelo corredor, fechando a porta de seu quarto.

Trenton passou o braço pela minha cintura e me puxou para si, enfiando o rosto entre meu pescoço e o travesseiro. Fiquei deitada, imóvel, olhando para o teto, presa entre desejar desesperadamente enroscar os braços e as pernas nele e sabendo que, daquele momento em diante, se eu fizesse qualquer coisa além de chutá-lo para fora e nunca mais falar com ele, a culpa seria só minha.

16

Com uma orelha no telefone e a outra sendo silenciosamente beijada e lambida por Trenton, tentei marcar uma cliente para as três e meia. Trenton costumava se comportar de maneira mais profissional no trabalho, mas era domingo, estávamos com pouquíssimo movimento, e Calvin tinha levado Hazel para almoçar em comemoração ao aniversário dela. Trenton e eu estávamos totalmente sozinhos.

— Sim, está marcado. Obrigada, Jessica.

Desliguei o telefone, e Trenton me agarrou pelos quadris e me levantou, pousando o meu traseiro no balcão. Ele enganchou meus tornozelos em sua lombar, depois deslizou os dedos pelos meus cabelos, penteando-os apenas o suficiente para formar um caminho para que ele pudesse passar a língua por meu pescoço até chegar ao seu destino: o lóbulo da minha orelha. Ele sugou o pedaço de pele macio, fazendo uma pressão mínima entre os dentes e a língua. Era minha coisa favorita... até agora. Ele andava me torturando desse jeito a semana toda, mas se recusava a tirar minha roupa — ou a me tocar em locais divertidos — até sairmos para jantar na segunda-feira depois do trabalho.

Trenton me puxou para si e pressionou a pélvis na minha.

— Eu nunca fiquei tão ansioso por uma segunda-feira na minha vida.

Sorri, hesitante.

— Não sei por que você tem essas regras estranhas. A gente podia quebrar todas na sua sala, a três metros daqui.

Trenton gemeu.

— Ah, a gente vai quebrar.

Virei o pulso para dar uma olhada no relógio.

— Você não tem ninguém pela próxima hora e meia. Por que não começa a traçar aquela minha tatuagem no ombro?

Ele pensou por um instante.

— As papoulas?

Desci do balcão com um pulo, abri uma gaveta e peguei o desenho que Trenton criara na semana anterior. Ergui até o rosto dele.

— São lindas e significativas.

— Você já disse isso. Mas não disse por que são significativas.

— *O mágico de Oz*. Elas te fazem esquecer.

Trenton fez uma careta.

— Que foi? Achou bobo? — perguntei, imediatamente na defensiva.

— Não. É que a sua referência a Oz me lembrou o novo nome que a namorada do Travis deu para o Crook.

— Qual?

— Totó. O Travis disse que ela é do Kansas... Foi por isso que ele comprou aquela raça e blá-blá-blá.

— Concordo com você. Crook é melhor.

Trenton estreitou os olhos.

— Você quer mesmo as papoulas?

Assenti enfaticamente.

— Vermelhas? — perguntou ele.

Levantei o esboço dele mais uma vez.

— Desse jeito.

Ele deu de ombros.

— Tá bom, baby doll. Papoulas, então. — Ele pegou minha mão e me conduziu até sua sala.

Eu tirei a roupa enquanto Trenton terminava a preparação, mas ele se deteve apenas por tempo suficiente para me ver passar a blusa pela cabeça e depois deslizar a alça preta do sutiã de renda pelo braço. Ele balançou a cabeça e deu um sorriso irônico, encantado com o striptease sutil que eu tinha acabado de fazer para ele.

Quando a maquininha começou a zumbir, eu estava completamente relaxada na cadeira. Ter Trenton tatuando minha pele era tão extraordinariamente íntimo. Havia algo naquela proximidade, no modo como ele manipulava e estirava minha pele conforme trabalhava e em sua expressão concentrada enquanto me marcava para sempre com uma de suas obras de arte incríveis. Com tudo isso, a dor era apenas secundária.

Trenton estava acabando o traço quando Hazel e Calvin retornaram. Hazel segurava uma sacola quando entrou na sala de Trenton.

— Comprei uma fatia de cheesecake pra vocês — disse ela, notando meu ombro. — Uau, isso vai ficar muito foda.

— Obrigada — falei, radiante.

— As coisas estão devagar, hein? — disse Calvin. — Você não podia ter pegado uma vassoura?

— Hum... ela tá sem roupa, Cal — respondeu Trenton, perturbado.

— Ela não tem nada que eu já não tenha visto — disse Calvin.

— Você nunca viu a Cami. Sai daqui, porra.

Calvin simplesmente deu as costas para nós, cruzando os braços.

— Ela não pode encontrar alguma coisa pra organizar quando estamos sem movimento? Eu pago por hora.

— Está tudo organizado, Cal — falei. — Eu já varri. Até tirei o pó.

Trenton franziu a testa.

— Você encheu o saco porque ela não tinha tatuagem, e agora está enchendo porque tô tatuando ela. Toma uma merda de decisão.

Calvin inclinou o pescoço para Trenton, retorceu os lábios e depois desapareceu no corredor.

Hazel deu uma risadinha, nada preocupada com o confronto dos meninos.

Depois que Trenton cobriu o local da tatuagem, deslizei cuidadosamente o braço pela alça do sutiã e vesti de novo a blusa.

— Você vai ser demitido se continuar irritando o cara.

— Nem — disse Trenton, limpando a bancada de trabalho. — Ele me ama em segredo.

— O Calvin não ama ninguém — disse Hazel. — Ele é casado com o estúdio.

Trenton estreitou os olhos.

— E o Bishop? Tenho quase certeza que ele ama o Bishop.

Hazel revirou os olhos.

— Você precisa deixar isso pra lá.

Deixei os dois e fui para o balcão, notando um zumbido que vinha da gaveta onde eu guardava o celular. Eu a abri lentamente e dei uma olhada na tela. Era Clark.

— Que foi? — perguntou Trenton, se aproximando por trás para beijar uma pequena parte do meu ombro que não estava inflamada e vermelha por causa da agulha.

— É o Clark. Eu amo meu irmão, só não tô a fim de ficar de mau humor, sabe?

Os lábios de Trenton tocaram a borda externa da minha orelha.

— Você não precisa atender — ele sussurrou.

Com o celular na palma da mão, eu recusei a chamada e então digitei uma mensagem.

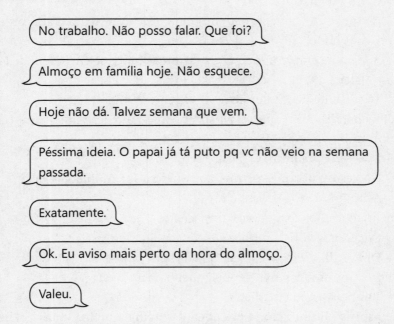

O compromisso agendado de Trenton foi o único cliente que tivemos o dia todo. O céu estava repleto de nuvens cinza e baixas; o inverno ameaçava despejar sua força sobre nós a qualquer momento. Com pelo menos dois centímetros de neve e gelo nas estradas, poucas pessoas estavam dispostas a encarar o clima. O estúdio não ficava distante do campus, então geralmente víamos um fluxo constante de veículos nas duas direções, mas, com o clima péssimo, o tráfego era inexistente.

Trenton estava fazendo esboços numa folha, e Hazel, deitada no chão em frente ao sofá de couro marrom, perto da entrada. Eu estava digitando um trabalho da faculdade. Calvin ainda não tinha saído do seu escritório.

Hazel soltou um suspiro dramático.

— Vou embora. Não aguento mais.

— Não vai, não — gritou Calvin dos fundos.

Um grito abafado emanou da garganta de Hazel. Quando ela terminou, ficou quieta por um instante, depois sentou rapidamente, com os olhos brilhando.

— Me deixa fazer um piercing no seu nariz, Cami.

Franzi a testa e balancei a cabeça.

— Claro que não.

— Ah, poxa! A gente faz com um diamante minúsculo. Vai ficar feminino, mas irado.

— A ideia de empalar meu nariz faz meus olhos se encherem de lágrima — falei.

— Tô tão entediada! Por favor — ela choramingou.

Olhei para Trenton, que estava sombreando um desenho do que parecia um troll.

— Não olha pra mim. O nariz é seu.

— Não estou pedindo permissão. Quero a sua opinião — falei.

— Acho um tesão — disse ele.

Inclinei um pouco a cabeça, impaciente.

— Legal, mas dói?

— Dói — disse ele. — Dizem que dói pra caralho.

Pensei por um instante, depois olhei para a Hazel.

— Também estou entediada.

Seu sorriso iluminado se estendeu de orelha a orelha. Suas bochechas se ergueram, fazendo os olhos virarem duas fendas.

— Sério?

— Vamos — falei, já indo em direção à sala dela. Ela ficou de pé e me seguiu.

Quando saí do Skin Deep naquele dia, eu tinha um belo traçado no ombro esquerdo e um piercing no nariz. Hazel estava certa. Era minúsculo, delicado até. Eu nunca teria pensado em fazer um piercing no nariz, mas adorei.

— Te vejo amanhã, Hazel — falei, indo em direção à porta.

— Obrigada por preservar minha sanidade, Cami! — disse ela, acenando. — Na próxima vez em que estivermos sem movimento, vamos colocar alargadores nas suas orelhas.

— Hum... não — falei, empurrando a porta.

Dei partida no Smurf, e então Trenton apareceu na minha porta, sinalizando para eu abrir a janela. Quando abri, ele se inclinou e beijou meus lábios.

— Você não ia nem se despedir? — perguntou ele.

— Desculpa — falei. — Não estou muito acostumada com essa coisa toda.

Trenton piscou.

— Eu também não. Mas não vai demorar muito.

Estreitei os olhos.

— Quanto tempo faz que você não tem um relacionamento?

Não consegui decifrar muito bem a expressão dele.

— Alguns anos. Que foi? — disse ele. Eu tinha baixado o olhar e dado uma risadinha, e Trenton encolheu o queixo, me obrigando a fazer contato visual.

— Eu não sabia que você já tinha namorado alguém.

— Ao contrário da crença popular, eu sou capaz de ser um homem de uma mulher só. Só tem que ser a mulher certa.

Minha boca se contraiu, em um meio sorriso.

— Por que eu não fiquei sabendo disso? Acho que o campus todo falaria disso.

— Porque era novidade.

Pensei por um instante, depois arregalei os olhos.

— Com a Mackenzie?

— Por mais ou menos quarenta e oito horas — respondeu Trenton. Seus olhos perderam o foco, depois voltaram rápido para os meus. Ele se inclinou e me deu um leve beijo na boca. — A gente se vê mais tarde?

Eu assenti, fechei a janela e saí do estacionamento, parando quinze minutos depois no Red. As ruas não estavam melhores, e eu me perguntei se o bar estaria tão morto quanto o Skin Deep.

Os veículos de todos, exceto o de Jorie, estavam parados lado a lado, com uma vaga vazia entre os carros dos funcionários e o de Hank. Corri até a entrada lateral e esfreguei as mãos enquanto me apressava até o meu banquinho no bar leste. Hank e Jorie estavam juntos do outro lado, se abraçando e se beijando mais que o normal.

— Cami! — disse Blia, sorrindo.

Gruber e Kody estavam sentados juntos, e Raegan sentou do meu outro lado. Eu imediatamente percebi que ela estava quieta, mas não ousei perguntar com Kody por perto.

— Achei que você não estava aqui, Jorie — falei. — Não vi seu carro.

— Vim com o Hank — disse ela com um sorriso travesso. — Carona eterna é com certeza uma vantagem de morar junto.

Minhas sobrancelhas se ergueram de repente.

— É mesmo? — falei, ficando de pé e abrindo os braços. — Ela disse sim? Vocês estão morando juntos?

— É! — responderam os dois ao mesmo tempo. Ambos se inclinaram por sobre o balcão e me abraçaram.

— Oba! Parabéns! — falei, apertando o casal. Minha cabeça estava entre a deles e, apesar de eu considerar os funcionários do Red minha família de trabalho, eles pareciam mais minha família que a real ultimamente.

Todos os demais abraçaram e felicitaram o casal. Eles deviam estar me esperando para dar a notícia e contar para todo mundo ao mesmo tempo.

Hank pegou várias garrafas de vinho — os de boa qualidade, do estoque próprio — e começou a servir as taças. Estávamos comemorando. Todo mundo, menos Raegan. Sentei ao lado dela depois de um tempinho e cutuquei seu braço.

— Que foi, Ray? — perguntei baixinho.

Um leve sorriso tomou seus lábios.

— Tattoo legal.

— Obrigada — falei, virando de lado e mostrando meu piercing minúsculo no nariz. — Também fiz isso.

— Uau. O seu pai vai ter um ataque.

— Abre o bico — falei.

Ela suspirou.

— Desculpa. Não quero estragar a festa.

Fiz uma careta.

— Qual é o problema?

— Está acontecendo de novo — disse ela, com os ombros sacudindo. — O Brazil está ficando ocupado. Ele deixou bem claro que prefere estar com os caras da fraternidade e em festas do futebol do que comigo. Ele deu uma festa de aniversário pra tal Abby no apartamento dele no mês passado e nem me convidou. Descobri pela Kendra Collins na noite passada. Quer dizer... sério? A gente brigou feio hoje. Ele disse quase todas as coisas que falou na última vez.

Ergui uma sobrancelha.

— Que merda, Ray.

Ela fez que sim com a cabeça e olhou para as mãos pousadas no colo. Depois, por menos de um segundo, olhou de relance para o Kody e deu uma risada sem graça.

— Meu pai adora o Brazil. Tudo que eu ouço em casa é... — suas sobrancelhas se uniram e a voz engrossou para imitar a do pai — Jason Brazil seria aceito na Escola Naval em um piscar de olhos. Jason Brazil seria um bom candidato ao programa SEAL... blá-blá-blá. Meu pai acha que o Jason seria um bom soldado.

— Eu não deixaria isso atrapalhar seu julgamento. Parece que mandar o cara pra Escola Naval é um bom jeito de se livrar dele.

Raegan começou a rir, mas uma lágrima escorreu pelo seu rosto, e ela se inclinou na direção do meu ombro. Coloquei o braço ao redor dela, e a comemoração ali perto morreu instantaneamente. Kody surgiu no outro lado de Raegan.

— Tem alguma coisa errada? — perguntou ele, com preocupação genuína no olhar.

— Nada — respondeu ela, secando rapidamente os olhos.

201

Kody pareceu magoado.

— Você pode me contar, sabia? Eu ainda me preocupo quando você sofre.

— Não posso falar com você sobre isso — ela respondeu, com o rosto enrugado.

Kody colocou o dedão sob o queixo de Raegan e ergueu o rosto dela para encontrar seus olhos.

— Eu só quero que você seja feliz. Isso é tudo o que me importa.

Raegan olhou para os grandes olhos verdes de Kody e jogou os braços ao redor dele. Ele a puxou para junto de si, envolvendo sua nuca com a mão enorme. Kody beijou a têmpora de Raegan e só ficou ali abrança-do-a, sem dizer uma única palavra.

Eu me levantei e fui me juntar aos outros enquanto os dois tinham um momento particular.

— Nossa mãe, isso significa que eles voltaram? — perguntou Blia.

Balancei a cabeça.

— Não. Mas são amigos de novo.

— O Kody é um cara tão legal — disse Jorie. — Um dia ela vai des-cobrir isso.

Meu celular tocou. Era o Trenton.

— Alô? — atendi.

— A porra do Intrepid não quer ligar. Será que você pode me pegar no trabalho?

— Você só está saindo agora? — perguntei, olhando para o relógio de pulso.

— O Cal e eu estávamos conversando.

— Tá... Mas eu tenho que correr pra casa pra me trocar pro trabalho... — A linha ficou muda. — Trenton?

— Oi? Quer dizer, tá. Desculpa, é que eu tô muito puto. Ele tem mo-tor 2.7, então eu sabia que ia... Você não tem ideia do que eu estou fa-lando, né?

Sorri, apesar de ele não poder me ver.

— Não. Mas chego aí em quinze minutos.

— Legal. Obrigado, baby. Vem devagar. As ruas estão cada vez piores.

Olhei para o celular entre os meus dedos depois que desliguei. Eu adorava o jeito como ele falava comigo. Os apelidos. As mensagens. O sorriso com aquela covinha maravilhosa na bochecha esquerda.

Jorie piscou para mim.

— Devia ser um cara no telefone.

— Desculpa, tenho que ir. Vejo vocês à noite.

Todo mundo acenou e se despediu, e eu segui apressada até o Smurf, quase caindo de bunda no chão quando tentei parar. As luzes de segurança estavam acesas, quebrando a escuridão. A chuva congelante pinicava minha pele e fazia barulho nos veículos estacionados. Não era de espantar o fato de Trenton ter dito que as ruas estavam ficando piores. Eu não conseguia me lembrar de já ter visto tanta chuva e gelo no início do inverno.

O Smurf resistiu por alguns instantes antes de dar partida, mas, poucos minutos após a ligação de Trenton, eu estava dirigindo com cuidado até o Skin Deep. Ele estava esperando do lado de fora com seu casaco azul acolchoado, os braços cruzados. Veio até o meu lado e esperou, me observando em expectativa.

Abri a janela pela metade.

— Entra!

Ele balançou a cabeça.

— Caramba, Cami. Você sabe que eu tenho problemas com isso.

— Para — falei.

— Eu tenho que dirigir. — Ele estava tremendo.

— Você não confia em mim até agora?

Ele balançou a cabeça de novo.

— Não tem nada a ver com confiança. Eu só... Eu não consigo. Minha cabeça fica confusa.

— Tá bom, tá bom — falei, deslizando por sobre o console até o banco do carona.

Trenton abriu a porta e entrou, esfregando as mãos.

— Caralho, tá frio! Vamos mudar pra Califórnia! — Assim que as palavras saíram de sua boca, ele se arrependeu, me encarando com choque e remorso nos olhos.

203

Eu queria dizer que não tinha problema, mas estava ocupada demais lidando com a culpa e com a vergonha que me tomaram em ondas enormes e sufocantes. T.J. não entrava em contato havia semanas, mas, apesar do tempo respeitável a se esperar entre um relacionamento e outro, isso era especialmente ofensivo — para T.J. e para Trenton.

Tirei dois cigarros do meu maço e coloquei ambos na boca, acendendo-os ao mesmo tempo. Trenton pegou um e deu um trago. Quando parou na vaga em frente ao meu apartamento, ele virou para mim.

— Eu não queria...

— Eu sei — falei. — Está tudo bem, de verdade. Vamos esquecer.

Trenton assentiu com a cabeça, claramente aliviado porque eu não ia fazer um drama com aquilo. Assim como eu, ele não queria pensar no que eu ainda tinha com o T.J. Fingir esquecer era muito mais confortável.

— Posso te pedir um favor? — Trenton fez que sim, esperando o pedido. — Não fala nada para os seus irmãos sobre nós dois, por enquanto. Eu sei que o Thomas, o Taylor e o Tyler não ficam muito na cidade, mas não estou preparada para ter essa conversa com o Travis na próxima vez que ele for ao Red. Ele sabe do T.J. É...

— Não, eu entendo. O Travis vai achar que tudo continua igual. Mas ele vai saber que alguma coisa está acontecendo.

Eu sorri.

— Se você disser pra ele que está investindo em mim, ele não vai ficar tão surpreso depois.

Trenton deu uma risadinha e assentiu.

Nós dois corremos até a porta do meu apartamento, e eu enfiei a chave na fechadura. Quando ouvi um clique, a empurrei, e em seguida Trenton a fechou atrás de si. Aumentei a temperatura no termostato e segui na direção do meu quarto, mas escutei uma batida na porta. Eu me detive e girei lentamente sobre os calcanhares. Trenton me observou em busca de algum sinal de quem poderia ser. Dei de ombros.

Antes que qualquer um de nós conseguisse chegar até a porta, a pessoa do outro lado bateu violentamente com a lateral do punho. Eu me encolhi, e meus ombros encostaram nas orelhas. Quando houve um novo silêncio, olhei pelo olho mágico.

— Fodeu! — sussurrei, olhando ao redor. — É o meu pai.

— Camille! Abra essa maldita porta! — gritou ele. As palavras se embolavam. Ele tinha bebido.

Virei a maçaneta, mas, antes que eu pudesse puxar a porta, meu pai entrou empurrando, caindo direto em cima de mim. Dei alguns passos para trás, parando quando minhas costas bateram na passagem para o corredor.

— Tô de saco cheio das suas merdas, Camille! Você acha que eu não sei o que você está aprontando? Acha que não percebo o desrespeito?

Trenton imediatamente apareceu ao meu lado, pondo o braço entre mim e meu pai, com a mão no peito dele.

— Sr. Camlin, é melhor o senhor se afastar. Agora. — Sua voz estava calma, mas firme.

Surpreso ao ver outra pessoa no apartamento, meu pai recuou por um único instante antes de se aproximar do rosto de Trenton.

— Quem diabos você pensa que é? Isso é assunto pessoal, então trata de sumir daqui! — disse ele, apontando com a cabeça para a porta.

Balancei a cabeça, implorando com os olhos para Trenton não me deixar sozinha. Meu pai me batera quando eu era criança e me dera um ou dois tapas na cara depois, mas minha mãe sempre estava lá para distraí-lo e até para redirecionar sua raiva. Essa era a primeira vez em que eu o via fisicamente violento desde o ensino médio, porque minha mãe finalmente abrira a boca e dissera que a próxima vez que ele bebesse seria a última — e ele sabia que ela estava falando sério.

Trenton franziu a testa e abaixou o queixo, com a mesma expressão que tinha nos olhos antes de atacar um inimigo.

— Não quero brigar com o senhor, mas, se não sair agora, vou te obrigar a sair.

Meu pai se jogou em cima do Trenton, e os dois caíram sobre a mesa de canto perto do sofá. O abajur foi para o chão com eles. O punho do meu pai estava erguido, mas Trenton desviou e fez um movimento para contê-lo.

— Não! Para com isso! Pai! Para! — gritei. Minhas mãos cobriram minha boca enquanto eles brigavam.

Meu pai se livrou de Trenton e ficou de pé, pisando duro na minha direção. Trenton se arrastou até os pés dele e o agarrou, puxando-o para trás, mas meu pai continuou vindo na minha direção. A expressão em seus olhos era monstruosa, e pela primeira vez me dei conta exatamente do que minha mãe tinha enfrentado. Estar no lado errado daquele tipo de ira era apavorante.

Trenton jogou meu pai no chão e apontou para baixo, se mantendo em pé em cima dele.

— Fica! Deitado! Aí! Caralho!

Meu pai respirava com dificuldade, mas levantou cambaleando, obstinado. Seu corpo oscilou quando ele falou.

— Eu vou te matar, porra. E depois vou ensinar pra ela o que acontece quando ela me desrespeita.

Foi tudo tão rápido que quase não vi: Trenton recuou e deu um soco no nariz do meu pai. O sangue se espalhou quando meu pai cambaleou para trás, depois caiu para frente, atingindo o chão com tanta força que chegou a quicar. O ambiente ficou silencioso e parado por vários segundos. Meu pai não se mexeu, só ficou ali deitado, com a cara no chão.

— Ai, meu Deus! — falei, correndo até ele. Temi que ele estivesse morto, não porque sentiria saudade, mas pela confusão em que Trenton se meteria se o matasse. Cutuquei o ombro do meu pai até ele virar para cima. O sangue escorria de um corte profundo na ponte do nariz. Sua cabeça pendeu para o lado. Ele estava inconsciente.

— Ai, graças a Deus. Ele tá vivo — falei, cobrindo a boca de novo e olhando para o Trenton. — Eu sinto muito. Sinto muito *mesmo*.

Ele se agachou, sem acreditar.

— Que merda acabou de acontecer aqui?

Balancei a cabeça e fechei os olhos. Quando os meus irmãos descobrissem, haveria uma guerra.

17

— Ai, meu Deus! — minha mãe disse quando abriu a porta. — O que foi que você fez, Felix? O que aconteceu?

Meu pai gemeu.

Ela nos ajudou a carregá-lo até o sofá, depois cobriu a boca. Em seguida correu para pegar uma almofada e uma coberta e o deixou confortável. Então me abraçou.

— Ele bebeu — eu falei.

Ela se afastou e tentou desprezar a notícia com um sorriso preocupado.

— Ele não bebe mais. Você sabe disso.

— Mãe — falei. — Sente o cheiro. Ele está bêbado.

Ela olhou para o marido e cobriu a boca com dedos trêmulos.

— Ele foi até o meu apartamento. E me atacou. — Minha mãe inclinou a cabeça para me encarar com os olhos arregalados. — Se o Trent não estivesse lá, mãe... Ele estava decidido a me dar uma surra. O Trent teve que contê-lo, e mesmo assim ele veio pra cima de mim.

Minha mãe olhou de novo para o homem deitado no sofá.

— Ele estava bravo porque você não veio para o almoço. Então o Chase começou a falar. Ai, meu Deus. Essa família está desmoronando. — Ela estendeu a mão e arrancou a almofada de baixo da cabeça do meu pai. O crânio dele estalou no braço do sofá. Ela bateu nele com a almofada uma vez, depois mais uma. — Seu desgraçado!

Segurei os braços dela, e minha mãe largou a almofada e começou a chorar.

— Mãe, se os meninos descobrirem que o Trent fez isso... tenho medo de eles irem atrás dele.

— Eu posso cuidar disso, baby. Não se preocupa comigo — disse Trenton, estendendo a mão para mim.

Eu me afastei dele.

— Mãe?

Ela assentiu.

— Eu cuido disso. Prometo. — Percebi, pelo seu olhar, que ela estava falando sério. Ela olhou para ele mais uma vez, quase rosnando.

— É melhor a gente ir — falei, fazendo sinal para o Trenton.

— Mas que merda é essa? — disse Coby, saindo do corredor escuro para a sala de estar. Ele estava só de shorts. Seus olhos estavam pesados e cansados.

— Coby — falei, estendendo a mão para ele. — Me escuta. Não foi culpa do Trent.

— Eu ouvi — disse meu irmão, franzindo a testa. — Ele te atacou mesmo?

Fiz que sim com a cabeça.

— Ele está bêbado.

Coby olhou para a minha mãe.

— O que você vai fazer?

— O quê? — ela perguntou. — O que você quer dizer com isso?

— Ele atacou a Camille. Ele é homem, porra, e atacou sua filha de vinte e dois anos. Que diabos você vai fazer em relação a isso?

— Coby — alertei.

— Me deixa adivinhar — continuou ele. — Você vai ameaçar ir embora, mas vai ficar. Como sempre faz.

— Dessa vez eu não sei — disse minha mãe. Ela olhou para ele, observando-o por um instante, depois bateu nele de novo com a almofada. — Idiota! — falou, com a voz entrecortada.

— Coby, por favor, não fala nada — implorei. — Não precisamos de uma situação Maddox versus Camlin, além de tudo.

Coby olhou furioso para Trenton, depois assentiu para mim.

— Eu te devo uma.

Suspirei.

— Obrigada.

Trenton foi dirigindo até a casa do pai dele, parou na entrada e deixou o Smurf ligado.

— Meu Deus, Cami. Ainda não consigo acreditar que bati no seu pai. Me desculpa.

— Não se desculpe — falei, cobrindo os olhos com as mãos. A humilhação era quase insuportável.

— Vamos comemorar o Dia de Ação de Graças aqui em casa este ano. Quer dizer, a gente sempre comemora, mas dessa vez vamos cozinhar de verdade. Assar um peru. Molhos. Sobremesa. A coisa toda. Você tem que vir. — Foi aí que eu desabei, e o Trenton me puxou para os seus braços.

Funguei e sequei os olhos, abrindo a porta.

— Tenho que ir trabalhar. — Eu saí do carro e o Trenton também, deixando a porta do motorista aberta. Ele me puxou para os seus braços para afastar o frio.

— Você devia ligar lá e falar que não vai. Fica aqui comigo e com meu pai. A gente vê uns filmes de caubói antigos. Vai ser a noite mais chata da sua vida.

Balancei a cabeça.

— Preciso trabalhar. Preciso me ocupar.

Trenton fez que sim com a cabeça.

— Tudo bem. Eu apareço lá assim que der. — Ele envolveu meu rosto com as mãos, beijando minha testa.

Eu me afastei.

— Você não pode ir hoje à noite. Só para o caso de os meus irmãos descobrirem o que aconteceu.

Ele riu.

— Eu não tenho medo dos seus irmãos. Nem dos três ao mesmo tempo.

— Trent, eles são a minha família. Podem ser babacas, mas são tudo o que eu tenho. Não quero que eles se machuquem, assim como não quero que você se machuque.

Trenton me abraçou, desta vez me apertando com força.

— Eles não são tudo o que você tem. Não mais.

Enterrei o rosto no peito dele.

Ele beijou o topo da minha cabeça.

— Além disso, isso é uma coisa com a qual não se mexe.

— O quê? — perguntei, pressionando a bochecha no peito dele.

— Família.

Engoli em seco, depois fiquei na ponta dos pés, pressionando os lábios contra os dele.

— Tenho que ir. — Entrei no Smurf e bati a porta.

Trenton me esperou abrir a janela antes de responder.

— Tudo bem. Eu fico em casa hoje. Mas vou ligar para o Kody pra ele ficar de olho em você.

— Por favor, não conta pra ele o que aconteceu — implorei.

— Não vou contar. Sei que ele vai contar pra Raegan, e ela vai contar pro Hank, e os seus irmãos vão descobrir.

— Exatamente — falei, grata por mais alguém entender como o Hank agia de modo protetor em relação a mim. — Te vejo mais tarde.

— Tudo bem se eu for pra sua casa depois que você chegar do trabalho?

Pensei por um instante.

— Você pode estar lá quando eu chegar?

— Eu estava esperando você dizer isso. — Ele sorriu. — Vou com a caminhonete do meu pai.

Trenton ficou parado no jardim, me observando dar marcha à ré na entrada de carros. Dirigi até o Red e fiquei feliz por ser o domingo mais movimentado dos últimos tempos. Temperaturas congelantes eram um obstáculo para fazer tatuagens, mas claramente não para beber, flertar e dançar. As garotas ainda usavam blusas e vestidos sem manga, e eu balançava a cabeça para cada mulher que entrava tremendo. Trabalhei feito um burro de carga, servindo cervejas e preparando coquetéis, uma agradável mudança em relação ao longo dia no Skin Deep, depois fui para casa. Como prometido, Trenton estava sentado na caminhonete bronze de Jim, perto da minha vaga no estacionamento.

Ele me levou para dentro e me ajudou a arrumar a bagunça que deixamos para trás quando carregamos meu pai até o jipe. Os pedaços do abajur tilintaram quando os jogamos na lixeira. Trenton ajeitou a mesa de canto sobre as pernas quebradas.

— Eu conserto isso amanhã.

Eu assenti e segui para o meu quarto. Trenton me esperou na cama enquanto eu lavava o rosto e escovava os dentes. Quando entrei debaixo das cobertas ao seu lado, ele me puxou para sua pele nua. Ele tinha tirado toda a roupa e ficado só de cueca, e estava na minha cama havia menos de cinco minutos, mas os lençóis já estavam quentes. Estremeci junto a ele, que me apertou com mais força.

Depois de alguns minutos de silêncio, Trenton suspirou.

— Andei pensando sobre o jantar de amanhã. Acho que é melhor esperarmos um pouco. Parece que... sei lá. Eu sinto que a gente devia esperar.

Fiz que sim com a cabeça. Eu também não queria que o nosso primeiro encontro fosse abafado pelos eventos daquele dia.

— Ei — sussurrou ele, com a voz baixa e cansada. — Esses desenhos nas paredes. São seus?

— São — respondi.

— São bons. Por que você não desenha alguma coisa pra mim?

— Eu não faço mais isso.

— Pois devia começar. Você tem a minha arte nas suas paredes — disse ele, fazendo sinal com a cabeça para alguns dos desenhos emoldurados. Um deles era um esboço a lápis das minhas mãos, uma sobre a outra, meus dedos exibindo minha primeira tatuagem; o outro era um desenho a carvão de uma garota muito magra segurando um crânio, pelo qual eu me apaixonei quando vi. — Eu gostaria de ter alguns originais seus.

— Talvez — falei, me ajeitando no travesseiro.

Nenhum de nós tinha muito a dizer depois disso. A respiração de Trenton se acalmou, e eu caí no sono com a bochecha no peito dele, subindo e descendo em um ritmo lento.

Todas as noites, durante uma semana e meia, a caminhonete de Jim ocupava vagas aleatórias do lado de fora do meu apartamento. Embora eu devesse estar preocupada com o fato de que meus irmãos poderiam aparecer para me incomodar, ou até mesmo com medo que meu pai voltasse, eu nunca me senti tão segura. Quando o Intrepid ficou pronto, Trenton começou a ir até o Red na hora de fechar e me acompanhar até meu jipe.

Nas primeiras horas do Dia de Ação de Graças, eu estava deitada de costas para o Trenton, e ele deslizava suavemente os dedos para cima e para baixo no meu braço.

Eu funguei e sequei uma lágrima prestes a pingar da ponta do meu nariz. Meu pai ainda estava morando na casa da família. Nós, que sabíamos o que tinha acontecido, decidimos guardar segredo dos outros, e, para manter a paz pelo menos até depois das festas de fim de ano, eu ia comemorar em outro lugar.

— Sinto muito por você estar chateada. Queria poder fazer alguma coisa — disse Trenton.

— Só estou triste pela minha mãe. Esse é o primeiro Dia de Ação de Graças que não vamos nos ver. Ela não acha justo ele estar lá e eu ficar de fora.

— Por que ela não manda seu pai embora?

— Ela está pensando no assunto. Mas não queria fazer isso com os meninos durante as festas de fim de ano. Ela sempre tentou fazer o melhor pra todos nós.

— Isso não é o melhor pra vocês. É uma situação em que ninguém sai ganhando. Ela devia simplesmente dar um chute na bunda dele e deixar você passar o Dia de Ação de Graças com a família.

Meus lábios tremeram.

— Os meninos vão me culpar, Trent. Ela sabe o que está fazendo.

— Eles não vão perguntar por você?

— Não vou aos almoços em família há semanas. Minha mãe acha que meu pai não vai deixar os meninos fazerem muitas perguntas.

— Vamos para a minha casa, Cami. Por favor. Todos os meus irmãos vão estar lá.

— Todos? — perguntei.

— Sim. É a primeira vez que vamos nos reunir depois que o Thomas mudou de cidade por causa do trabalho.

Puxei um lenço de papel da caixa sobre a mesinha de cabeceira e assoei o nariz.

— Eu já me ofereci para trabalhar no bar. Vamos ser só eu e o Kody.

Trenton suspirou, mas não forçou mais o assunto.

Quando o sol nasceu, ele me deu um beijo de despedida e foi para casa. Dormi por mais uma hora, depois me obriguei a levantar e encontrei Raegan preparando ovos na cozinha. Por meio segundo, eu esperei ver Kody ali, mas era só ela, parecendo perdida.

— Você vai passar a noite na casa dos seus pais? — perguntei.

— Vou. É uma pena você estar presa no trabalho.

— Eu me ofereci.

— Por quê? Seu pai não surtou?

— É o primeiro Dia de Ação de Graças do Hank e da Jorie morando juntos, e, sim, o Felix surtou.

— Ah, que gentileza — disse ela, deixando os fetos de galinha remexidos deslizarem para o prato. — Quer um pouco? — perguntou, já sabendo a resposta.

Fiz careta.

— Então — ela enfiou uma garfada na boca — o Trenton está praticamente morando aqui.

— Ele só está... garantindo que eu fique bem.

— O que isso significa? — perguntou ela, me olhando com repulsa.

— O Felix talvez tenha vindo aqui no fim de semana passado, quando voltei da reunião de funcionários. E talvez ele tenha tentado me atacar.

O garfo de Raegan parou no meio do caminho entre o prato e a boca, e sua expressão passou de confusão para choque e raiva.

— O quê?

— O Trenton estava aqui. Mas, na verdade, eu não estou... falando com meu pai, nem com ninguém da minha família.

— O quê? — ela exclamou, ficando mais brava a cada segundo. — Por que você não me contou? — ela berrou.

— Porque você exagera nas reações. Como está fazendo agora.

— Como exatamente eu deveria reagir? O Felix esteve no nosso apartamento, te atacou, seja lá que porra isso signifique, e você decidiu não me contar? Eu também moro aqui!

Franzi a testa.

— Você tem razão. Meu Deus, Ray. Desculpa. Eu não pensei em você voltando pra casa e encontrando ele aqui.

Ela estendeu a palma da mão sobre o balcão.

— O Trent vai ficar aqui hoje à noite?

Balancei a cabeça e minhas sobrancelhas se juntaram.

— Não, a família dele vai estar toda aí.

— Não vou te deixar aqui sozinha.

— Ray...

— Cala a boca! Você vai pra casa dos meus pais comigo.

— De jeito nenhum...

— Vai sim, e de bom grado, como punição por não ter me contado que o psicopata e agressor de mulheres do seu pai entrou no nosso apartamento pra te atacar e ainda está solto por aí!

— Minha mãe está controlando o meu pai. Não sei o que ela fez, mas ele não voltou mais aqui, e o Colin, o Chase e o Clark não fazem a menor ideia do que aconteceu.

— O Trent deu uma surra nele?

— Tenho quase certeza que quebrou o nariz dele — falei, me encolhendo.

— Ótimo! — gritou ela. — Arruma as suas coisas! A gente sai em vinte minutos.

Obedeci, ajeitando uma muda de roupa para passar a noite. Jogamos a bagagem no porta-malas do carro da Raegan e, assim que ela começou a dar ré no estacionamento, meu celular deu sinal. Peguei o aparelho e encarei a tela.

—Que foi? — perguntou Raegan, alternando os olhos entre mim e a rua. — É o Trent?

Balancei a cabeça.

— O T.J. Ele queria uma carona para o aeroporto amanhã.

Raegan franziu a testa.

— O pai dele não pode levá-lo, ou outra pessoa?

— Não posso — respondi, digitando no celular e soltando o aparelho no colo. — Muitas coisas poderiam dar errado se eu fizesse isso.

214

Raegan deu um tapinha no meu joelho.

— Boa garota.

— Não acredito que ele está aqui. Ele tinha tanta certeza que não conseguiria vir para o Dia de Ação de Graças.

Meu celular tocou de novo. Olhei para baixo.

— O que ele disse? — perguntou Raegan.

— "Sei o que você está pensando, mas eu só soube que viria pra casa alguns dias atrás" — falei, lendo em voz alta.

Os olhos de Raegan se estreitaram conforme ela me observava digitar uma curta resposta.

— Tô confusa.

— Eu também não sei o que Eakins tem a ver com o trabalho dele, mas provavelmente é verdade.

— Por que você está falando isso? — ela perguntou.

— Porque ele não teria vindo, de outra forma.

Quando chegamos à casa de Raegan, seus pais ficaram surpresos, mas felizes ao me ver e me receberam de braços abertos. Sentei no balcão azul-marinho da cozinha, ouvindo Sarah provocar Raegan sobre como foi difícil para ela se separar de seu cobertorzinho e ouvindo Raegan contar histórias sobre Bo, seu pai. A casa estava decorada em tons de vermelho, branco e azul, com bandeiras dos Estados Unidos e estrelas. Fotografias em preto e branco emolduradas nas paredes revelavam histórias da carreira de Bo na Marinha.

Raegan e seus pais se despediram de mim quando parti para o meu turno. O estacionamento do Red Door tinha mais concreto que carros, e o pequeno grupo que havia não ficou lá por muito tempo. Fiquei contente por ser a única bartender. Eu mal recebi gorjetas suficientes para fazer a noite valer a pena.

Trenton me mandou meia dúzia de mensagens, ainda me chamando para ir até a casa dele. Eles estavam jogando dominó e depois viram um filme. Imaginei como seria ficar aconchegada no sofá do pai de Trenton com ele, e senti um pouco de ciúme de Abby, porque ela estava com os Maddox. Parte de mim queria estar lá mais que tudo.

Quando dei uma olhada no celular logo depois de fecharmos, vi que Trenton me mandara uma mensagem dizendo que Travis e Abby tinham terminado. No momento em que pensei que não poderia lidar com mais uma decepção, meu celular tocou, e o nome de Trenton apareceu na tela.

— Alô — atendi.

— Tô me sentindo péssimo — ele falou baixo. A voz também parecia péssima. — Acho que não vou conseguir escapar hoje à noite. O Travis está muito mal.

Engoli o bolo que se formava na minha garganta.

— Tá bom.

— Não. Pode estar um monte de coisas, mas bom definitivamente não está.

Tentei sorrir, esperando que o sorriso se refletisse na minha voz.

— Você pode compensar amanhã.

— Desculpa, Cami. Não sei nem o que dizer.

— Diz que vai me ver amanhã.

— Te vejo amanhã. Prometo.

Depois de fecharmos, Kody me levou até o carro. Nossa respiração reluzia branca sob as luzes de segurança.

— Feliz Dia de Ação de Graças, Cami — disse ele, me abraçando.

Envolvi os braços em sua larga estrutura o máximo que consegui.

— Feliz Dia de Ação de Graças, parceiro.

— Diz que desejei isso pra Raegan também.

— Vou dizer.

Kody começou a digitar uma mensagem no celular no instante em que se afastou.

— Suponho que não seja a Ray — falei.

— Não — ele respondeu. — É o Trenton. Ele me pediu para avisar assim que te deixasse no jipe.

Sorri conforme me ajeitava no banco do motorista, desejando estar a caminho de encontrá-lo.

Quando voltei para a casa de Bo e Sarah, as janelas estavam iluminadas. Estavam todos esperando por mim. Saltei e bati a porta do jipe com força. Eu quase havia alcançado a porta da frente quando um carro parou no meio-fio. Congelei. Não era um carro conhecido.

T.J. saltou.

216

— Ai, meu Deus — falei, soltando a respiração presa até então. — Você me assustou.

— Você está tensa?

Dei de ombros.

— Um pouco. Como você soube que eu estava aqui?

— Sou bom em achar as pessoas.

Eu assenti uma vez.

— É mesmo.

Os olhos de T.J. se suavizaram.

— Não posso ficar muito tempo. Eu só queria... Não sei exatamente por que estou aqui. Eu só precisava te ver. — Como não respondi, ele continuou: — Andei pensando muito sobre a gente. Algumas vezes acho que a gente consegue fazer dar certo, mas tiro isso da cabeça quando a realidade vem à tona.

Franzi a sobrancelha.

— O que você quer de mim, T.J.?

— Sinceramente? — ele perguntou. Eu assenti, e ele prosseguiu: — Sou um canalha egoísta e quero você só pra mim... apesar de saber que não tenho tempo pra você. Não quero você com ele. Não te quero com ninguém. Estou tentando agir como adulto, mas estou cansado de engolir as coisas, Cami. Estou cansado de ser uma boa pessoa. Talvez se você se mudasse pra Califórnia... Não sei.

— Ainda assim a gente não ia se ver. Pensa no último fim de semana que passei lá. Eu não sou sua prioridade. — Ele não argumentou nem respondeu nada. Mas eu precisava ouvi-lo dizer em voz alta. — Não sou, né?

Ele ergueu o queixo, e a suavidade em seus olhos desapareceu.

— Não, não é. Nunca foi, e você sabe disso. Mas isso não significa que eu não te amo. Só que é assim.

Suspirei.

— Lembra quando eu fui pra Califórnia e falei daquele sentimento que não desaparecia? Pois acabou de desaparecer.

T.J. assentiu, seus olhos flutuavam por todos os lados enquanto ele processava minhas palavras. Ele se aproximou, beijou o canto do meu lábio e seguiu para o carro, dirigindo para longe. Quando as luzes da lanterna desapareceram, assim que o carro dobrou a esquina, esperei uma sensação de vazio ou lágrimas, ou ainda alguma dor. Não aconteceu nada. Era possível que a ficha ainda não tivesse caído. Ou talvez eu não o amasse havia muito tempo. Talvez eu estivesse me apaixonando por outra pessoa.

Raegan abriu a porta antes de eu bater e me passou uma cerveja.

— Hoje é Black Friday! — Sarah disse do sofá, sorrindo. Bo levantou a cerveja, me dando boas-vindas.

— Menos de cinco semanas até o Natal — falei, erguendo a cerveja para cumprimentar Raegan e Bo. A ideia de passar o Natal sozinha me deixou enjoada. Hank fecharia o Red, então eu nem teria a opção de trabalhar. Eu me perguntei como Felix explicaria minha ausência aos meninos. Talvez ele não tivesse a chance. Talvez minha mãe o expulsasse de casa, e a poeira estivesse suficientemente assentada para eu poder ir para lá.

Ficamos conversando na sala de estar por um tempo, depois Raegan e eu nos arrastamos até a sua enfeitada cama cor-de-rosa. Pôsteres do Zac Efron e do Adam Levine ainda cobriam as paredes. Depois de colocarmos nosso moletom, deitamos e apoiamos os pés na parede, cruzando-os sobre a cabeceira. Raegan bateu a garrafa de cerveja na minha.

— Feliz Dia de Ação de Graças, amiga — disse ela, encolhendo o queixo para dar um gole.

— Idem — falei.

Meu celular vibrou. Era o Trenton, perguntando se eu já havia chegado em casa.

> Tô c/ a Raegan nos pais dela.

> Ufa. Que alívio. Passei o dia todo preocupado com vc.

Enviei uma carinha piscando, sem saber o que mais dizer, e deixei o celular cair no colchão, perto da minha cabeça.

— Trenton ou T.J.? — perguntou Raegan.

— Meu Deus, você falando desse jeito parece horrível.

— Acontece que eu conheço a situação. Quem era?

— O Trenton.

— Você está preocupada com o T.J. por aqui?

— É tão estranho. Eu fico esperando ele me mandar uma mensagem dizendo que ouviu falar de todos os detalhes sórdidos sobre o Trent e eu.

— É uma cidade pequena. Pode acontecer.

— Espero que seja lá o que o tenha trazido aqui mantenha o T.J. ocupado demais para falar com as pessoas.

Raegan bateu a garrafa contra a minha de novo.

— Às coisas impossíveis.

— Obrigada — falei, bebendo o que restara em poucos goles.

— Na verdade, não tem muitos detalhes sórdidos, né?

Eu me encolhi. Trenton não era exatamente um cara virgem ou inseguro, então eu reconhecia que ficava mais do que surpresa por ele não ter tentado tirar minha roupa nenhuma das vezes em que esteve na minha cama.

— Talvez você devesse contar a ele que tem camisinhas que brilham no escuro na sua mesinha de cabeceira, da festa de despedida de solteira da Audra — disse ela, tomando um gole de cerveja. — É sempre um bom quebra-gelo.

Dei uma risadinha.

— Eu também tenho das comuns.

— Ah, sim. As Magnums. Para a tora do T.J.

Nós duas caímos na gargalhada. Eu ri até as laterais do meu corpo começarem a doer, depois relaxei. Soltei um último suspiro, virei e apoiei a cabeça no travesseiro. Raegan fez o mesmo, mas, em vez de deitar de lado, ela virou de bruços, com as mãos sob o peito.

Ela olhou ao redor do quarto.

— Senti falta de falar sobre garotos aqui.

— Como é? — perguntei.

Raegan estreitou os olhos para mim e sorriu, curiosa.

— Como é o quê?

— Ter tido esse tipo de infância. Não consigo imaginar ter vontade de voltar. Nem mesmo por um dia.

A boca de Raegan se contraiu.

— Fico triste de ouvir você dizer isso.

— Não devia. Eu sou feliz agora.

— Eu sei. Você merece, tá? Para de pensar que não merece.

Suspirei.

— Estou tentando.

— O T.J. devia deixar você contar. Não é justo deixar esse peso nas suas costas. Especialmente agora.

— Ray?

— O quê?

— Boa noite.

18

Nas primeiras horas da manhã de sábado, Trenton me mandou uma mensagem dizendo que estava na minha porta, e eu dei um pulo do sofá para abri-la.

— Eu tenho campainha, sabia? — falei.

Ele franziu a testa, tirando o casaco e colocando-o sobre o banquinho de bar mais próximo.

— Em que ano estamos, 1997? — Ele me agarrou e se jogou por cima do encosto do sofá de dois lugares, caindo de costas comigo por cima.

— Engraçadinho — falei, com os olhos pousando em seus lábios.

Ele se inclinou e me beijou, depois levantou o olhar.

— Cadê a Ray?

— Tá com o Brazil. Eles tinham um encontro. Foi por isso que ela saiu cedo do trabalho.

— Eles não estavam discutindo ontem?

— Por isso o encontro.

Trenton balançou a cabeça.

— Eu tô maluco ou ela estava mais feliz com o Kody?

— Ela acha que essa é a segunda chance com o Jason, então está tentando ajeitar as coisas, eu acho. Ela disse que ia passar a noite no apartamento dele.

Ele se sentou, me levando junto.

— Você já fez seu trabalho da faculdade?

— Fiz — falei, erguendo o queixo. — E terminei o dever de estatística.

— Ah! — disse Trenton, me envolvendo com os braços. — Ela é linda e inteligente!

— Não fique tão surpreso, seu besta! — falei, fingindo me sentir ofendida.

Trenton virou o boné de beisebol vermelho para trás, e eu dei risadinhas enquanto ele beijava meu pescoço. Quando a gente se deu conta — ao mesmo tempo — que estávamos sozinhos e continuaríamos assim a noite toda, meu riso desapareceu.

Trenton se aproximou, encarando meus lábios por um instante, depois pressionou a boca na minha. O modo como ele me beijou foi diferente. Era lento, cheio de significado. Ele me abraçou de um jeito que fazia parecer que era a primeira vez. De repente eu fiquei nervosa e não sabia direito por quê.

Seus quadris se moviam contra os meus tão discretamente que eu me perguntei se estava imaginando coisas. Ele me beijou de novo, dessa vez com mais firmeza, e ofegou.

— Meu Deus, eu te quero pra caralho.

Corri os dedos por sua camiseta, peguei a barra com as duas mãos e a tirei. Num movimento fluido, a camiseta saiu, e sua pele quente e nua tocou a minha. Enquanto sua língua encontrava a minha, corri os dedos por sua pele macia, dessa vez detendo-os em sua lombar.

Trenton se apoiou nos cotovelos, ainda evitando que seu peso recaísse por completo sobre mim, mas manteve a saliência sob o zíper do jeans contra a parte macia da minha pélvis. Seus movimentos eram contidos, mas percebi que ele desejava tanto quanto eu se livrar do tecido entre nós. Passei as pernas ao seu redor, entrelaçando os tornozelos no seu traseiro. Ele gemeu, então sussurrou na minha boca:

— Não era assim que eu queria que acontecesse. — E me beijou de novo. — Eu queria te levar pra jantar antes.

— A sua namorada é bartender e trabalha todas as noites boas para um encontro. A gente abre uma exceção — falei.

Trenton se afastou imediatamente, procurando meu rosto.

— Namorada?

Cobri a boca com a mão, sentindo meu rosto todo pegar fogo.

— Namorada? — ele perguntou de novo, e dessa vez pareceu mais uma pergunta e menos um momento do tipo "Que porra é essa?".

Fechei os olhos, e minha mão subiu da minha boca para a testa, depois meus dedos deslizaram para trás, para o meu cabelo.

— Não sei por que eu disse isso. Simplesmente saiu.

A expressão de Trenton passou de confusão para um sorriso feliz e surpreso.

— Eu topo, se você topar.

Os cantos de minha boca se curvaram.

— Isso é bem melhor do que sair pra jantar.

Seus olhos analisaram meu rosto.

— Camille Camlin é minha. Isso é loucura.

— Não muito. Já vem acontecendo há um bom tempo.

Ele balançou a cabeça lentamente.

— Você não tem ideia. — Ele ficou radiante. — Minha namorada é gostosa pra caralho!

Sua boca disparou contra a minha, e ele arrancou minha blusa, expondo meu sutiã vermelho. Deslizou a mão até as minhas costas e, com uma só, abriu o fecho. Ele escorregou as alças pelos meus ombros e então pelos meus braços, deixando um rastro de beijos quentes do meu pescoço ao meu peito. Gentilmente, mas com vontade, Trenton segurou meu seio e o levou à boca, sugando e lambendo e beijando-o até eu ficar com tanto tesão a ponto de comprimir seus quadris entre minhas coxas.

Deixei a cabeça pender para trás no braço do sofá, enquanto ele continuava me lambendo e me beijando até a barriga. Então, com as duas mãos, ele desabotoou e abriu o zíper do meu jeans, expondo minha calcinha de renda preta e vermelha. Ele balançou a cabeça e olhou para mim.

— Se eu soubesse que você estava usando essas coisas, não teria aguentado esperar tanto tempo.

— Então vai fundo. — Sorri.

Depois de algumas tentativas frustradas de manobrar no sofá de dois lugares, Trenton suspirou.

— Foda-se isso aqui. — Ele se sentou e me levou junto. Com as minhas pernas ainda envolvendo sua cintura, me carregou até o quarto.

Pude ouvir vozes abafadas do lado de fora, e a porta se abriu de uma vez, batendo contra a parede.

O rosto de Raegan estava cheio de rímel escorrido, e ela usava o vestido cor-de-rosa mais lindo que eu já tinha visto.

— Você não tem noção! — gritou ela. — Você não pode me levar para uma festa de casais e me deixar sozinha a noite toda pra beber no barril com os caras da fraternidade!

Brazil fechou a porta com força.

— Você podia ter ficado lá comigo, mas estava decidida a ficar de cara feia a merda da noite toda!

Trenton congelou, de costas para eles. Fiquei contente, porque a cabeça dele estava escondendo meu peito.

Raegan e Brazil nos encararam por alguns segundos, então ela começou a chorar e correu para o quarto dela. Brazil a seguiu pelo corredor, mas antes deu um tapinha no ombro nu de Trenton.

Trenton suspirou, me colocando de pé no chão. Ele voltou até o sofá para pegar minha blusa enquanto eu vestia o sutiã. Eles ainda berravam enquanto nós dois nos vestíamos. Eu não queria que esse drama todo fosse o pano de fundo da nossa primeira vez juntos, e notei que Trenton também não queria.

— Desculpa — falei.

Ele deu uma risadinha.

— Baby, cada segundo do que acabou de acontecer foi bom. Você não tem que pedir desculpas.

A porta do quarto de Raegan bateu, enquanto ela gritava:

— Aonde você vai?

Brazil estava pisando duro pelo corredor. Ela o contornou e se posicionou entre ele e a porta.

— Você não vai embora!

— Não vou ficar ouvindo você me encher o saco a noite toda!

— Isso se você ouvisse! Por que você não escuta o que eu tô tentando te dizer? A gente pode fazer dar certo se...

— Você não quer que eu escute! Você quer que eu obedeça! Tinha outras pessoas na festa além de você, Ray! Quando é que você vai enfiar na cabeça que não é a porra da minha dona?

— Não é isso que eu quero, eu...

— Sai da frente da porta! — ele gritou.

224

Franzi a testa.

— Brazil, não grita assim com ela. Vocês beberam...

Ele virou de repente, mais irado do que eu jamais tinha visto.

— Não preciso que você também me diga o que fazer, Cami!

Trenton deu um passo à frente, e coloquei a mão no ombro dele.

— Não estou te dizendo o que fazer.

Brazil apontou os cinco dedos para Raegan.

— Ela tá gritando comigo. Isso pode? Vocês, mulheres, são todas iguais, porra! Nós sempre somos os vilões!

— Ninguém disse que você era o vilão, Jason, fica calmo — falei.

— Eu disse! Ele é a porra do vilão! — Raegan soltou.

— Ray... — alertei.

— Ah, eu sou o vilão? — disse Brazil, tocando o próprio peito com as duas mãos. — Não sou eu quem tá quase pelado com o Trenton aqui, depois de beijar o ex no seu jardim ontem à noite!

Raegan engasgou, e eu congelei. Brazil pareceu tão surpreso com o que disse quanto o resto de nós.

Trenton se remexeu, nervoso, depois estreitou os olhos para Brazil.

— Isso não tem porra de graça nenhuma, cara.

Brazil ficou branco. Sua raiva havia desaparecido, substituída pelo arrependimento.

Trenton olhou para mim.

— Ele tá falando merda, né?

— Meu Deus, Cami, desculpa — disse Brazil. — Estou me sentindo um babaca agora.

Raegan o empurrou.

— Isso porque você é um babaca! — Ela deu um passo para o lado. — Mudei de ideia! Sai daqui!

Trenton não tirou os olhos de mim. Raegan fechou a porta com força, depois se aproximou de nós dois. Sua raiva desaparecera, mas os olhos vermelhos e o rímel manchado faziam com que ela parecesse uma rainha do baile psicótica.

— Eu te ouvi chegar, mas você não entrou. Então dei uma olhada pela janela e vi... o que eu vi. E comentei com o Brazil — ela admitiu, olhando para o chão. — Me desculpa.

Trenton soltou uma risada, e seu rosto se contorceu em repulsa.

— Que merda, Raegan. Você está pedindo desculpa por eu ter descoberto? Que maravilha.

Raegan inclinou a cabeça, determinada a consertar as coisas.

— Trent, o que eu vi foi o T.J. implorando para a Cami voltar. Mas ela recusou. E ele... ele deu um beijo de despedida nela — disse Raegan, dando de ombros enquanto balançava a cabeça. — Foi meio que no rosto.

— Eu cuido disso, Ray. Não preciso da sua ajuda — falei.

Ela tocou meu ombro. Seu rosto estava manchado, e o rímel estava borrado ao redor dos olhos e nas bochechas. Ela parecia digna de pena.

— Me desculpa. Eu...

Olhei furiosa para ela, e seus ombros desabaram. Ela assentiu e voltou para o quarto.

Trenton estava me olhando de canto de olho, claramente tentando controlar o temperamento.

— Você ouviu o que ela disse? — perguntei.

Ele virou o boné para frente e o enterrou na cabeça.

— Ouvi. — Ele estava tremendo.

— Eu não estava beijando meu ex no jardim da Raegan. Não foi isso que aconteceu, então pode apagar essa imagem da sua cabeça.

— Por que você não me contou? — ele perguntou, com a voz tensa.

Estendi as mãos nas laterais do corpo.

— Não tinha nada pra contar.

— Alguém encostou a porra da boca em você. Isso é bem pertinente, Camille.

Eu me encolhi.

— Não me chama de Camille quando estiver puto. Você fica parecendo o Colin. Ou o meu pai.

Os olhos de Trenton faiscaram de raiva.

— Não me compare a eles. Não é justo.

Cruzei os braços.

— Como ele descobriu que você estava lá? Você ainda fala com ele?

— Não sei como ele descobriu. Fiz a mesma pergunta. Ele não me explicou.

Trenton começou a andar de um lado para o outro, da porta da frente até o início do corredor. Ele ajeitava o boné, esfregava a nuca e parava por um instante para colocar as mãos nos quadris, o maxilar tenso, depois começava tudo de novo.

— Trenton, para.

Ele levantou o dedo indicador. Eu não sabia se ele estava ficando nervoso ou tentando se acalmar. Ele se deteve, depois deu alguns passos na minha direção.

— Onde ele mora?

Revirei os olhos.

— Na Califórnia, Trent. O que você vai fazer? Pegar um avião?

— Talvez! — gritou ele. Seu corpo todo ficou tenso e estremeceu quando o grito saiu. As veias do pescoço e da testa saltaram.

Eu não demonstrei medo, mas o Trenton recuou. A forma como ele perdeu a cabeça o surpreendeu.

— Tá melhor? — perguntei.

Ele se abaixou, agarrando os joelhos. Puxou o ar algumas vezes, depois assentiu.

— Se ele te tocar de novo... — ele ficou de pé e olhou direto nos meus olhos — eu mato esse cara. — Trenton pegou suas chaves e saiu, batendo a porta atrás de si.

Fiquei parada por um instante, sem acreditar, depois fui para o meu quarto. Raegan estava no corredor, perto da minha porta, com os olhos me implorando perdão.

— Agora não — falei, passando por ela. Bati a porta e caí de cara na cama.

A porta rangeu ao se abrir, seguida de um silêncio. Espiei do travesseiro. Raegan estava nervosa sob o batente, com o lábio inferior tremendo e retorcendo as mãos na altura do peito.

— Por favor — ela implorou.

Minha boca se contraiu para o lado, e eu ergui a coberta e fiz sinal para ela vir para a cama. Ela veio correndo, se ajeitou e se encolheu em posição fetal ao meu lado. Eu a cobri e a abracei enquanto ela chorava até pegar no sono.

Acordei com uma leve batida à porta. Raegan entrou com um prato de panquecas com pasta de amendoim e xarope de bordo. Havia um palito de dente espetado no meio da pilha sustentando uma bandeirinha feita de guardanapo, com os seguintes dizeres: DESCULPA SUA AMIGA É UMA BABACA.

Seus olhos estavam pesados, e eu percebi que ela estava sofrendo mais que eu por causa do que tinha feito. Perdão não era algo muito fácil para alguém como eu. Quando era concedido, com bastante frequência eu estava apenas dando uma nova chance para a pessoa me magoar. A maioria das pessoas não valia o investimento. Isso não era uma sequela da minha infância, era a mais pura verdade. Havia pouca gente em quem eu confiava, e menos ainda em quem eu voltaria a confiar, mas Raegan estava no topo das duas listas.

Dei uma risadinha conforme sentava e peguei o prato da mão dela.

— Você não precisava ter feito isso.

Ela levantou um dedo, saiu do quarto por alguns segundos e voltou com um copo pequeno de suco de laranja. Ela o colocou na minha mesinha de cabeceira e sentou de pernas cruzadas no chão. Seu rosto estava lavado, o cabelo penteado, e ela usava um pijama de flanela listrada limpo.

Ela me esperou dar a primeira garfada, depois falou.

— Eu nunca pensei, nem em um milhão de anos, que o Jason ia falar alguma coisa, mas isso não é desculpa. Eu não devia ter contado. Sei que os caras conversam na fraternidade, e eu devia saber que não posso dar assunto para eles fofocarem. Me desculpa. Eu vou com você até o Skin Deep hoje pra explicar.

— Você já explicou, Ray. Acho que remexer nisso agora, no trabalho dele, é uma péssima ideia.

— Tá bom, então eu espero o Trenton sair do trabalho.

— Você vai estar no trabalho.

— Droga! Eu preciso dar um jeito nisso!

— Você não pode dar um jeito nisso. Eu fodi tudo de verdade. Agora o Trent está falando em ir pra Califórnia matar o T.J.

— Bom, o T.J. não devia ter ido até a casa dos meus pais e te beija-do. Ele sabe que você está com o Trent. Não importa o que você acha que está fazendo errado, o T.J. está errando também.

Cobri o rosto.

— Não quero magoar o T.J... nem ninguém. Não quero causar pro-blemas.

— Você precisa deixar os dois descobrirem tudo.

— Esse cenário me apavora.

Raegan estendeu a mão e a colocou sobre a minha.

— Coma as panquecas. E depois levanta porque o Skin Deep abre em quarenta minutos.

Dei uma garfada e mastiguei relutante, apesar de ser a coisa mais sa-borosa que eu comia em muito tempo. Eu mal havia feito um buraco na pilha quando me apressei até o chuveiro. Cheguei ao estúdio com dez minutos de atraso, mas não importava, porque a Hazel e o Trenton também estavam atrasados. Calvin estava lá, porque a porta da frente estava destrancada, o computador ligado e as luzes acesas, mas ele não se deu o trabalho de me cumprimentar.

Dez minutos depois, Hazel passou pela porta vestindo várias cama-das de suéter e enrolada num grosso cachecol pink de bolinhas pretas. Ela usava óculos com armação preta e legging jeans com botas.

— Já *chega* de inverno! — disse ela, se arrastando até sua sala.

Dez minutos depois disso, Trenton chegou com seu casaco acolchoa-do azul, jeans e botas, mas acrescentou um gorro cinza surrado e não ti-rou os óculos escuros ao se dirigir para sua sala.

Ergui as sobrancelhas.

— Bom dia — falei para mim mesma.

Dez minutos depois disso, a porta se abriu outra vez e o sino tocou conforme um homem alto e magro entrava. Ele tinha enormes alarga-dores pretos nas orelhas e tatuagens lhe cobriam cada centímetro de pele exposta do maxilar para baixo. Os cabelos eram compridos, com fios louros e queimados nas pontas, e o resto era castanho-claro. Provavelmen-te fazia menos um grau lá fora, e ele estava de camiseta e bermuda cargo.

Ele se deteve logo depois de entrar e me encarou com os olhos amen-doados castanho-esverdeados.

— Bom dia — disse ele. — Sem querer ofender, mas quem diabos é você?

— Não me ofendi — falei. — Sou a Cami. Quem diabos é você?

— Sou o Bishop.

— Já era hora de você aparecer. Faz dois meses que o Calvin só pergunta de você.

Ele sorriu.

— Sério? — Veio até o balcão e apoiou os cotovelos. — Eu sou meio fodão por aqui. Não sei se você vê os programas de tatuagem ou não, mas eu apareci num deles no ano passado e agora viajo muito, fazendo aparições em vários lugares. É tipo ganhar a vida tirando férias. Só que é meio solitário...

Trenton veio até o balcão, pegou uma revista e começou a folhear, ainda de óculos escuros.

— Ela é comprometida, babaca. Vai arrumar a sua sala. Sua máquina tá cheia de teia de aranha.

— Também senti saudades de você — disse Bishop, nos deixando a sós. Ele seguiu para onde imaginei que fosse sua sala, na outra ponta do corredor.

Trenton folheou mais algumas páginas, jogou a revista no balcão e voltou para sua sala.

Eu o segui, cruzei os braços e me apoiei no batente.

— Ah, não, que inferno. Você não pode espantar o Bishop e depois fingir que eu não estou ali.

Ele me olhou, sentando em seu banquinho, no lado oposto ao da cadeira do cliente, mas eu não conseguia ver seus olhos por causa dos óculos escuros.

— Achei que você não queria falar comigo — disse ele, mal-humorado.

— Tira os óculos, Trenton. Isso irrita pra caralho.

Ele hesitou, depois tirou sua imitação de Ray-Ban, revelando os olhos vermelhos.

Eu me empertiguei.

— Você tá doente?

230

— Mais ou menos. Ressaca. Bebi o meu peso em Maker's Mark até as quatro da manhã.

— Pelo menos você escolheu um uísque decente pra bancar o idiota.

Trenton franziu a testa.

— Então... vamos lá.

— O quê?

— Pode começar o discurso "Vamos ser amigos".

Cruzei os braços de novo, sentindo o rosto corar.

— Eu tinha certeza que você estava provando cocô ontem à noite... agora eu sei que você estava comendo.

— Só a minha namorada seria capaz de fazer uma comparação nojenta dessas e ainda parecer gostosa.

— Ah, é? Sua namorada? Porque você meio que acabou de pedir pra eu terminar com você!

— Acho que as pessoas não terminam depois do ensino médio, Cami... — disse ele, pressionando a têmpora.

— Está com dor de cabeça? — perguntei, pegando uma maçã da tigela de frutas plásticas do balcão perto da porta e atirando na cabeça dele.

Ele se abaixou.

— Caramba, Cami! Que merda!

— Novidade quentinha, Trenton Maddox! — falei, pegando uma banana na tigela. — Você não vai matar ninguém por tocar em mim, a menos que eu não queira ser tocada! E, mesmo assim, serei eu a assassina! Entendeu? — Atirei a banana nele, e Trenton cruzou os braços, fazendo a fruta ricochetear no chão.

— Caramba, baby, tô me sentindo um lixo — resmungou ele.

Peguei uma laranja.

— Você não vai mais sair do meu apartamento bufando nem bater a maldita porta ao sair! — Mirei direto na cabeça dele e atingi o alvo.

Ele assentiu, piscou e ergueu as mãos, tentando proteger a cabeça.

— Tá bom! Tá bom!

Peguei um cacho de uvas verdes de plástico.

— E a primeira coisa que você deve me dizer no dia seguinte a ter agido como um monte de merda não deve ser um convite pra eu dar um pé na sua bunda idiota e bêbada! — gritei as últimas palavras, pronunciando cada sílaba pausadamente. Joguei as uvas, e ele as agarrou junto ao estômago. — Você vai se desculpar e depois vai ser superlegal comigo pelo resto da porra do dia e vai me comprar donuts!

Trenton olhou para todas as frutas espalhadas no chão e então suspirou, me encarando. Um projeto de sorriso se espalhou em seu rosto.

— Eu te amo pra caralho.

Eu o encarei por um tempo, surpresa e lisonjeada.

— Eu já volto. Vou pegar um copo d'água e uma aspirina pra você.

— Você também me ama! — gritou ele atrás de mim, meio que brincando.

Eu parei, girei sobre os calcanhares e voltei para a sala dele. Fui até onde ele estava sentado, passei as pernas sobre o seu colo e me sentei de frente para ele. Então levei as mãos às laterais de seu rosto, foquei seus olhos cor de mel por um tempo e sorri.

— Eu também te amo.

Ele ficou radiante e permaneceu com os olhos nos meus.

— Tá falando sério?

Eu me inclinei e o beijei, e ele levantou comigo no colo e nos girou.

19

Enquanto um mar de gente bêbada e feliz passava pelo Red Door, a festa chegava ao auge. Raegan e eu estávamos a toda velocidade atrás do balcão, usando vestido metálico e salto alto. Nossos potes de gorjetas estavam transbordando, e a banda tocava uma versão decente de "Hungry Like the Wolf". Uma longa fila dava a volta no lugar enquanto as pessoas esperavam outras sair para entrar. Estávamos lotados, e não parecia que as coisas se acalmariam até a hora de fechar — típico da noite de Ano-
-Novo.

— Uhu! — disse Raegan, balançando a cabeça no ritmo da banda. — Adoro essa música.

Balancei a cabeça enquanto servia um coquetel.

Trenton, Travis e Shepley abriram caminho pela multidão até o bar, e eu fiquei instantaneamente feliz.

— Vocês vieram! — falei. Peguei as cervejas preferidas deles na geladeira, abri e coloquei as garrafas sobre o balcão.

— Eu disse que vinha — falou Trenton. Ele se inclinou sobre o balcão e me deu um selinho. Olhei de relance para Travis. — Você disse alguma coisa?

— Não. — Ele piscou para mim. Um cara atrás de Trenton na fila pediu um Jack com Coca, e eu comecei a servir, tentando não olhar quando do o Trenton se afastou. As festas de fim de ano eram sempre divertidas, e eu adorava trabalhar quando estava tudo uma loucura, mas, pela primeira vez, desejei estar do outro lado do balcão.

Os meninos encontraram uma mesa e sentaram. Shepley e Trenton pareciam estar se divertindo, mas Travis estava bebericando sua cerveja, tentando fingir, sem sucesso, que não estava arrasado.

— Jorie! — chamei. — Mantenha aquela mesa cheia de cervejas e doses, por favor. — Arrumei uma bandeja, que ela pegou.

— Sim, senhora — ela disse, balançando o traseiro no ritmo da música enquanto andava.

Uma ruiva cheia de curvas se aproximou da mesa dos irmãos Maddox e abraçou Trenton. Uma estranha e desconfortável sensação me dominou. Eu não sabia muito bem o que era, mas não gostei. Ela conversou com ele por alguns instantes, depois se posicionou entre os irmãos. Ela tinha aquele olhar esperançoso que eu vira muitas vezes quando as mulheres falavam com Travis. Em pouco tempo, a multidão obscureceu minha visão. Arranquei o dinheiro da mão de alguém e registrei a venda, devolvendo o troco. Os dólares restantes caíram no pote de gorjetas, e passei para o próximo pedido. Entre mim e Raegan, a noite pagaria nosso aluguel pelos próximos três meses.

A banda parou de tocar, e as pessoas que estavam no bar olharam ao redor. O vocalista começou a contagem regressiva no dez, e todo mundo contou junto. Garotas abriam caminho pela multidão, se apressando para ficar ao lado de seu acompanhante para dar o primeiro beijo do ano.

— Cinco! Quatro! Três! Dois! Um! Feliz Ano-Novo!

Papel picado prateado e dourado e balões caíram do teto no segundo exato. Olhei para cima, orgulhosa de Hank. Para um bar de cidade pequena, ele sempre se superava. Olhei para a mesa de Trenton e vi os lábios da ruiva nos dele. Meu estômago revirou e, por meio segundo, eu quis pular por cima do balcão e afastá-la dele. De repente, Trenton surgiu na minha frente. Ele percebeu que eu estava olhando para a mesa e sorriu.

— Ela já era louca pelo Travis antes de chegar aqui.

— Todas são — falei, soltando um suspiro de alívio. Malditos irmãos Maddox e seu DNA idêntico.

— Feliz Ano-Novo, baby — disse Trenton.

— Feliz Ano-Novo — falei, deslizando uma cerveja pelo balcão para o cliente que pedira.

Ele inclinou a cabeça para o lado, fazendo sinal para eu me aproximar. Eu me inclinei sobre o balcão, e ele colou os lábios nos meus, segurando delicadamente minha nuca. Sua boca era quente e macia, fantástica, e, quando ele me soltou, fiquei um pouco tonta.

— Agora eu tô fodido — disse Trenton.

— Por quê? — perguntei.

— Porque nunca o resto do meu ano vai ser melhor que os primeiros trinta segundos.

Comprimi os lábios.

— Eu te amo.

Trenton olhou para trás, notando que Travis estava sozinho na mesa.

— Preciso ir — disse ele, parecendo desapontado. — Também te amo. Estou na equipe de apoio a rompimentos. Eu volto!

Menos de um minuto depois, vi Trenton acenando freneticamente. O rosto de Travis estava vermelho. Ele estava chateado, e os dois iam embora. Acenei e voltei para a multidão exigente, grata por ter algo para me distrair dos lábios de Trenton Maddox.

Quando saí do trabalho, Trenton estava esperando na entrada de funcionários e me levou até o Smurf. Ele enfiou as mãos nos bolsos da calça jeans enquanto eu destrancava a porta e, quando entrei no banco do motorista, ele franziu a testa.

— Que foi?

— Por que você não me deixa dirigir até sua casa?

Olhei para o Intrepid atrás dele.

— Você quer deixar o seu carro aqui?

— Quero te levar pra casa.

— Tá bom. Quer me explicar por quê?

Ele balançou a cabeça.

— Não sei. Só estou com um mau pressentimento em relação a você ir dirigindo sozinha. Fico incomodado sempre que vejo você entrar no carro.

Eu o observei por um instante.

— Você já pensou em falar com alguém? Sobre o que aconteceu?

— Não — respondeu ele, indiferente.

— Parece que você ainda está angustiado. Pode ajudar.

— Não preciso de psicólogo, baby. Só preciso te levar pra casa.

Dei de ombros e pulei o console.

Trenton deu partida e pousou a mão na minha coxa enquanto esperava o carro aquecer.

— O Travis me perguntou de você hoje.

— É?

— Falei que você ainda estava com seu namorado da Califórnia. Quase vomitei só de falar nessa merda.

Eu me inclinei e beijei seus lábios, e ele me puxou mais para perto.

— Desculpa por fazer você mentir pra ele. Sei que é idiotice, mas isso daria início a uma conversa que ainda não estou preparada pra ter. Se a gente tivesse só um pouco mais de tempo...

— Não gosto de mentir para os meus irmãos, mas odiei apenas pronunciar que você estava com outra pessoa. Me fez pensar em como seria te perder. Me fez pensar no que o Trav está sofrendo. — Ele balançou a cabeça. — Não posso te perder, Cami.

Toquei meus lábios com os dedos e balancei a cabeça. Ele estava confiando em mim e se tornando tão vulnerável, e eu estava escondendo tanta coisa dele.

— Você pode ficar comigo hoje à noite? — perguntei.

Ele levou minha mão à boca, virou-a e beijou a pele fina do meu pulso.

— Eu fico pelo tempo que você permitir — disse ele, como se eu já devesse saber disso.

Ele deixou a vaga e dirigiu pelo estacionamento, partindo em direção à minha casa. O cenho franzido de Trenton de instantes atrás tinha quase desaparecido, e ele parecia perdido em pensamentos enquanto dirigia com a mão na minha.

— Quando eu tiver economizado o suficiente, acho que você poderia me ajudar a encontrar um lugar pra morar.

Eu sorri.

— Posso, sim.

— Talvez você goste o bastante para ir morar comigo.

Eu o encarei por um instante, esperando que ele dissesse que estava brincando, mas ele não fez isso, apenas aproximou as sobrancelhas.

— Má ideia?

— Não. Não necessariamente. Mas é pro futuro.

— É. Especialmente porque eu perdi um quarto das minhas economias pra ex do Travis.

Dei uma risadinha.

— O quê? Tá falando sério? Como foi que isso aconteceu?

— Noite do pôquer. Ela é tipo um fenômeno do pôquer. Acabou com a gente.

— A Abby?

Ele assentiu.

— Juro por Deus.

— Que maneiro.

— Pode ser. Se você gostar de ladrões.

— Bom... o nome do cachorro dela é Crook.

Trenton riu e apertou meu joelho enquanto parávamos na minha vaga. Ele desligou o farol, deixando a frente do meu apartamento no escuro. Com seus dedos entrelaçados aos meus, entramos juntos, e eu passei a corrente na porta.

— A Ray não vem pra casa?

Balancei a cabeça.

— Ela vai ficar com o Brazil.

— Achei que eles tinham terminado.

— Ela também achou. Mas, quando recebeu um buquê enorme no dia seguinte, decidiu que não.

Entrei de costas no meu quarto, puxando Trenton pelas duas mãos. Ele sorria para mim enquanto andava, sabendo, pela minha expressão, o que eu tinha em mente.

Parei no meio do cômodo e tirei os sapatos. Depois alcancei as costas, abri o zíper do vestido e o deixei cair no chão.

Trenton desabotoou a camisa e abriu a fivela do cinto. Fui até ele, desabotoei sua calça jeans e abri o zíper. Estávamos com os olhos fixos um no outro, aquele olhar sério e preguiçoso que fazia minhas coxas latejarem. O olhar que indicava que algo fantástico estava para acontecer.

Trenton se inclinou e mal tocou os lábios nos meus, deixando a completa maciez roçar minha boca para logo descer ao queixo e ao pescoço. Quando chegou à clavícula, ele voltou a me olhar. Deslizei as mãos pelo seu peito e, em seguida, pela barriga, me ajoelhando enquanto segurava o cós de seu jeans e o puxava lentamente para baixo. Sua cueca preta estava bem na frente do meu rosto, e, quando Trenton deu um passo para fora do jeans, eu levantei o olhar para ele, agarrei o elástico da cueca e a puxei para baixo também.

Seu pau estava totalmente duro, e fiquei feliz por ter as Magnums na gaveta da mesinha de cabeceira, porque definitivamente precisaríamos delas.

Beijei sua barriga e fui seguindo do umbigo até a base de sua virilha. No instante em que coloquei seu pau na boca, ele agarrou meus cabelos e gemeu:

— Ai. Meu. Deus. Caralho.

Minha cabeça ia para frente e para trás, e eu levantei o olhar para ele. Trenton estava me observando, com aquele mesmo olhar sério, maravilhoso. Meus dedos e a palma da minha mão deslizavam suavemente pela pele macia, e, quanto mais eu o enfiava fundo na garganta, mais alto ele gemia e praguejava.

Levei as mãos até suas costas e agarrei seu traseiro com força, obrigando-o a entrar mais fundo na minha boca. Seus dedos formavam nós nos meus cabelos, e, durante dez minutos, ele sussurrou e gemeu, me implorando para deixá-lo me penetrar.

Quando parecia que ele não ia mais aguentar, eu me afastei e deitei na cama, com os joelhos afastados. Trenton me seguiu, mas, em vez de se encaixar entre as minhas pernas, ele me virou de bruços e pressionou o peito nas minhas costas. Seu pau molhado estava aninhado no meio da minha bunda, e seus lábios estavam em minha orelha. Ele lambeu o dedo indicador e o do meio e deslizou a mão entre o colchão e a minha barriga, descendo até seus dedos quentes e molhados tocarem minha pele rosa e inchada.

Gemi enquanto ele me acariciava e beijava a pele macia atrás do lóbulo da minha orelha. Quando os lençóis embaixo de mim estavam ensopados, estendi a mão para a gaveta. Trenton sabia exatamente o que eu queria e parou por tempo suficiente para pegar um pacote quadrado, rasgá-lo com os dentes e deslizar com facilidade o látex por sua ereção.

Quando o calor de seu peito e de seu abdome voltou para as minhas costas, eu quase enlouqueci. Ele colocou a mão sob mim, levantou os meus quadris para erguer um pouco a minha bunda e me penetrou lenta e controladamente. Nós dois gememos, e eu arqueei as costas e ergui ainda mais os quadris na direção dele, permitindo que ele chegasse mais fundo.

Quando ele começou a se mexer dentro de mim, agarrei os lençóis. Quando ele me tocou com os dedos mais uma vez, eu gritei. A sensação de seus quadris e das coxas tocando minha bunda nua era incrível, e eu só queria que ele chegasse mais fundo, mais perto, com mais força.

Trenton afastou os fios de cabelo do meu rosto e dos meus olhos. Meu corpo todo estava tomado por uma intensidade maravilhosa. Essa sensação me envolveu por completo, e eu gritei enquanto ela viajava como eletricidade por meu corpo.

— Puta que pariu, continua fazendo esse barulho — disse ele, sem fôlego.

Eu nem sabia que barulho estava fazendo. Eu estava tão perdida naquilo, nele. Ele me penetrou com mais força, cada investida provocando ondas de choque que seguiam da minha pélvis aos dedos dos pés. Ele mordeu minha orelha firme e delicadamente, da mesma forma como estava me comendo. Seus dentes soltaram minha orelha e seus dedos apertaram meus quadris com mais força. Ele rosnou enquanto me penetrava pela última vez, seu corpo se retorcendo enquanto ele gemia.

Trenton desabou ao meu lado, sem fôlego e sorrindo, com a pele brilhando de suor. Sei que eu estava com a mesma expressão satisfeita e ruborizada.

Ele afastou o cabelo do meu rosto com delicadeza.

— Você é incrível pra caralho.

— Talvez. Mas eu com certeza te amo.

Trenton riu.

— É loucura me sentir tão feliz... Você está tão feliz quanto eu?

Sorri.

— Mais feliz.

E foi aí que tudo começou a desmoronar.

20

— É só assinar aqui e aqui, e você pode ir — falei.

Landen Freeman fez alguns rabiscos em cada linha, depois apoiou os cotovelos no balcão. Eu o vira no pequeno campus da Eastern quando estava frequentando mais aulas, mas não o via fazia mais de um ano, e não era surpresa ele não me reconhecer.

— A que horas este lugar fecha? — Ele me olhou diretamente nos olhos, me lançando um sorriso sensual que imaginei que devia estar aperfeiçoando no espelho desde a puberdade.

Apontei com a caneta para as letras na porta e deliberadamente me voltei para os formulários dele.

— Às onze.

— Se importa se eu der uma passada por aqui? Eu adoraria te levar ao Red Door. Você já foi lá?

— Você já foi? — perguntei, me divertindo um pouco.

— Vou de vez em quando. Estou ocupado com vinte horas por semestre. Tentando terminar e cair fora daqui o mais rápido possível.

— Sei como é — falei.

— Então... o que me diz daquele drinque?

— Que drinque?

— O drinque que eu quero pagar pra você.

Trenton surgiu ao meu lado, pegou os papéis e começou a passar os olhos.

— Se você quer isso feito à mão livre, tem que ser com o Calvin, e ele não trabalha hoje.

Landen deu de ombros.

— Pode ser qualquer um. Não precisa ser à mão livre.

— Quer que eu faça? — perguntou Trenton.

— É, eu vi seu trabalho no site. É foda.

— Eu faço, mas você vai ter que parar de secar os peitos da minha namorada.

Virei o pescoço para ele. Eu não tinha percebido que o Landen estava olhando para os meus peitos nem uma vez.

— Hã... — Landen gaguejou.

— Pensando bem, é melhor você ligar e marcar uma hora com o Cal. Tô ocupado. — Trenton jogou os formulários, que se espalharam ao nosso redor. Ele virou o boné para o lado, e eu apenas observei, sem me impressionar, enquanto Trenton voltava para sua sala. Ele andava com um balanço arrogante, como fazia antes de bater em alguém.

Landen me olhou, depois voltou os olhos para o corredor e de novo para mim.

— Eu... Desculpa — falei, entregando-lhe nosso cartão de visitas. — Aqui tem o número do estúdio. O Calvin trabalha às quartas e quintas, mas só atende com hora marcada.

Landen pegou o cartão.

— Eu não sabia — disse ele, sorrindo envergonhado. O sino da porta tocou quando ele saiu, e eu girei nos calcanhares, pisando duro pelo corredor até a sala de Trenton.

— Que merda foi aquela?

— Ele te chamou pra sair!

— E daí?

— E daí? Eu devia ter dado uma surra nele!

Suspirei e fechei os olhos.

— Trent, eu sei lidar com isso. Você não pode espantar os clientes toda vez que eles me paquerarem. Foi pra isso que o Cal me contratou.

— Ele *não* te contratou pra ser paquerada. Ele contratou...

— Uma gostosa pra trabalhar no balcão. Um emprego que você me ofereceu, não se esqueça.

— Ele nem perguntou se você era solteira primeiro! O babaca podia ter pelo menos começado assim.

— Eu estava me virando.

— Eu não ouvi você recusar...

Torci o nariz.

— Eu estava me esquivando da pergunta dele! Não posso simplesmente rejeitar o cara enquanto ele está na sala de espera. Isso se chama profissionalismo.

— Ah, é assim que isso se chama?

Estreitei os olhos para ele.

— Você podia ter dito a ele que tem namorado.

— Ah, é isso? O problema é que eu não estou carregando meu novo rótulo como um cartaz de manifestação? E se eu simplesmente tatuar NAMORADA DO TRENTON na testa?

Sua expressão se suavizou, e ele deu uma risadinha.

— Eu tatuaria isso em outro lugar com prazer.

Bufei de frustração e voltei para a recepção. Trenton veio apressado atrás de mim.

— Não é uma péssima ideia — disse ele, meio que provocando.

— Não vou tatuar seu nome em mim — falei, indignada por ele estar sequer pensando na ideia. Na primeira semana do feriado de Natal, Trenton já havia preenchido as papoulas com um vermelho-cereja incrível e, dois dias antes do Natal, acrescentou um tribal e nuvens negras e verdes serpenteando no mesmo braço. Uma semana depois do Ano-Novo, eu tinha um fantástico botão de rosa vermelha com detalhes amarelos. Eu estava a caminho de ter uma manga intricada e muito foda. Tínhamos começado a chamar as nossas sessões de terapia da dor. Eu falava, e o Trenton desenhava e ouvia. Eu adorava compartilhar esse tempo com ele e saber que eu carregava suas lindas obras de arte comigo para todo lado.

Ele sentou no balcão, com as palmas esticadas sobre a fórmica.

— Talvez eu esconda em uma das suas tatuagens um dia desses.

— Talvez eu destrua sua máquina em um milhão de pedacinhos — falei.

— Uau. A coisa esquentou — disse ele, descendo num pulo para ficar de pé ao meu lado. — Sinto muito por você ter ficado com raiva por eu ter espantado o cara. Não sinto muito por ter espantado o cara, mas sinto por ter te irritado. Mas pensa bem. Eu não ia tatuar o cara depois de ele ter dado em cima da minha namorada. Confia em mim. Foi melhor pra todo mundo.

— Para de explicar — soltei.

Trenton me envolveu por trás e enterrou o rosto no meu pescoço.

— Eu quase não sinto muito por ter te irritado. Você fica gostosa pra caralho quando tá com raiva.

Dei uma leve cotovelada nas costelas dele, e o sino da porta tocou de novo. Colin e Chase vieram na direção do balcão, e Chase cruzou os braços.

— Tatuagens? — perguntei. Eles não estavam felizes.

O aperto de Trenton relaxou.

— Como podemos ajudar, rapazes?

Colin franziu a testa.

— Precisamos conversar com a Camille. A sós.

Trenton balançou a cabeça.

— Não vai rolar.

Chase estreitou os olhos e se inclinou em nossa direção.

— Ela é da porra da nossa família. Não estamos pedindo sua permissão, Maddox.

Trenton ergueu uma sobrancelha.

— Estão sim, mas ainda não sabem.

O olho de Colin tremeu.

— O Chase está aqui pra falar com a irmã dele. Isso é assunto de família, Trent. Você precisa ficar de fora. Camille, vem com a gente. Agora.

— Pode falar comigo aqui, Colin. O que você quer?

Ele me olhou furioso.

— Você realmente quer falar disso aqui?

— Sobre o que você quer conversar? — perguntei, tentando me manter calma. Eu tinha certeza de que, se fosse lá para fora, Colin ou Chase perderia a cabeça e começaríamos a brigar. Era mais seguro ficar ali.

— Você não apareceu no Dia de Ação de Graças. O papai disse que você precisava trabalhar. Não importa. Mas aí você não apareceu no Natal. E a sua cadeira ficou vazia mais uma vez no Ano-Novo. Que porra tá acontecendo, Camille? — perguntou Chase, com raiva.

244

— Tenho dois empregos e estudo. Foi assim que as coisas aconteceram este ano.

— O aniversário do papai é na próxima semana — disse Chase. — É melhor você aparecer.

— Ou o quê? — perguntou Trenton.

— Que porra você acabou de dizer, Maddox? — soltou Chase.

Trenton ergueu o queixo.

— É melhor ela aparecer ou o quê? O que você vai fazer se ela não for?

Chase se apoiou no balcão.

— Vir buscá-la.

— Não vai não — disse Trenton.

Colin também se aproximou, mantendo a voz baixa.

— Só vou dizer mais uma vez. Isso é assunto de família, Trent. Fica fora disso, caralho.

O maxilar de Trenton se remexeu.

— A Cami é assunto meu. E seus irmãos desprezíveis virem até o trabalho dela pra encher o saco com certeza é assunto meu.

Colin e Chase olharam furiosos para Trenton, os dois dando um passo para trás. Colin falou primeiro, como sempre:

— Camille, vem aqui fora com a gente agora, ou eu vou destruir este lugar enquanto dou uma surra no seu coleguinha.

— Não sou coleguinha dela. Sou o namorado dela, e vou te arrebentar antes que você consiga arranhar a porra da pintura.

Calvin apareceu do meu outro lado. Olhei para baixo, e suas mãos estavam cerradas.

— Você acabou de dizer que ia destruir o meu estúdio?

— O que você vai fazer em relação a isso? — Chase cuspiu no chão.

— Meu Deus, Chase! — gritei. — Qual é o seu problema? — Trenton me segurou, apesar de eu não estar tentando com tanta vontade assim ir a algum lugar.

Bishop e Hazel saíram de suas salas, curiosos com o barulho. Bishop parou do outro lado de Calvin, e Hazel na ponta.

Ela cruzou os braços.

245

— Posso não parecer muita coisa, mas, quando um desses garotões estiver segurando vocês e eu estiver arrancando seus olhos, vocês vão entender por que eu é que tô aqui. Mas olha... eu não quero arrancar os olhos de vocês, porque vocês são da família da Cami. E nós não queremos magoá-la. Nunca. Porque agora ela faz parte da nossa família também. E não. Se machuca. Família. Então aprendam uma lição com a gente, relaxem a testa franzida nessa cara vermelha e vão pra casa. Quando se acalmar, Chase... dá uma ligada pra sua irmã. E fala calminho com ela. A menos que você não queira manter seus olhos no lugar.

— Ou seus braços — acrescentou Trenton. — Porque, se você voltar a falar com ela em algum tom que não seja no mínimo respeitoso, eu arranco seus braços e te dou uma surra com eles. Estamos entendidos, caralho?

Colin e Chase observaram o grupo com olhos preocupados, de Trenton a Hazel, e todos entre eles. Eles estavam em menor número, e eu vi nos olhos de Colin que ele não ia encarar todo mundo.

Chase olhou para mim.

— Eu te ligo mais tarde. A gente merece saber por que nossa família tá desmoronando.

Fiz que sim com a cabeça, e os dois viraram e empurraram as portas duplas para sair.

Quando ouvi o motor do Colin dando partida, olhei para o chão, envergonhada.

— Desculpa, Calvin.

— Ficou tudo bem no estúdio, garota. Estamos todos bem. — Ele voltou para seu escritório, e a Hazel se aproximou, deslizando os braços entre os meus e pressionando o rosto em meu peito.

— A gente cuida de você — ela disse simplesmente. Mantive os olhos no chão, mas, quando ficou evidente que Hazel não me soltaria, eu a abracei com força.

Bishop nos observou por um instante.

— Obrigada — falei.

Ele ergueu uma sobrancelha.

— Eu não ia brigar. Só estava aqui pra assistir. — Ele voltou para a sala dele, e eu dei uma risadinha.

Hazel me soltou e deu um passo para trás.

— Tudo bem. Acabou o show. Ao trabalho — disse ela, voltando para sua sala.

Trenton me puxou para os seus braços e pousou os lábios nos meus cabelos.

— Eles vão sacar em algum momento.

Ergui os olhos para ele, sem saber o que ele queria dizer.

— Eu nunca vou deixar eles te intimidarem de novo.

Aninhei o rosto no peito dele.

— Eles só sabem fazer isso, Trent. Não posso culpá-los.

— Por que não? Eles te culpam por tudo. E eles não são robôs. São adultos e podem fazer escolhas diferentes. Mas preferem continuar com o que conhecem.

— Meio como você e os seus irmãos? — Não levantei o olhar, e Trenton não respondeu imediatamente.

Por fim, ele suspirou.

— A gente não reage às coisas porque só conhecemos aquilo. É o contrário. Não temos a menor ideia do que estamos fazendo.

— Mas vocês tentam — falei, me aconchegando nele. — Vocês tentam ser pessoas boas. Vocês se esforçam para fazer coisas melhores, ser melhores, mais pacientes e compreensivos. Mas, só porque você pode dar uma surra em alguém... não significa que deve fazer isso.

Trenton deu uma risadinha.

— Significa, sim. — Eu tentei, não com muito esforço, afastá-lo. Ele me abraçou com mais força.

— Vou fazer iscas de carne e arroz pra você hoje à noite — falei.

Trenton fez uma careta.

— Eu adoro sua comida, baby doll, mas não posso continuar jantando às três da manhã.

Eu ri.

— Tudo bem, vou deixar pronto pra você. Tem uma chave debaixo da pedra que fica na frente da coluna perto da porta. Vou deixar lá.

— Posso deixar para outro dia? Prometi para a Olive que ia levá-la ao Chicken Joe's.

Eu sorri, mas não fiquei contente de perder um passeio com a Olive.

— Espera. Você acabou de me dizer onde fica a chave reserva?

— Ãhã.

— Posso usar a qualquer momento?

Dei de ombros.

— Pode.

Um leve sorriso repuxou um dos cantos da boca de Trenton, depois se espalhou por todo o rosto.

— Vou apostar no Travis na próxima luta. Tentar ganhar de volta o dinheiro que perdi pra Abby, e depois mais um pouco. Vou começar a procurar um lugar pra morar na próxima semana. Quero que você vá comigo.

— Tá bom — falei, sem saber muito bem por que ele estava com um olhar tão sério. Eu já sabia que ele estava se esforçando para conseguir um lugar só para ele.

O sorriso de Trenton estava radiante.

— É a luta de fim de ano dele. Muita grana. Eles provavelmente vão arrumar um ex-lutador de MMA, como no ano passado.

— Quem foi no ano passado?

— Kelly Heaton. Ele perdeu o campeonato quatro anos atrás. O Travis deu uma surra nele. — Trenton estava curtindo muito a lembrança. — Ganhei mil e quinhentos paus. Se eu conseguir ganhar pelo menos isso este ano, a gente se ajeita.

— Você se ajeita. Eu já tenho lugar pra morar.

— É, bom, talvez um dia desses você decida ficar pra dormir e nunca volte pra casa.

— Não conta com isso. Eu adoro ter meu espaço.

— Você pode ter seu espaço. Você pode ter o que quiser.

Fiquei na ponta dos pés, passei os braços ao redor do pescoço de Trenton e beijei seus lábios macios.

— Eu já tenho o que eu quero.

Ele me apertou com mais força.

— Vamos lá. Você sabe que quer isso.

— Não, obrigada. Não tão cedo.

A expressão de Trenton se desfez por um segundo, depois ele piscou e pegou as minhas chaves.

— Vou dar partida no jipe. Já volto.

Ele vestiu o casaco e saiu correndo.

Hazel veio até a recepção e balançou a cabeça.

— O Trenton te ama, *kaibigan*. De um jeito profundo e eterno. Eu nunca vi o cara desse jeito, fazendo essas coisas por alguém. — Ela estava quase cantando cada palavra.

Virei para ela.

— Do que você acabou de me chamar?

Ela sorriu.

— Te chamei de "amiga", sua vaca. Em tagalo. Algum problema?

Eu ri e a empurrei, tão sem força que sua estrutura minúscula quase não se abalou.

— Não. Tenho um problema com o fato de que estou quase sem cigarro, e não quero gastar com mais um maço.

— Então para, porra. É nojento mesmo.

— Você não fuma? — perguntei. Todas as outras pessoas do estúdio fumavam, por isso imaginei que ela também.

Hazel fez uma careta.

— Não. E nunca sairia com você, levando apenas isso em conta. É nojento. Ninguém gosta de lamber um cinzeiro.

Coloquei um cigarro na boca. Trenton entrou correndo, tremendo.

— O aquecedor tá no máximo, gata! — Ele pegou o cigarro da minha boca e me beijou, me inclinando um pouco para trás.

Quando ele me soltou, virei para a Hazel.

— Tem gente que gosta.

Hazel mostrou a língua para mim.

— Chega cedo amanhã. Vou começar com os seus alargadores.

— Não vai, não.

— Vou, sim — ela cantarolou, indo para a sala.

— Quer que eu te leve até o Red? Não quero que os cabeças de merda dos seus irmãos apareçam no seu apartamento. E o tempo está muito ruim.

— O Brazil está lá, e eu consigo lidar com um pouco de neve. — O solo estava com trinta centímetros de neve suja derretendo, e o vento estava violento, mas era melhor que gelo, e nossa cidadezinha era eficiente em manter limpa a maioria das ruas.

As bochechas e o nariz de Trenton estavam vermelhos e brilhantes, e ele ainda estava tremendo.

— O Brazil não dá conta dos seus irmãos — disse ele, franzindo a testa.

Dei uma risadinha e peguei meu casaco preto e a bolsa.

— Obrigada por dar partida no jipe. Fica aqui dentro que tá quentinho.

Ele me devolveu o cigarro, mas não antes de me dar mais um beijo.

— O Dia dos Namorados é daqui a uma semana.

— É. Exatamente em uma semana. Ou seja, cai num sábado. Bom pra todo mundo, péssimo pra gente.

— Pede folga. Você trabalhou no Dia de Ação de Graças.

— Vou pensar.

Trenton ficou na porta enquanto eu saía de ré do estacionamento. Dirigi até minha casa sem problema nenhum. Fechei a porta atrás de mim, joguei as chaves no balcão e fui direto para o banheiro. Tomar um banho quente era glorioso, mas, no instante em que fechei a torneira, ouvi Brazil e Raegan discutindo. Quando terminei de escovar os dentes, coloquei o roupão branco macio e saí no corredor. Eles tinham levado a discussão para a porta da frente.

Brazil me viu e suspirou.

— Estou indo, Ray. Eu falei pra eles que ia, e vou.

— Mas a gente tinha planos. Não é legal cancelar os planos comigo pra beber com os caras da fraternidade! Por que você não entende isso?

Brazil afundou o boné na cabeça, fechou o casaco e saiu.

Raegan foi direto para o meu quarto e sentou na minha cama. Sentei no chão, na frente de um espelho de corpo inteiro, e abri minha bolsinha de maquiagem.

— Ele é um *idiota*! — disse ela, socando o colchão.

— Ele não está pronto pra um relacionamento. Ele quer os benefícios de uma namorada sem o compromisso.

250

Ela balançou a cabeça.

— Então ele devia dar uma de Travis Maddox e foder tudo que tivesse vagina até encontrar a escolhida, em vez de se esforçar tanto pra fazer as coisas darem certo comigo.

Ergui uma sobrancelha.

— Ele não quer que você seja feliz com outra pessoa.

A expressão de raiva de Raegan mudou, e ela ficou triste.

— O Kody me ligou hoje. Ele está preocupado com as ruas e quer passar aqui para me levar pro trabalho. A gente tinha umas brigas idiotas, mas eu sinto falta dele.

Pintei os olhos e os lábios, depois coloquei o secador de cabelos na tomada e o liguei.

— O que você tá esperando, Ray? — perguntei acima do barulho do secador.

Ela não respondeu, simplesmente ficou me olhando soprar o cabelo para todo lado. Quando terminei, ela deu de ombros.

— O Brazil terminou comigo mais ou menos nessa mesma época do ano passado, antes da festa de casais. Eu comprei um vestido, falei pra todo mundo que ele tinha me convidado. Eu vou pra essa porra dessa festa.

Olhei furiosa para o espelho, encarando o reflexo dela sem poder acreditar.

— Você tá brincando? Você está aturando essa palhaçada de cara de fraternidade pra ir a uma festa?

— Eu comprei um vestido! Você não entende.

— Tem razão. Eu não entendo.

A campainha tocou, e Raegan e eu nos encaramos.

— Talvez seja o Brazil — disse ela.

— O Colin e o Chase foram até o Skin Deep hoje. Quase brigaram com o Trenton... e com as outras pessoas.

— Merda, você acha que são eles? — perguntou ela.

Eu me levantei, deslizei até a porta e espiei pelo olho mágico. Revirei os olhos e soltei a corrente, abrindo a porta. Kody estava enrolado num casaco de lã, com cachecol, luvas e capuz.

251

— O que você está fazendo aqui? — perguntou Raegan, aparecendo na sala de estar.

— Está piorando, Ray. Acho que não é uma boa ideia você dirigir. Nenhuma das duas.

Ela olhou para baixo.

— Ainda não estou pronta.

Kody caiu no sofá.

— Eu espero. Vou deixar a caminhonete ligada pra ficar quente quando vocês entrarem.

Raegan abafou um sorriso, depois correu para o quarto e bateu a porta.

— Cheguei em casa faz uns vinte minutos. Não está tão ruim — falei, forçando um sorriso.

— Shhh — disse Kody. — Ela não precisa saber.

— Você é bom nisso — falei, voltando para o meu quarto.

21

No sábado, depois de uma noite cansativa no Red, eu me arrastei até o apartamento e acendi a luz do meu quarto. Trenton estava deitado em cima da minha coberta, de cueca azul-marinho... e meias.

Arranquei a roupa, apaguei a luz e deitei ao lado dele. Trenton brigou com as cobertas enquanto tentava entrar debaixo delas comigo, depois me agarrou e me puxou, até eu ficar perto o suficiente. Ele enterrou a cabeça no meu pescoço, e ficamos deitados ali por muito, muito tempo, parados e quentinhos. Eu nunca tinha tido alguém me esperando em casa antes, mas não era uma sensação ruim. Muito pelo contrário: eu estava numa cama quente com o quente e incrivelmente irresistível corpo do homem que me amava mais do que qualquer outro já amara. Podia ser pior. Bem pior.

— Como está a Olive?

— Hum?

— A Olive. Ela tá bem?

— Está com saudade de você. Prometi trazê-la aqui pra te ver amanhã. Eu sorri.

— Como estava o Chicken Joe's?

— Gorduroso. Barulhento. Maravilhoso.

Apertei com mais força ainda o braço dele cruzando o meu peito.

— Pelo jeito você encontrou a chave.

— Não, não encontrei, por isso escalei até a janela do seu quarto. Você sabia que estava destrancada?

Eu congelei.

Trenton riu, lenta e levemente. Dei uma cotovelada nele.

A porta da frente bateu, e Trenton e eu nos sentamos.

— Para! Não acena pra ele, porra! Raegan! — gritou Brazil.

— Ele estava sendo legal! Ele só não queria que eu dirigisse na neve!

— Não tem neve na rua! Só tá tudo molhado!

— É! Agora! — disse ela. Raegan entrou pelo corredor pisando duro, e Brazil a seguiu, batendo a porta do quarto dela com força.

Eu rosnei.

— Hoje não. Preciso dormir.

A voz abafada do Brazil atravessou a parede.

— Porque você não pode pegar carona com o seu ex-namorado, só isso!

— Talvez se você tivesse me levado para o trabalho...

— Nem vem, não me culpa por isso! Se eu tivesse feito a mesma coisa...

— Quem disse que você não fez?

— O que isso significa? O que você quer dizer, Raegan? Alguém te contou alguma coisa?

— Não!

— O que é então?

— Nada! Eu não sei o que você faz quando sai! Eu nem sei se ainda me importo!

Foi aí que ficou tudo muito quieto, e, depois de vários minutos, eles continuaram a conversar em voz baixa. Dez minutos depois, não havia mais voz nenhuma, e, bem quando eu pensei em dar uma olhada para ver se Raegan estava bem, ouvi seus gemidos e gritos e a cama batendo contra a parede.

Argh.

— Sério? — falei.

— Morar comigo parece uma ideia cada vez melhor, não? — disse Trenton no meu pescoço.

Eu me aconcheguei nele.

— Faz menos de quatro meses. Vamos devagar.

— Por quê?

— Porque isso é muito sério. E eu mal te conheço.

254

Trenton tocou meu joelho e deixou a mão subir até seus dedos tocarem a parte de algodão da minha calcinha.

— Eu te conheço intimamente.

— Sério? Você quer transar com a Buffy e o Spike no quarto ao lado?

— Hein?

— Eles estão brigando, depois eles... Deixa pra lá.

— Não tá no clima, né? — perguntou ele.

Os gritinhos de Raegan estavam ficando mais agudos.

— Não... agora não.

— Viu? Já estamos praticamente casados.

— Você fez uma piadinha! — falei enquanto afundava os dedos entre as costelas dele. Trenton tentou me afastar, rosnando e rindo enquanto eu lhe fazia cócegas. Em um certo momento, ele começou a imitar os gritinhos agudos de Raegan. Eu cobri a boca, rindo sem parar. Ela ficou quieta, e o Trenton me cumprimentou com o punho fechado. Então nos acalmamos de novo.

Meia hora mais tarde, Brazil e Raegan se esgueiraram pelo corredor, e a porta da frente abriu e fechou. Alguns segundos depois, a porta do meu quarto se abriu de repente, e a luz foi acesa.

— Seus babacas!

Cobri os olhos até ouvir a Raegan ofegar.

— Puta merda, Trenton, o que aconteceu com você?

Virei para encará-lo. Havia três arranhões ensanguentados em seu rosto e o lábio dele estava rasgado. Sentei de repente.

— O que aconteceu com seu rosto, Trent?

— Ainda não pensei numa boa mentira pra te contar.

— Achei que você tivesse ido ao Chicken Joe's com a Olive hoje. Você foi àquele bar de motoqueiros, né? — perguntei, com a voz grossa de acusação.

Trenton deu uma risadinha.

— Não, eu fui ao Chicken Joe's. O Chase e o Colin também.

Raegan arfou, assim como eu. Meus olhos se encheram de lágrimas.

— Eles partiram pra cima de você? Quando você estava com a Olive? Ela está bem?

— Eles tentaram. Ela está bem. A gente saiu. Ela não viu muita coisa.
Raegan deu um passo.
— O que aconteceu?
— Digamos que eles não vão tentar me atacar de novo.
Cobri o rosto.
— Merda! Que merda! — Peguei o celular e mandei a mesma mensagem para Colin e Chase. Com uma única palavra.

O celular de Trenton zumbiu, e ele o pegou e revirou os olhos em seguida. Eu tinha mandado a mensagem para ele também.
— Ei, eles vieram atrás de mim.
— Eles estão bem? — perguntei.
— Com dor. Vão sentir ainda mais pela manhã. Mas acabou.
Meu rosto se contorceu.
— Trent! Que merda! Isso tem que parar!
— Eu te falei, baby, acabou. O Coby estava com eles. Ele não partiu pra cima. Tentou convencer os dois a parar. Eu dei uma surra neles. Eles concordaram em recuar.
Meu celular apitou. Era o Chase.

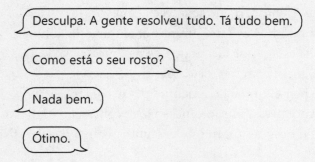

Os olhos da Raegan se arregalaram um pouco antes de ela recuar e ir para o seu quarto.
Olhei furiosa para o Trenton.
— O que você queria que eu fizesse? Deixasse os dois me darem uma surra?

Minha expressão se suavizou.

— Não. Eu odeio que isso tenha acontecido na frente da Olive. Estou preocupada com ela.

Trenton saiu da cama, apagou a luz e voltou para o meu lado.

— Você vai ver a Olive amanhã. Ela tá bem. Eu expliquei pra ela e depois para os pais dela.

Eu me encolhi.

— Eles ficaram bravos?

— Um pouco. Mas não comigo.

— Você quer uma bolsa de gelo, ou alguma coisa assim?

Trenton deu uma risadinha.

— Não, baby. Tá tudo bem. Vamos dormir.

Eu relaxei encostada nele, mas demorei um bom tempo para adormecer. Minha mente não parava e eu notei, pela respiração dele, que Trenton também não estava dormindo. Por fim, meus olhos foram ficando pesados, e eu me deixei levar.

Quando meus olhos finalmente abriram, o relógio marcava dez horas, e Olive estava de pé ao lado da minha cama, me encarando. Puxei as cobertas contra o peito, ciente de que eu estava quase nua por baixo delas.

— Oi, Olive — falei, estreitando os olhos. — Onde está o Trent?

— Ele tá com as compas.

— Compras? — perguntei, sentando. — Que compras?

— A gente fez compas. Ele disse que você pecisava de umas coisinhas, mas ele compô seis sacolas.

Eu me inclinei, mas só vi a porta da frente aberta.

Brazil apareceu no corredor, com a pele bronzeada coberta apenas pela cueca verde xadrez. Ele bocejou e coçou o traseiro, então se virou e viu a Olive. Aí cruzou as mãos sobre as partes íntimas, que também estavam despertando.

— Eita! O que ela tá fazendo aqui?

— Ela veio com o Trent. Você já voltou?

— Cheguei quando o Trent estava saindo.

— Vai colocar a porcaria da roupa. Você não mora aqui.

Olive balançou a cabeça, censurando-o com os olhos verdes brilhantes.

Brazil voltou para o quarto de Raegan, e eu fiz um sinal com a cabeça indicando a porta.

— Cai fora, menina. Também tenho que me vestir. — Pisquei para ela, e ela sorriu antes de partir para a sala de estar.

Fechei a porta do quarto, vasculhei as gavetas em busca de meias e sutiã e coloquei uma calça jeans e um suéter creme. Meu cabelo ainda fedia a toneladas de cigarro por causa do Red, então fiz um rabo de cavalo, passei perfume em spray nele e pronto.

Quando cheguei na cozinha, Trenton estava brincando com a Olive enquanto guardava enlatados e outras coisas. Todos os armários estavam abertos e cheios.

— Trenton Allen! — Arfei e cobri a boca. — Por que você fez isso? Você devia estar economizando!

— Passo muito tempo aqui, comendo boa parte da sua comida, e estou com trezentas pratas a mais, especialmente depois da última luta do ano do Travis.

— Mas você não sabe quando ou se vai acontecer. O Travis só quer saber da Abby agora. E se ele desistir? E se o outro cara der pra trás?

Trenton sorriu e me puxou para os seus braços.

— Deixa que eu me preocupo com isso. Posso fazer compras de vez em quando. Comprei umas coisas para o meu pai também.

Eu o abracei e depois peguei o último cigarro do maço.

— Você por acaso não comprou mais cigarro, né? — perguntei.

Trenton pareceu decepcionado.

— Não. O seu acabou? Posso dar uma corrida lá e comprar mais.

Olive cruzou os braços.

— Fumá faz mal.

Tirei o cigarro da boca e o coloquei sobre o balcão.

— Você tem razão. Desculpa.

— Não sou quiança. Você devia pará. O Tenton também.

Trenton observou Olive por um instante, depois olhou para mim.

Dei de ombros.

— Estava ficando caro, de qualquer forma.

Ele tirou seu maço do bolso do casaco e o amassou, depois pegou meu último cigarro e o quebrou ao meio. Então jogou o maço dele no lixo, e eu fiz o mesmo.

Olive ficou parada no meio da cozinha, mais feliz do que eu jamais tinha visto, e seus belos olhos verdes se encheram de lágrimas.

— Ah, Oó! Não chora! — disse Trenton, pegando-a no colo. Ela o abraçou e seu corpinho começou a tremer.

Depois ela levantou a cabeça, me olhou e secou um dos olhos.

— Sou tão abençoada! — disse, fungando.

Eu abracei o Trenton, fazendo um sanduíche de Olive entre nós. As sobrancelhas dele se ergueram, ao mesmo tempo surpreso e tocado pela reação dela.

— Nossa, Oó, se eu soubesse que era tão importante pra você, já teria largado há muito tempo.

Ela apertou o rosto de Trenton, fazendo os lábios dele formarem um bico.

— A mamãe diz que tem mais orgulho de tê parado de fumá do que qualqué outa coisa. Menos eu.

Os olhos de Trenton se suavizaram, e ele a abraçou.

Olive ficou sentada no sofá assistindo a desenhos animados até Trenton ter de ir para casa se arrumar para o trabalho. Cheguei antes dele no Skin Deep e decidi tirar o pó e passar o aspirador, porque o Calvin já havia aberto o lugar, acendido todas as luzes e ligado o computador, que era o que eu fazia quando chegava.

Hazel entrou em disparada pela porta, quase que completamente escondida sob o enorme casaco laranja e o cachecol grosso.

— Desculpa! Desculpa! — disse ela, correndo para sua sala.

Eu a segui até lá, curiosa.

Ela passou um spray desinfetante na cadeira, depois limpou as outras coisas. Estava vasculhando as gavetas, tirando vários pacotes do lugar, quando se virou para me encarar.

— Vou só lavar as mãos, colocar as luvas e estarei pronta!

Franzi a testa.

— Pronta pra quê? Você não tem hora marcada agora de manhã.

Um sorriso travesso se espalhou por seu rosto.

— Ah, tenho sim!

Ela saiu por uns cinco minutos e depois voltou, colocando as luvas.

— Então? — disse, me olhando em expectativa.

— Então o quê?

— Senta! Vamos fazer aquilo!

— Não vou colocar alargadores, Hazel. Já disse. Várias vezes.

Ela projetou o lábio inferior.

— Mas estou de luvas! Tô pronta! Você viu os novos alargadores de leopardo que chegaram na semana passada? São muito fodas!

— Não quero que minhas orelhas fiquem flácidas. É nojento.

— Você não é obrigada a aumentar o tamanho. Podemos começar com um alargador tamanho dezesseis. É minúsculo! Tipo... — Ela curvou o dedão e o indicador para formar um buraquinho no meio.

Balancei a cabeça.

— Não, querida. Fiz o do nariz. Adorei. Já chega.

— Você adora o meu! — disse ela, ficando mais desanimada a cada segundo.

— Sim. O seu. Não quero isso nas minhas orelhas.

Hazel arrancou as luvas e as jogou no lixo, depois xingou muito em tagalo.

— O Trent vai chegar a qualquer momento — falei. — Faz uma tatuagem nova. Libera essa tensão.

— Isso funciona pra você. Eu preciso furar coisas. É isso que me dá paz.

— Esquisito — falei, voltando para a recepção.

Trenton surgiu de repente, com as chaves penduradas no dedo. Claramente de bom humor.

— Baby — disse ele, se apressando até o meu lado e agarrando os meus braços. — O carro tá ligado. Preciso que você venha comigo um instante.

— Trent, o estúdio está aberto, não posso...

— Cal! — ele gritou.

260

— Oi — Cal gritou em resposta, dos fundos.

— Vou levar a Cami pra ver! A gente volta em menos de uma hora!

— Tanto faz!

Trenton me encarou com os olhos brilhando.

— Vem! — disse ele, me puxando pela mão.

Eu resisti.

— Aonde a gente tá indo?

— Você vai ver. — Ele me conduziu até o Intrepid, abriu a porta para mim, e eu sentei. Ele deu a volta pela parte de trás do carro e assumiu o lugar do motorista.

Então dirigiu rapidamente até o lugar para onde estávamos indo, com o volume do rádio um pouco mais alto que o normal, enquanto batucava no volante no ritmo da música. Paramos no Highland Ridge, um dos condomínios mais legais da cidade, e estacionamos na frente do escritório. Uma mulher mais ou menos da minha idade, de terninho e salto alto, estava parada do lado de fora.

— Bom dia, sr. Maddox. Você deve ser a Camille — disse ela, estendendo a mão. — Sou a Libby. Estava ansiosa pelo dia de hoje. — Apertei a mão dela, sem saber o que estava acontecendo.

Trenton pegou minha mão conforme a seguíamos até um prédio nos fundos da propriedade. Subimos as escadas, e Libby pegou um grande molho de chaves, usando uma delas para abrir a porta.

— Então, este é o apartamento de dois quartos. — Ela estendeu o braço e girou lentamente em meio círculo, me fazendo lembrar uma daquelas mulheres de programas de auditório. — Dois banheiros, sessenta e cinco metros quadrados, suporte para lavadora e secadora de roupas, refrigerador, triturador de lixo, lava-louças, lareira, todo acarpetado e permissão para até dois animais de estimação, mediante taxa. Oitocentos e oitenta por mês, oitocentos e oitenta de depósito. — Ela sorriu. — Isso é sem animais, e incluindo taxa de água e lixo. A coleta de lixo é às terças-feiras. A piscina fica aberta de maio a setembro, o clube, o ano inteiro, academia vinte e quatro horas, sete dias por semana, e há opção de estacionamento coberto.

Trenton olhou para mim.

Dei de ombros.

— É incrível.

— Você amou?

— Como não amar? Deixa minha casa no chinelo.

Trenton sorriu para Libby.

— A gente vai ficar.

— Hum... Trenton, a gente pode...? — Eu o puxei para um dos quartos e fechei a porta.

— Que foi, baby? Este lugar não vai ficar vago por muito tempo.

— Achei que você não teria dinheiro até depois da luta do Travis.

Trenton riu e me envolveu com os braços.

— Eu estava economizando para um ano de aluguel e taxas, incluindo minha parte no aluguel do meu pai. Posso pagar nossa mudança agora mesmo.

— Espera, espera, espera... Você disse "nossa"?

— O que eu diria? — perguntou Trenton, confuso. — Você acabou de dizer que amou e que era melhor que a sua casa.

— Mas não disse que ia me mudar também! Eu falei o contrário ontem à noite!

Trenton ficou parado com a boca aberta. Então a fechou de repente e esfregou a nuca.

— Tá bom, então... eu tenho a chave da sua casa, você tem a da minha. Vamos ver como fica. Sem pressão.

— Eu não preciso ter a chave da sua casa agora.

— Por que não?

— Eu só... não preciso. Não sei, parece estranho. E por que você precisa de dois quartos?

Trenton deu de ombros.

— Você disse que precisava do seu espaço. Aquele quarto é para o que você quiser.

Eu queria abraçá-lo e dizer sim e deixá-lo feliz, mas não queria morar com meu namorado. Não ainda, e, se isso acontecesse, seria algo natural, não essa porcaria de armadilha.

— Não.

— Não o quê?

— Pra tudo. Não vou ficar com uma chave. Não vou morar com você. Não vou colocar alargadores. Apenas... não!

— Alargadores... O quê?

Saí em disparada, passei correndo pela Libby, desci as escadas e voltei para o Intrepid. Trenton não me fez esperar no frio por muito tempo. Ele deslizou no assento ao meu lado e deu partida no carro. Enquanto o motor aquecia, ele suspirou.

— Escolhi uma péssima semana pra parar de fumar.

— Nem me fala.

22

*Ocupado com a mudança, Trenton não apareceu muito na semana se-*guinte. Eu o ajudava quando dava, mas as coisas estavam esquisitas. Ele estava mais do que um pouco decepcionado por eu não ir morar com ele. E não conseguia disfarçar os sentimentos melhor do que eu, o que nem sempre era bom.

Na noite de sábado, Raegan estava sentada no sofá com um vestido de festa de parar o trânsito. A alça única parecia contar com diamantes reluzentes, e o restante era de um cetim vermelho que evidenciava suas curvas. O decote coração o tornava ainda mais sexy. Os saltos prateados eram altíssimos, e seu cabelo estava liso e brilhante, metade preso e metade solto.

— Eu queria que a Blia estivesse aqui. Este momento definitivamente pede uma das frases personalizadas dela. Você está impecável.

Seu gloss labial reluziu no sorriso brilhante.

— Obrigada, Cami. Quais são seus planos pra hoje à noite?

— O Trenton ia desempacotar algumas coisas depois de sair do Skin Deep, mas disse que estaria aqui às sete. O Travis está passando por um momento difícil ultimamente, então ele vai dar uma olhada no irmão e depois vem pra cá.

— Quer dizer que você vai tirar a noite de folga?

Assenti.

— O Brazil vem me pegar às sete e meia.

— Você não parece muito feliz com isso.

Ela deu de ombros.

264

Fui até o meu quarto e deslizei as portas do armário. A da esquerda estava escapando do trilho, então eu tinha de ter cuidado. Minhas roupas eram cuidadosamente organizadas por tipo e subtipo, depois por cores. Os suéteres estavam pendurados na ponta esquerda, várias blusas, jeans e depois, mais à direita, os vestidos. Eu não tinha muita coisa — estava mais preocupada em pagar as contas do que em incrementar meu guarda-roupa, e Raegan me deixava pegar as coisas dela emprestadas. Trenton ia me levar a um restaurante italiano chique na cidade, depois a gente ia beber alguma coisa no Red. Era para ser uma noite tranquila. O cartão e o presente dele estavam numa sacola vermelha em cima da cômoda. Era meio idiota, mas eu sabia que ele ia gostar do gesto.

Peguei a única coisa que era próxima de adequada: um vestido preto de crochê com forro branco e mangas três-quartos. Com um decote redondo modesto, era o único vestido que eu tinha que não acentuava meus seios e não chamaria atenção em um restaurante sofisticado. Coloquei sapatos vermelhos e colar e brincos da mesma cor, e era isso.

Houve uma batida à porta pouco antes das sete, e dei uma corridinha até a sala.

— Não levanta. Deve ser o Trent.

Mas não era, era o Brazil. Ele olhou para o relógio de pulso.

— Desculpa, eu tô adiantado. Eu estava sentado em casa e...

Raegan se levantou, e ele ficou sem fala por um instante. Sua boca se curvou para o lado.

— Você está bonita.

Franzi a testa. Raegan estava maravilhosa, e eu percebi que o Brazil fingiu não estar impressionado. Ele não estava sendo malvado em relação a isso, mas havia um leve arrependimento em seus olhos. Raegan nem reclamou da falta de reação dele, apenas fez a mesma expressão do namorado e pegou a bolsa no balcão da cozinha.

— É melhor levar um casaco, Ray — disse Brazil. — Está frio.

Abri o armário da entrada e lhe entreguei seu casaco preto de festa. Ela me deu um sorrisinho de agradecimento, depois os dois fecharam a porta e partiram.

Voltei para o quarto e terminei de ajeitar o cabelo. As sete horas chegaram e passaram, e sete e meia também. Às oito, peguei o celular e dei uma olhada. Nada. Tentei ligar, mas caiu direto na caixa postal.

Às quinze para as nove, eu estava sentada no sofá de dois lugares, jogando um joguinho idiota de pássaros no celular. O fato de o Trenton não ligar para explicar o atraso não ajudava a melhorar minha raiva crescente.

Alguém bateu à porta, e eu me levantei num pulo. Abri e encontrei Trenton, ou parte dele, porque ele estava escondido atrás de um vaso com várias dúzias de rosas vermelhas.

Arfei e cobri a boca.

— Puta merda, isso tudo é pra mim? — perguntei.

Trenton entrou e colocou o vaso sobre o balcão. Ele estava usando as roupas do trabalho, e de repente eu me senti arrumada demais.

Quando ele virou, não estava sorrindo.

— Que foi? Tudo bem com o Travis? — perguntei.

— A moto dele estava estacionada na Ugly Fixer Liquor, então provavelmente não.

Eu o abracei com força.

— Obrigada pelas flores. — Quando notei que suas mãos estavam nas laterais do corpo, eu me afastei.

Trenton estava claramente se esforçando para manter a expressão calma.

— Foram entregues tarde no estúdio, depois que você saiu. Não são minhas.

— De quem são? — perguntei.

Ele apontou para o vaso.

— Tem um cartão.

Estiquei o braço e tirei o minúsculo envelope vermelho da embalagem de plástico. Quando puxei o cartão, meus lábios se moveram, mas nada saía enquanto eu lia rapidamente as palavras.

Eu me convenci a não fazer isso várias vezes esta semana, mas tive de fazer.

Amor eterno,

T.

Fechei os olhos.

— Merda. — Coloquei o cartão virado para baixo sobre a fórmica verde-clara e o mantive ali, olhando para o Trenton. — Eu sei o que você está pensando.

— Não, não sabe.

— Não estou falando com ele. A gente não se fala há semanas.

— Então *foi* o T.J. — disse Trenton, com o rosto e o pescoço em três tons diferentes de vermelho.

— Sim, mas acho que nem ele sabe por que mandou essas flores. Vamos apenas... — Estendi a mão para Trenton, mas ele se afastou. — Vamos apenas esquecer... — falei, fazendo um gesto de desdém para as rosas — e nos divertir hoje. — Ele enfiou as mãos nos bolsos, os lábios formando uma linha fina. — Por favor — implorei.

— Ele mandou isso pra foder com a sua cabeça. E com a minha.

— Não — falei —, ele não faria isso.

— Não defende o cara! Isso é palhaçada! — disse ele conforme virava na direção da porta e depois voltava para me encarar. — Fiquei sentado no trabalho esse tempo todo, encarando essa merda. Eu queria me acalmar antes de chegar aqui, mas isso é... é desrespeitoso pra caralho, é isso! Eu me mato pra te provar que sou melhor pra você do que ele jamais foi, mas ele continua forçando a barra e aparecendo e... Não posso competir com um playboyzinho universitário da Califórnia. Eu mal consigo me virar sem diploma, e até alguns dias atrás ainda morava com o meu pai. Mas tô tão apaixonado por você, Cami, que merda — disse ele, vindo na minha direção. — Eu te amo desde que a gente era criança. Na primeira vez que te vi no parquinho, eu entendi o que era beleza. A primeira vez que você me ignorou foi a primeira vez que alguém partiu meu coração. Achei que eu estava fazendo as coisas certas, desde o instante em que sentei na sua mesa no Red. Ninguém nunca desejou uma pessoa como eu desejo você. Durante *anos* eu... — Ele estava respirando com dificuldade e travou o maxilar. — Quando fiquei sabendo sobre o seu pai, eu queria te salvar — disse ele, dando uma risadinha sem emoção. — E, naquela noite no seu apartamento, achei que eu finalmente tinha feito alguma coisa certa. — Ele apontou para o chão. — Que o propósito da minha vida era te amar e te proteger... mas eu não me preparei pra ter que dividir você.

Eu não sabia se podia consertar isso. Era o nosso primeiro Dia dos Namorados, e ele estava furioso. Mas eu sabia que aquelas flores não tinham nada a ver com o Trenton e tudo a ver com T.J. estar arrasado. Ele me amava, mas a gente não conseguia fazer dar certo. Trenton não podia entender porque qualquer tentativa de explicação levaria a perguntas — que eu não podia responder. Era difícil ficar com raiva de qualquer um dos dois e fácil ficar com raiva de mim por colocar todos nós nessa situação.

Entrei na cozinha, abri a lata de lixo, peguei o vaso e o deixei cair direto no fundo.

Trenton me observou com uma careta, mas depois seu rosto todo se suavizou.

— Não precisava ter feito isso!

Eu me apressei até ele e envolvi os braços em sua cintura, pressionando o rosto em seu ombro. Mesmo eu estando de salto, ele era mais alto que eu.

— Eu não quero aquelas flores. — Levantei o olhar para ele. — Eu quero *você*. Não estou com você só porque não consegui minha primeira opção. Se você acha que ama duas pessoas, você escolhe a segunda, certo? Porque, se eu amasse mesmo o T.J., não teria me apaixonado por você.

Trenton baixou o olhar para mim, com os olhos pesados de tristeza.

— Em teoria — disse ele, dando uma risada.

— Eu queria que você pudesse ver através dos meus olhos. Toda mulher que te conhece quer ter uma chance com você. Como você pode pensar que é um prêmio de consolação?

Trenton recostou a palma da mão no meu maxilar, depois se afastou.

— Merda! Eu estraguei a nossa noite! Sou um babaca do caralho, Cami! Eu estava estressado porque queria te comprar flores, mas elas são tão caras... e aí aparece esse buquê gigante. Sou um idiota. Sou um idiota irracional, egoísta e inseguro que tem muito medo de te perder. É difícil demais acreditar que você já é minha. — Seus olhos estavam tão tristes que partiram meu coração.

— Desde que a gente era criança? Mas você nunca falou comigo. Achei que você nem sabia quem eu era.

Ele deu uma risada.

— Você me apavorava.

Ergui uma sobrancelha.

— Um dos garotos Maddox? Com medo?

Seu rosto se comprimiu.

— A gente já perdeu a primeira mulher que amou. A ideia de passar por tudo isso de novo nos apavora.

Meus olhos instantaneamente se encheram de lágrimas, e elas escorreram. Agarrei a camisa dele e o puxei para mim, beijando-o com força. Em seguida, me apressei até o quarto, peguei a sacolinha e o cartão e voltei até ele. Segurei a sacola diante de mim.

— Feliz Dia dos Namorados.

Trenton ficou branco.

— Sou o maior babaca da história dos babacas.

— Por quê?

— Fiquei tão preocupado com as flores que esqueci seu presente no estúdio.

— Tudo bem — falei, acenando. — Não é nada de mais.

Ele abriu o cartão, leu e olhou para mim.

— O cartão que eu comprei pra você não é tão bom.

— Para. Abre o presente — falei, meio eufórica.

Ele enfiou a mão na sacola e puxou algo enrolado em papel de seda branco. Abriu e segurou a camiseta na frente do corpo. Ainda com ela levantada, colocou a cabeça pela lateral.

— O seu presente também não é tão incrível.

— Não é incrível. É só uma camiseta.

Ele a virou, apontando para a fonte do tipo *Guerra nas estrelas*.

— "Que o Schwartz esteja com você"? Essa é a mais foda de todas as camisetas!

Eu pisquei.

— Então... isso é uma coisa boa?

Alguém bateu à porta, e Trenton e eu demos um pulo. Sequei os olhos enquanto Trenton espiava pelo olho mágico. Ele virou para mim, claramente confuso.

— É... é o Kody.

— O Kody? — perguntei, abrindo a porta.

— A Ray está tentando te ligar — disse ele, chateado. — Ela e o Brazil brigaram de novo. Ela precisa de carona pra casa. Eu ia pegá-la, mas ela acha melhor você ir.

— Merda — falei, correndo para vestir o casaco.

— Minha caminhonete tá ligada — disse Kody. — Eu dirijo.

Apontei para ele.

— Não começa nenhuma merda.

Kody levantou as mãos enquanto eu passava. Nós nos amontoamos na caminhonete dele e fomos até a sede da Sig Tau.

Carros se enfileiravam na rua, e a casa estava decorada com luzes e fitas vermelhas enfeitadas com latas de cerveja e corações recortados. Algumas pessoas estavam do lado de fora, mas a maioria saía apressada da rua rumo ao calor da casa.

Trenton me ajudou a descer da caminhonete de Kody, e encontramos com ele no lado do motorista. O baixo da música estava martelando no meu peito, e me lembrou do Red. Assim que comecei a ir em direção à casa, Trenton me segurou. Ele estava olhando para uma vaga na frente da caminhonete do Kody.

— Porra — disse ele, inclinando a cabeça na direção da sede.

A Harley do Travis estava estacionada ali, e uma garrafa pequena de uísque estava ao lado, sobre a grama seca.

Uma garota gritou:

— Me coloca no chão, droga!

Era Abby, e ela estava pendurada no ombro de Travis, socando-o e chutando. Ele foi até um carro e a jogou no banco de trás. Depois de uma conversa rápida com o motorista, Travis entrou no banco traseiro com a Abby.

— A gente deve...? — comecei, mas Trenton balançou a cabeça.

— Eles estão nessa há semanas. Não quero me meter nesse desastre.

O carro saiu, e nós entramos na casa. No instante em que pisamos no salão principal, as pessoas começaram a olhar e a sussurrar umas com as outras.

— Trent! — disse Shepley, com um sorriso largo no rosto.

— Acabei de ver o Travis — comentou Trenton, apontando para trás.

Shepley deu uma risadinha.

— É. Eles vão acabar voltando hoje.

Trenton balançou a cabeça.

— Eles são loucos.

Kody deu um passo à frente.

— Estamos procurando o Brazil e a Raegan. Você sabe onde eles estão?

Shepley deu uma olhada ao redor e então deu de ombros.

— Não vejo os dois faz algum tempo.

Procuramos no andar de baixo, depois no andar principal e então seguimos para o piso de cima. Kody não deixou passar um único quarto, nem mesmo os armários. Quando chegamos à varanda, encontramos o Brazil.

— Jason — falei. Ele virou. Fez um sinal com a cabeça para Trenton, mas olhou Kody de cima a baixo.

— Esta é uma festa da Sig Tau, pessoal. Desculpa, mas vocês não podem ficar.

— Eu sou da Sig Tau — disse Trenton.

— Sem querer ofender, cara, mas você não é mais.

Kody virou o ombro para Brazil, se esforçando ao máximo para não atacá-lo.

— Onde está a Ray?

Brazil balançou a cabeça e olhou para baixo. Depois levantou o olhar para mim.

— Eu tentei fazer dar certo. Eu realmente tentei dessa vez. Só não consigo ser grudento.

Kody se aproximou, e Trenton colocou a mão no peito dele.

— Ela não é grudenta — disse ele entre dentes. — Você devia agradecer pelo tempo que ela quer passar com você.

Brazil começou a responder, mas eu levantei a mão.

— Jason, a gente não tá aqui pra te julgar.

— Fale por você — rosnou Kody.

Inclinei a cabeça na direção de sua estrutura larga.

— Você não tá ajudando. Cala a boca.

— Você sabe onde ela está? — perguntou Trenton. — A gente só veio pra levar a Raegan pra casa.

Ele balançou a cabeça.

— Não sei.

Deixamos o Brazil ali sozinho e voltamos para o andar principal. Saímos da sede, e o Trenton me envolveu com o braço para espantar o frio.

— E agora? — perguntou Kody.

— Tenta ligar pra ela — falei, tremendo.

Voltamos para a caminhonete e congelamos quando vimos Raegan sentada no meio-fio, perto do pneu traseiro de Kody.

— Ray? — chamou ele.

Ela se levantou e virou, erguendo o celular.

— Morreu — disse.

Kody a envolveu nos braços enormes, e ela retribuiu o abraço, chorando. Ele subiu na caminhonete com ela ainda nos braços, e Trenton e eu demos a volta na cabine. Estranhamente, a Raegan não queria falar da briga com o Brazil. Em vez disso, o Travis foi o assunto da conversa.

— E aí ele disse: "E ao horror de perder sua melhor amiga porque você foi idiota o bastante para se apaixonar por ela", ou algo assim. — Ela colocou a palma da mão no peito de Kody. — Eu quase morri.

Dei uma olhada para Trenton, mas, em vez da expressão divertida que eu esperava encontrar, ele estava perdido em pensamentos.

— Você tá bem? — perguntei.

— Isso me pareceu familiar demais — respondeu ele.

Beijei seu rosto.

— Baby, para. A gente tá bem.

— A gente nem jantou.

— Vamos passar no mercado — disse Kody. — Compramos algumas coisas. Eu cozinho.

— Eu ajudo — disse Trenton.

272

— Ah, tem comida em casa — falei. — Tenho um estoque por um bom tempo.

— Você tem conchiglione? — perguntou Kody.

— Temos — eu e a Raegan respondemos ao mesmo tempo.

— Manteiga? — ele quis saber. Assentimos. — Farinha? Tempero? — Olhei para Trenton, que fez que sim com a cabeça. — Leite? Queijo apimentado? — Neguei com a cabeça.

Trenton falou:

— Mas tem pimenta.

Kody assentiu.

— Serve. Tomate? Chili verde? Farinha de rosca?

— Não tem farinha de rosca — respondeu Trenton.

Kody virou o volante para a direita, e seguimos até seu apartamento. Ele ficou por lá por menos de um minuto, e já estávamos a caminho de casa com um pacote de farinha de rosca.

— Estou morrendo de fome — falei. — O que você vai fazer?

— Uma refeição gourmet de Dia dos Namorados — respondeu Kody, exagerando no drama. — Macarrão com queijo à moda do sudoeste.

Todos nós rimos, e meu estômago roncou. Parecia maravilhoso.

Trenton sussurrou no meu ouvido:

— Me desculpa por não ter te levado pra jantar.

Agarrei o braço dele.

— Isso é muito melhor do que o que a gente tinha planejado.

Ele beijou meu rosto e me apertou de lado.

— Concordo.

23

Mesmo cursando só algumas matérias, as provas do meio do semestre estavam acabando comigo. Kody, Raegan, Gruber, Blia e eu ficávamos estudando no Red antes de começar o movimento ou quando as coisas estavam devagar, e Trenton me ajudava a estudar no Skin Deep. A semana do saco cheio estava se aproximando, e eu estava ansiosa pela folga e pela grana extra que ganharia por trabalhar mais horas, mas antes eu tinha de passar pelas provas.

A primeira semana de março foi um borrão, e a semana das provas foi ainda pior, mas, apesar de ter me tomado o tempo disponível, eu fiz todas elas e me senti bem o bastante para curtir o feriado.

Depois do trabalho, na noite de domingo, em vez de ir para o meu apartamento, segui para a casa de Trenton. Quando Kody não estava passando a noite em casa, a Raegan estava na dele. Depois dos primeiros dias de "estamos ou não estamos?", eles decidiram recomeçar de onde tinham parado, e eu nunca vira minha amiga tão feliz. Mas a lua de mel dos dois estava começando a me deixar desconfortável, apesar de eu poder curtir de novo os cafés da manhã de Kody. Por mais que eu adorasse vê-la sorrindo, dormir na casa de Trenton era um alívio por vários motivos.

Na manhã de segunda-feira, eu rolei de lado e lentamente comecei a despertar. O corpo todo de Trenton envolvia o meu. Alternar entre dormir de conchinha de um lado e do outro enquanto virávamos havia se tornado um ritual diário. Eu ficava mais confortável dormindo sobre o meu lado direito, e Trenton, sobre o esquerdo, então a gente virava muito.

Eu bocejei, e, como de costume, Trenton me puxou mais para perto. As paredes brancas do quarto estavam enfeitadas com fotos da família com molduras antigas de bronze, retratos da mãe e muitas fotos nossas: no Red Door, no Skin Deep e uma ridícula da gente comemorando o fim da minha sexta tatuagem, um pavão intricado em tons de amarelo, azul, verde, vermelho e roxo profundos, que ia dos quadris até o meio das costelas. Trenton disse que era a melhor que ele já tinha feito, e ele a traçava com carinho à noite, antes de dormir.

Meu corpo estava se tornando uma obra de arte ambulante, e eu gostava disso. Trenton me perguntara algumas vezes por que eu continuava trabalhando no estúdio, mesmo depois de o Coby terminar o programa e se recuperar, e eu provocava dizendo que era pelas tatuagens de graça. Mas, sinceramente, Trenton as teria feito de graça, de qualquer maneira — uma vantagem de ser a namorada do artista.

Entre um compromisso e outro, ele rabiscava e rascunhava na minha mesa, e, quando eu me apaixonava por uma imagem, pedia para ele desenhá-la na minha pele. Os originais eram emoldurados e pendurados no meu quarto, e Trenton tinha as recriações na sua cama.

Levantei e me esgueirei até o banheiro. A luz do sol refletindo nas paredes brancas fez meus olhos se estreitarem. Tropecei na estante de toalhas que eu havia ajudado a escolher, em seguida abri o armário para pegar a escova de dente que eu deixava ali. Era tudo tão caseiro, e, apesar de eu achar que não era capaz de fazer isso, eu fazia... e adorava cada instante.

Sentei no sofá laranja e esfreguei os olhos. Àquela hora da manhã, se as persianas estivessem abertas, o sol atingiria o mosaico de vidro e espelho pendurado sobre o sofá e refletiria um milhão de arco-íris na parede em frente. Eu adorava sentar ali com uma xícara de café e curtir a visão. Eu só bebia café na casa dele. Raegan e eu não tínhamos cafeteira, e ali eu podia fazer uma xícara de cada vez.

Trenton saiu se arrastando do quarto e esfregou o rosto.

— Por algum motivo eu tô cansado pra caralho — disse ele, com a voz rouca e profunda. Ele se sentou ao meu lado e apoiou a cabeça no meu colo. Tínhamos passado a máquina no cabelo dele na noite anterior, por isso estava especialmente espetado quando passei os dedos.

— Não esquece — disse ele.

— Eu sei. A luta do Travis pode ser a qualquer momento, e você precisa ir assim que ele ligar pra ficar de olho na Abby.

— Espero que aquele monte de merda que atacou a Abby da última vez apareça. Ele vai desejar que fosse o Travis batendo nele.

— Se você bater mais nele do que o Travis bateu, vai matar o cara. Então vamos desejar que ele não apareça.

— Você pode ficar com o meu apartamento enquanto eu estiver na cadeia.

Revirei os olhos.

— Que tal não ir pra cadeia? Eu meio que gosto das coisas do jeito que estão.

Ele levantou o olhar para mim.

— Gosta?

— Imensamente.

— Tenho uma chave com o seu nome.

— É cedo demais, baby, não começa — suspirei.

Ele sentou.

— Um dia desses vou parar de perguntar, e você vai sentir falta.

— Duvido.

— Duvida que eu pare de perguntar, ou que você vai sentir falta?

— As duas coisas.

Ele franziu a testa.

— Isso não é legal.

Dei uma olhada no relógio.

— Temos que trabalhar daqui a duas horas.

— Não temos, não. Pedi folga.

— Tá bom. *Eu* tenho que trabalhar daqui a duas horas.

— Pedi folga pra nós dois.

Minhas sobrancelhas se uniram.

— Por quê?

— Porque eu estou à disposição do Travis, e achei que você ia gostar de ir junto.

— Você não pode pedir folga por mim sem me perguntar antes, Trenton. E o Cal também não devia deixar você fazer essas merdas.

276

— É só um dia. Você nem precisa do segundo emprego, na verdade.

— Eu gosto de trabalhar, e não importa se eu preciso ou não, você passou dos limites. É o meu dinheiro, Trenton. Não foi legal — falei, me levantando. A cabeça dele caiu nas almofadas, e então ele me seguiu até o banheiro.

— Tá bom, então. Vou ligar para o Cal e dizer que você vai trabalhar.

— Não, *eu* vou ligar para o Cal. Desde quando você precisa falar com meu chefe por mim? — perguntei, vestindo uma calça jeans e camiseta.

Os ombros de Trenton desabaram.

— Não vai embora, baby, poxa. Eu queria passar o dia com você. Desculpa.

Calcei os sapatos e vesti o casaco, e, depois de encontrar o celular, as chaves e a bolsa, segui para a porta da frente.

Trenton pressionou a palma da mão contra a porta.

— Não vai embora com raiva.

— Não estou com raiva. Tô furiosa pra caralho. É exatamente esse o motivo pelo qual eu não quero morar com você, Trenton. Você não pode controlar a minha vida.

— Não estou tentando controlar a sua vida! Eu estava tentando fazer uma coisa legal!

— Tá bom, mas você entende por que eu acho que você passou dos limites?

— Não, eu acho que você está exagerando.

Suspirei.

— Vou embora. Tira a mão daí.

Ele não tirou.

— Trenton, por favor, tira a mão. Eu quero ir pra casa.

Ele recuou.

— Pra casa. Aqui é a sua casa. Você ficou aqui a semana toda. E adorou! Não sei por que você está sendo tão teimosa em relação a isso. Você estava pensando em se mudar pra porra da Califórnia com o babaca em menos tempo do que estamos juntos!

— O T.J. morava no apartamento dele fazia *dois anos*! Ele era um pouco mais estável!

A boca do Trenton desabou, como se eu tivesse dado um tiro nele.

— Que merda, baby. Solta o verbo.

Eu estremeci.

— Eu não devia ter dito isso. Desculpa.

Ele deu um passo em minha direção, e eu me encolhi toda. Por mais que a comparação com T.J. o tivesse magoado, meu pequeno reflexo o magoou ainda mais.

Ele falou baixo e devagar:

— Eu *nunca* bateria em você.

— Eu sei. Foi a força do hábito... Eu...

Ele se afastou de mim, foi para o quarto e bateu a porta. Meus ombros se encolheram, e eu fechei os olhos.

Depois de alguns segundos de silêncio, um barulho alto veio do outro lado da porta, como se ele tivesse virado a cômoda, mas eu não sabia bem o que era. Não fiquei para descobrir. Eu me apressei porta afora, desci a escada e entrei no jipe.

Com os universitários em recesso, o estúdio estava às moscas. Conforme as horas se arrastavam sem clientes, a culpa me consumia. Trenton sabia que ficaríamos absurdamente entediados no trabalho, por isso fazia sentido tirar o dia de folga. Ainda assim, eu não podia me desculpar pela forma como me sentia. Eu tinha me esforçado muito para me manter sozinha, e não havia nada de errado em querer preservar minha independência pelo tempo que pudesse.

Eu estava sentada no balcão, balançando as pernas. Hazel estava no sofá perto da porta da frente, lixando as unhas até virarem garras.

— Ele deu um bom argumento — disse ela.

— Qual? — perguntei, de cara feia.

— Você ia morar com o T.J. Por que não com o Trent? Ele é tão estável quanto qualquer pessoa.

— Não me faz sentir pior do que eu já tô. Eu só estava com raiva.

— Ele sabe.

— Então por que não me ligou?

— Talvez ele também esteja se sentindo culpado. Talvez esteja mortificado por você ter se encolhido.

— Foi um reflexo. Não consegui controlar.

— Ele sabe. No fundo, ele sabe. Acho que ele só ficou chocado. Ele já disse que o objetivo dele é te proteger, não disse?

— Foi o que ele falou.

— Mas aí ele te assusta.

— Não de propósito.

— Mesmo assim. Eu entendo por que ele ficou tão magoado. Calvin! — gritou ela, me fazendo dar um pulo.

— Que foi? — ele gritou de volta.

— Vamos fechar essa merda! Ninguém apareceu o dia todo, e a Cami vai ter que ir para o Red, de qualquer forma.

Calvin veio até a recepção, sem nenhuma emoção no rosto.

— Você acabou de chamar o estúdio de merda?

— Sim — ela respondeu. — Estou demitida?

— O Bishop apareceu? — perguntou ele.

Hazel assentiu.

— Apareceu, mas recebeu uma mensagem uns quinze minutos atrás. Vai ter luta hoje à noite.

— O quê? — falei, ficando de pé. — Foi pra lá que ele foi?

Hazel assentiu mais uma vez.

— Foi. E daí?

— E daí que o Trent vai estar lá hoje à noite. Ele vai apostar uma grana alta e tem que ficar de olho na Abby para o Travis. Parece que um cara atacou a garota da última vez.

— Não brinca — disse Hazel, com os olhos amendoados arregalados.

— Podemos fechar, se você retirar o que disse sobre o estúdio e se a gente puder beber no Red — disse Calvin, olhando para mim. — De graça.

Balancei a cabeça.

— Eu pago a primeira rodada, mas drinques de graça são motivo pra demissão, então isso é um não.

— Retiro o que eu disse — falou Hazel. — Este é o estúdio mais lindo e maravilhoso do mundo, e eu não quero ir embora nunca. Exceto agora.

Calvin fez que sim com a cabeça.

— Eu te encontro lá.

Hazel bateu palmas.

— Tenho o melhor! Emprego! Do mundo! — Ela se levantou e correu para a sala para pegar suas coisas.

Fechei o caixa e desliguei o computador, e o Calvin apagou as luzes dos fundos.

Segui até o jipe e parei quando vi Trenton chegando no Intrepid. Ele estacionou e saltou do carro. Pegou as chaves da minha mão, abriu a porta do motorista do jipe, deu partida e saiu do meu carro.

— É noite de luta. Keaton Hall. Tenho que ir, já tô atrasado, mas queria te ver. — Ele beijou meu rosto.

Um pânico esquisito tomou conta de mim, como se ele estivesse se despedindo. Agarrei sua camisa, impedindo-o de se afastar.

— Tá tudo bem entre a gente? — perguntei.

Ele pareceu aliviado.

— Não, mas vai ficar. — Ele me deu um leve sorriso triste, a covinha afundando na bochecha.

— O que isso significa?

— Que sou um idiota, mas que vou resolver tudo. Eu juro. Só... não desiste de mim, tá?

Balancei a cabeça.

— Para.

— Tenho que ir, baby. — Ele beijou minha testa e se apressou até o seu carro.

— Me liga quando terminar. Tô com uma sensação esquisita.

Ele piscou para mim.

— Eu também. Isso significa que vou ganhar uma tonelada de dinheiro hoje.

Ele saiu de ré do estacionamento, e eu entrei no jipe. Estava quente, e eu agarrei o volante, tomada de afeto pelo homem que sempre cuidava tão bem de mim. Hazel apertou a buzina do seu Eagle Talon preto, e eu a segui direto até o Red.

24

— *Todo mundo sumiu. É uma maldita tragédia* — *disse Raegan.* — Essas lutas malditas. Essas lutas *malditas*!

— Que drama — falei, observando-a atirar com raiva uma moeda de vinte e cinco centavos no pote de gorjetas vazio. — Lembra da última vez que você xingou o Círculo? Todos eles apareceram depois, nós trabalhamos feito doidas e todos foram expulsos antes de ao menos pedirem uma bebida.

— Eu lembro — disse Raegan, esmagando a bochecha com a palma da mão. Ela bufou, e sua franja voou.

— Não fica tão triste, gata! — gritou Kody do outro lado do salão.

Uma garota entrou correndo, fazendo Kody parar por meio segundo. Ela falou rapidamente com um dos cinco caras que estavam nas mesas de sinuca, puxou o braço dele, e os dois saíram voando de lá.

Foi aí que eu notei as pessoas verificando mensagens e atendendo o celular, depois saindo porta afora.

Raegan também percebeu. Ela se levantou, as sobrancelhas se aproximando.

— Isso é... estranho. — E acenou para Kody. — Tem briga lá fora?

Ele se inclinou para trás, tentando fazer contato visual com Gruber na entrada.

— Tá acontecendo alguma coisa aí fora? — gritou ele. Sua voz ressoou, superando até mesmo a música da balada. Kody balançou a cabeça para Raegan. — Nada.

Blia entrou correndo, com o celular no alto.

— Puta que pariu! Tá tudo no Facebook! — gritou ela. — O Keaton Hall tá em chamas!

— O quê? — falei, todos os músculos do meu corpo ficando tensos.

— Desliga essa merda! — Hank gritou para o DJ. A música foi silenciada, e Hank pegou o controle remoto e ligou a tevê, que normalmente transmitia eventos esportivos. Ele mudou de canal até encontrar o noticiário.

A imagem escura estava trêmula, mas finalmente entrou em foco. A fumaça saía do Keaton em espiral, e alunos apavorados corriam pelo gramado. A legenda dizia: "Vídeo amador feito com celular do lado de fora do Keaton Hall, na Universidade Eastern".

— Não. Não! — gritei, pegando minhas chaves. Empurrei a porta articulada do bar e dei dois passos antes de o Hank me impedir.

— O que você tá fazendo? — perguntou ele.

— O Trent tá lá! Ele tá na luta do Travis! — Puxei o braço, mas ele não me soltou.

Jorie se aproximou com os olhos trêmulos.

— Você não pode entrar lá, Cami. Está pegando fogo!

Eu me debati.

— Me solta! Me *solta*! — berrei.

Kody se aproximou, mas, em vez de me soltar, ajudou o Hank a me segurar. Gruber apareceu por ali, mas parou a alguns metros de distância, observando com olhos arregalados.

— Shhh — disse a Raegan, me afastando delicadamente deles. — Liga pra ele — falou, me passando seu celular.

Eu peguei o aparelho, mas minhas mãos tremiam tanto que eu não conseguia digitar. Raegan pegou o telefone de volta.

— Qual é o número dele?

— Quatro zero dois um quatro quatro oito — respondi, tentando não surtar ainda mais. Meu coração parecia que ia saltar do peito, e eu estava arfando depois de tentar me desvencilhar de Hank e Kody.

Esperamos. Ninguém se mexeu. Ninguém falou. Os olhos de Raegan dançaram pelo ambiente até finalmente parar em mim. Ela balançou a cabeça.

Eu não esperei para lhes dar outra chance de me segurar. Saí correndo até a entrada e disparei até o jipe. Minhas mãos ainda tremiam, e tive de tentar algumas vezes antes de conseguir enfiar a chave na ignição, mas, depois que o motor deu partida, eu arranquei.

O campus ficava a menos de dez minutos, e passei por cima de várias calçadas para desviar do trânsito e chegar ao estacionamento mais próximo do Keaton Hall. A cena era ainda mais apavorante ao vivo. A água dos caminhões pipa já havia inundado o solo e chegado ao asfalto. Conforme eu corria pelo gramado, minhas botas afundavam na grama encharcada.

As luzes vermelhas e azuis das viaturas polícia reluziam nos prédios ao redor. Parecia haver quilômetros de mangueiras saindo dos hidrantes até as diversas janelas e portas do Keaton, para onde os bombeiros corriam, rumo ao perigo. Pessoas gritavam, choravam e chamavam nomes. Dezenas de corpos estavam estendidos em fila, cobertos por mantas de lã amarelas. Passei entre eles, encarando os sapatos, rezando para não encontrar os coturnos marrons do Trenton. Quando cheguei ao fim da fila, recuei. Um pé estava sem o salto. O outro estava descalço, as unhas perfeitamente cuidadas. O dedão estava pintado em V, preto e branco, e com um coração vermelho. Quem quer que fosse ali, estava viva quando as unhas foram pintadas, e agora jazia sem vida no solo frio e molhado.

Cobri a boca e comecei a buscar os rostos ao redor.

— Trent! — gritei. — Trenton Maddox! — Quanto mais o tempo passava, mais corpos eram arrastados para fora e menos pessoas eram resgatadas. O cenário parecia uma zona de guerra. Tantos clientes meus frequentavam essas lutas: colegas de turma, da faculdade e do ensino médio. Desde que eu havia chegado ao local, não tinha cruzado com nenhum deles. Não tinha visto Travis nem Abby, e me perguntei se eles também estavam entre os mortos. Se Trenton tivesse conseguido escapar e o irmão não, ele ficaria arrasado. Depois de um tempo, o local ficou misteriosamente quieto. O choro foi reduzido a lamentos, e o único som era o das mangueiras zumbindo e de gritos ocasionais entre os bombeiros. Estremeci e, pela primeira vez, percebi que não estava de casaco.

Meu celular tocou, e eu quase o derrubei ao tentar levá-lo ao ouvido.

— Alô? — gritei.

— Cami? — disse Raegan. — Fique onde está! O Trent tá indo te encontrar!

— O quê? Você falou com ele?

— Falei! Ele tá bem! Fica onde está!

Eu desliguei e apertei o celular contra o peito, tremendo descontroladamente e olhando ao redor, esperando e desejando que Raegan estivesse certa. Trenton apareceu a uns cem metros de distância, correndo na minha direção.

Minhas pernas cederam, e eu desabei de joelhos, soluçando. Trenton caiu na minha frente, me envolvendo com os braços.

— Tá tudo bem! Estou aqui!

Não consegui falar. Não consegui fazer nada além de soluçar e agarrar sua camisa. Trenton arrancou o casaco e o colocou sobre os meus ombros, depois me abraçou de novo, me embalando até eu me acalmar.

— Tá tudo bem, baby — disse ele, com a voz calma e apaziguadora. Seu rosto estava coberto de fuligem e suor, e a camisa estava imunda. Ele cheirava a fogueira, mas ainda assim eu enterrei a cabeça em seu peito.

— E o Travis e a Abby? — finalmente consegui perguntar.

— Eles estão bem. Vem comigo — disse ele, se levantando. — Vou te levar pra casa, onde está quentinho.

Trenton dirigiu o jipe até o meu apartamento. Hank fechara o bar em solidariedade, e Raegan e Kody estavam aninhados no sofá, vendo o noticiário, enquanto Trenton e eu nos alternávamos no chuveiro.

Com uma calça de moletom cinza e meias quentes, eu me juntei ao Trenton no quarto. Eu o abracei com força, pressionando a têmpora na lateral de seu corpo. Meu cabelo molhado estava ensopando sua camiseta do S.O.S., mas ele não se importava. Era muito difícil processar aquilo tudo, então a gente só ficou ali em silêncio, abraçados até eu cair no choro de novo.

Kody bateu à minha porta, depois entrou, seguido de Raegan. Ela olhava para todos os lados, menos para os meus olhos.

— A mãe do Baker acabou de ser entrevistada. Ele não sobreviveu.

Fiquei arrasada, mas já tinha chorado tudo o que tinha para chorar. Apenas fechei os olhos, e meus lábios estremeceram. Trenton me abraçou com mais força, e nós dois demos um pulo quando o celular dele tocou.

Ele olhou para o aparelho, que tocou de novo.

— É só um número.

— Local? — perguntei. O aparelho tocou pela terceira vez. Ele fez que sim com a cabeça. — Atende.

Ele levou o celular ao ouvido, hesitante.

— Alô? — Depois de uma breve pausa, colocou o celular no colo. — Tarde demais.

Kody e Raegan foram para cama, mas eu fiquei simplesmente ali deitada no colo de Trenton. Eu não queria apagar as luzes. Queria vê-lo com meus próprios olhos, saber que ele estava vivo e bem.

Trenton passou os dedos no meu cabelo.

— Eu deixei ela para trás — disse ele.

Eu sentei.

— Quem?

— A Abby. O Travis não conseguia chegar até a gente. Ele queria sair por onde todo mundo entrava, e a Abby estava nos levando para a entrada dos fundos. A gente se perdeu. Encontramos um grupo de meninas perdidas. Elas estavam seguindo um cara, mas ele parecia tão perdido quanto elas. Eu entrei em pânico. — Ele balançou a cabeça, encarando a parede. — E eu deixei a Abby para trás, porra. — Uma lágrima escorreu pelo seu rosto, e ele olhou para baixo.

— Ela escapou — falei, pousando a mão em sua coxa.

— Eu prometi ao Travis que ia cuidar dela. Quando apareceu uma situação de vida ou morte, eu amarelei.

Segurei e virei seu queixo para ele me encarar.

— Você não amarelou. Você tem uma intuição forte, e a sua mãe tá do outro lado te protegendo. O que aconteceu com o grupo?

— Eu quebrei uma janela e ergui o cara, e ele puxou as meninas pra elas escaparem.

— Você salvou a vida deles. Esse cara nunca teria escapado sozinho. Sua mãe ajudou o Travis a encontrar a Abby e te ajudou a salvar outras vidas. Isso não é *amarelar*. Isso é se antecipar.

A boca de Trenton se curvou ligeiramente, e ele se aproximou e me beijou.

— Eu estava com tanto medo de nunca mais te ver.

Meu lábio começou a tremer de novo, e eu pressionei a testa na dele, balançando a cabeça.

— Eu só pensava naquele pressentimento ruim que nós dois tivemos hoje cedo. E, quando você foi embora, eu achei que era um adeus. Eu nunca senti tanto medo na vida. E olha que o meu pai pode ser bem apavorante.

O celular de Trenton apitou. Ele pegou o aparelho e leu uma mensagem.

— É do Brad, da Sig Tau. A gente perdeu três até agora.

Meus ombros desabaram.

Trenton franziu o cenho para o celular, apertou um botão e levou o aparelho ao ouvido. Então olhou para mim.

— Tem uma mensagem de voz daquele número, mas eu não recebi o alerta.

— Talvez porque você quase atendeu.

— É daquele número estranho.

Uma voz feminina disse *Argh* e nada mais. Trenton apertou um botão. Eu ouvi chamar várias vezes, e a mesma voz atendeu:

— Alô? — gritou ela. — Trent?

Ele pareceu confuso e surpreso ao mesmo tempo.

— Abby? Está tudo bem?

— Tá, nós estamos bem. Como você está?

— Estava conversando com a Cami. Ela está bem chateada com o lance do incêndio. Ela perdeu alguns dos clientes regulares.

Deitei no colo dele de novo, e tudo o que eu ouvia da voz de Abby era um som agudo.

— É — disse Trenton. — Aquilo lá parece uma zona de guerra. Que barulho é esse? Você está em um fliperama? — ele a repreendeu.

Eu sentei.

— *O quê?* — disse ele, ainda mais perturbado. Com certeza não. Eles não fariam uma coisa dessas. — Tá bom, com o quê? — perguntou ele.

286

— Abby, para de brincadeira. Fala logo, porra. — Nós dois estávamos exaustos, e, qualquer que fosse a brincadeira, Trenton não estava gostando. Eu me inclinei para mais perto do celular. Ele o afastou um pouco do ouvido para eu poder escutar também.

— Tinha muita gente naquela luta ontem à noite. Muita gente morreu. Alguém vai ser preso por isso.

Eu recuei, e Trenton e eu trocamos olhares. Ela estava certa. Travis podia estar numa tremenda encrenca.

— Você está achando que vai ser o Travis? — perguntou Trenton, com a voz baixa e séria. Ela agora tinha a total atenção dele. — O que vamos fazer?

Eu me aproximei para ouvir.

— Eu pedi o Travis em casamento.

— Humm... — disse Trenton e olhou para mim de novo. Minha sobrancelha se ergueu até quase chegar ao couro cabeludo. — Ok. E como diabos isso vai ajudar o Travis?

— Nós estamos em Vegas...

Recuei para observar a reação de Trenton. Agora era ele quem estava com as sobrancelhas erguidas e várias rugas na testa.

— Abby. — Ele suspirou. Ela falou um pouco mais, com a voz ainda mais alta, parecendo mais desesperada. Eles iam se casar, na esperança de que isso fosse louco o bastante para os investigadores acreditarem que Travis estava em Vegas, e não no Keaton Hall. Fiquei com o coração partido por eles. Por mais chateada que eu estivesse porque o homem que eu amava quase perdera a vida, eles haviam passado pela mesma coisa, além de terem quase morrido. E agora estavam encarando a possibilidade de perderem um ao outro de novo.

— Desculpa — disse Trenton. — O Travis também não ia querer que você fizesse isso. Ele iria gostar se você casasse com ele porque quer. Se algum dia ele descobrir, isso vai partir o coração dele.

Eu me aproximei.

— Não se desculpe, Trent. Isso vai funcionar. Pelo menos vai dar a ele uma chance. É uma chance, certo? Melhor que antes.

— Acho que sim — disse Trenton, parecendo derrotado. Abby permaneceu em silêncio. — Parabéns.

— Parabéns! — falei, desesperada para sentir algo além de depressão. Abby disse alguma coisa, e Trenton fez que sim com a cabeça.

— Vou fazer isso... e é estranho pra caralho que o nosso irmão caçula seja o primeiro a se casar.

Abby riu, mas parecia cansada.

— Você vai superar.

— Vai se ferrar — disse Trenton. — E eu amo você. — Ele desligou e jogou o celular na beirada da cama. Depois de encarar as portas quebradas do meu armário por um tempo, ele deu uma risada. — Preciso consertar isso.

— Por favor.

— O Travis vai casar antes de mim. Não sei como me sinto em relação a isso.

— Você vai desejar que eles sejam felizes. Eles podem ficar casados pra sempre e ter dez filhos, ou podem se divorciar no ano seguinte. E isso tudo se o Travis não acabar...

Trenton olhou para mim.

— Aposto no cenário dos dez filhos — falei.

— Eu também — disse ele, depois se recostou na cabeceira e fechou os olhos. — Um dia eu vou casar com você.

Eu sorri.

— Quando porcos voarem.

Ele deu de ombros.

— Posso colocar um porco em um avião. Sem problemas.

— Tá bom, quando você dançar de fio dental ao som de Britney Spears na frente do seu pai. Nesse dia a gente casa.

Ele inspirou profunda e lentamente, depois soprou o ar.

— Desafio aceito.

25

Foi estranho voltar ao campus na segunda de manhã. Havia fitas pretas amarradas nas árvores, e o Keaton Hall estava isolado com fita amarela. Ouviam-se murmúrios em todos os corredores, elevadores e escadas. As pessoas estavam falando do incêndio, de quem morreu, de quem sobreviveu e quem era culpado. Também estavam fofocando sobre o casamento de Travis e Abby, e uma especulação sobre uma suposta gravidez começou a circular.

Eu simplesmente deixei que falassem. Era bom ouvir outra coisa além de teorias e conspirações sobre o incêndio. A polícia já tinha ido à casa de Jim e falara com Trenton, então eu não deixaria escapar que sabia de alguma coisa.

Depois das aulas, cambaleei pelo gramado lamacento até o Smurf e simplesmente congelei quando vi T.J. encostado na lateral do meu carro, digitando no celular. Ele se ajeitou quando percebeu que eu estava a poucos metros de distância. Voltei a caminhar, porém lentamente agora.

— Eu fiquei pensando se você viria — falei.

— Peguei o primeiro voo.

— Veio ver todo mundo?

Ele assentiu.

— Controle de danos.

— O que você pode fazer?

Ele balançou a cabeça.

— São os dois.

— Deixa o Trent fora disso — repreendi.

Ele deu uma risada sem graça, claramente surpreso com a minha raiva.

— Não sou eu, Camille.

— Se você não está aqui a trabalho, por que está aqui?

— Não posso dar detalhes, Camille, você sabe disso. Mas estou aqui agora pra te ver.

Balancei a cabeça.

— T.J., a gente já conversou sobre isso. Suas aparições aleatórias estão tornando as coisas muito mais difíceis do que já são. Então, a menos que esteja preparado pra abrir o jogo...

Ele balançou a cabeça.

— Não posso fazer isso agora.

— Então é melhor ir embora.

— Eu só queria dizer oi.

— Oi — falei, dando um sorrisinho.

Ele se inclinou para me dar um beijo no rosto, e eu recuei. Por mais que ele quisesse fingir que a situação era inocente e amigável, nós dois sabíamos que não era.

— Eu só queria dizer adeus.

— Adeus.

T.J. assentiu, então virou e se afastou.

Dirigi triste até em casa para fazer um lanche antes de partir para o estúdio. Preparei sanduíches de queijo e presunto e comi um no caminho, sem tirar da cabeça os bichos de pelúcia e as flores que haviam se acumulado na frente do Keaton.

Quando parei no Skin Deep, o Intrepid e o Talon da Hazel já estavam lá. Entrei, mas não havia ninguém atrás do balcão nem na recepção. Dei alguns passos pelo corredor e imediatamente vi as botas marrons de Trenton, um dos pés balançando para cima e para baixo.

— Faz logo essa porra, Hazel! Está esperando Jesus voltar? Que merda!

— Não — ela disse delicadamente, me olhando. — Estava esperando ela chegar.

Ela empalou a orelha dele, e Trenton abafou um urro, seguido de uma sequência de palavrões, alguns dos quais eu nunca tinha ouvido.

— Lindo! — disse ela.

— Sério? Estou colocando malditos alargadores por você, e você me chama de lindo? Que tal macho? Garanhão? Fodão?

— Fofo! — disse Hazel, dando-lhe um beijo na testa.

Trenton gemeu.

— Trouxe sanduíche de presunto e queijo pra você — falei, dando mordidas minúsculas no que restava do meu. — Está lá na frente.

Ele piscou para mim.

— Te amo, baby.

— Próximo! — disse Hazel.

O sorriso de Trenton sumiu.

Hazel o furou mais uma vez, e os dois pés dele saíram do chão, mas ele não emitiu som nenhum.

— E foi por isso que eu esperei sua namorada chegar. Pra você não gritar. Caramba, a Cami engole seu pau toda noite, e ele é bem maior do que um alargador de dezesseis.

Franzi a testa.

— Desnecessário. Você precisa trepar. Você anda muito sem noção ultimamente.

Hazel fez bico.

— Nem me fala!

Trenton estava com um sorriso irônico.

— Mas ela tem razão, baby doll. Sou bem maior do que um alargador de dezesseis.

Engasguei.

— Vou cair fora daqui. — Voltei para o balcão, descartando o resto do sanduíche, e organizei alguns formulários, checando quais deles precisavam de mais cópias. Fui até a copiadora, mas não tive de me ocupar por muito tempo. A tarde foi repleta de universitários querendo tatuagens em homenagem aos colegas de turma, irmãos de fraternidade mortos; e um pai veio fazer uma tatuagem em homenagem à filha.

Eu me perguntei se alguma das pessoas que passaram pela nossa porta conhecia a garota com as unhas do pé feitas. Fechei os olhos com força, tentando ocupar a mente com algo mais agradável. Perto da hora de fechar, estávamos todos exaustos, mas Trenton e Bishop não podiam ir embora até que todo mundo que apareceu para fazer uma tatuagem de homenagem conseguisse o que queria.

Quando o último cliente deixou o estúdio, balancei os quadris de um lado para o outro enquanto desligava o computador, tentando aliviar um pouco a dor nas costas. O carpete do estúdio fora colocado sobre concreto, e ficar de pé ali o dia todo era uma tortura.

Hazel já tinha ido embora, e Calvin deixou o estacionamento cinco minutos depois do último cliente. Bishop e Trenton limparam tudo, depois foram até a recepção para me esperar.

Bishop estava me encarando, e não demorei muito para perceber.

— Que foi? — perguntei, meio irritada. Eu estava cansada e não estava no clima para a esquisitice dele.

— Eu te vi hoje.

— Ah, é?

— Eu te *vi* hoje.

Olhei para ele como se ele fosse maluco, e o Trenton também.

— Eu já *ouvi* — falei, sem paciência.

— Eu vi o T.J. também. Era o *T.J.*, não era? — Ele enfatizou as letras. Ele sabia.

Ai, meu Deus.

O rosto de Trenton imediatamente virou na minha direção.

— O T.J.? Ele está na cidade?

Dei de ombros, tentando manter o rosto impassível, como se minha vida dependesse disso.

— Ele veio ver a família.

Trenton estreitou os olhos e rangeu os dentes.

— Vou apagar as luzes — falei, seguindo pelo corredor e abrindo a caixa de força. Desliguei os interruptores e voltei para a recepção. Bishop e Trenton ainda estavam parados ali, só que agora o Trenton estava encarando o Bishop.

— O que foi que você viu? — perguntou ele.

— Eu te conto. Mas promete que vai pensar antes de agir. Promete que vai me deixar explicar. — Eu sabia que não podia explicar tudo. Só precisava de tempo.

— Cami...

— Promete!

— Eu prometo! — rosnou ele. — Do que o Bishop tá falando?

— Ele estava parado no meu jipe quando eu saí da aula. A gente conversou um pouco. Não foi nada de mais.

Bishop balançou a cabeça.

— Definitivamente não foi isso que eu vi.

— Qual é a porra do seu problema? — sibilei.

Ele deu de ombros.

— Só achei que o Trent devia saber.

— Saber o quê? — gritei num tom agudo. — Não aconteceu nada! Ele tentou me beijar e eu recuei! Se você viu alguma coisa além disso, você é um mentiroso do caralho!

— Ele tentou te beijar? — perguntou Trenton, com a voz baixa e ameaçadora.

— Ela recuou mesmo — disse Bishop. — Tô indo nessa. Até mais.

— Vai se foder! — gritei, jogando meu organizador cheio de clipes em cima dele. Vesti o casaco com raiva e segui lá para fora, mas o Bishop já estava deixando o estacionamento. Trenton saiu e eu tranquei a porta, virando a chave várias vezes antes de puxá-la.

Trenton balançou a cabeça.

— Estou de saco cheio disso tudo, Cami. Estou cansado pra caralho.

Meu peito se apertou.

— Você cansou.

— É, cansei. Você espera que eu continue aturando isso?

Lágrimas quentes encheram meus olhos e escorreram pelo rosto num fluxo constante.

— Eu não beijei o T.J.! Não aconteceu *nada*!

— Por que você está chorando? Por causa dele? Isso é legal pra caralho, Cami!

— Não, eu não estou chorando por causa dele! Eu não quero que acabe! Eu te amo!

Trenton fez uma pausa, depois balançou a cabeça.

— Não estou cansado de você, baby. Estou cansado dele. — Sua voz ficou baixa e ameaçadora de novo. — Estou cansado dele com você.

— Por favor — falei, estendendo a mão para ele. — Eu expliquei. Agora ele sabe. Foi só um fim, acho.

Ele fez que sim com a cabeça, furioso.

— Você acha.

Assenti rapidamente, implorando com os olhos.

Trenton pegou as chaves do carro dele.

— Ele ainda está na cidade?

Não respondi.

— Onde ele está?

Juntei os dedos com força na altura do peito, depois os levei aos lábios.

— Trenton, você está exausto. Foram dias insanos. Você está exagerando.

— Onde ele está, porra? — ele gritou. Suas veias do pescoço e da testa saltaram, e ele começou a tremer.

— Não posso te contar — respondi, sacudindo a cabeça.

— Você não vai contar. — Ele respirava pesado. — Você simplesmente... você vai deixar ele continuar fodendo com a gente desse jeito?

Continuei em silêncio. Eu não podia dizer a verdade, então era melhor não falar nada.

— Você me ama? — ele perguntou.

— Sim — gritei, estendendo a mão para ele.

Ele se afastou.

— Por que você não diz isso pra ele, Cami? Por que não diz que está comigo?

— Ele sabe.

Trenton coçou a ponta do nariz com as costas da mão e fez um sinal de positivo com a cabeça.

— Então está resolvido. O único jeito de ele ficar longe de você é eu dar uma surra nele.

Eu sabia que isso ia acontecer. Eu sabia e fiz mesmo assim.

— Você prometeu.

— Você vai entrar nesse jogo? Por que você está protegendo esse cara? Eu não entendo!

— Não estou protegendo o T.J.! Estou protegendo você! — falei, balançando a cabeça.

— Eu vou encontrar esse cara, Cami. Vou procurar o cara e quando encontrar...

Meu celular zumbiu no bolso, e então de novo. Eu o peguei para dar uma olhada rápida. Trenton deve ter percebido minha expressão, porque arrancou o aparelho das minhas mãos.

— "Precisamos conversar" — disse ele, lendo a mensagem. Era do T.J.

— Você prometeu! — gritei.

— Você também! — berrou ele. Sua voz viajou pela noite, ecoando no estacionamento vazio.

Ele tinha razão. Eu tinha prometido guardar o segredo de T.J. e amar Trenton. Só que eu não podia manter as duas promessas. Eu ia me encontrar com o T.J. Era hora de convencê-lo a me livrar desse fardo, mas eu não podia correr o risco de ser seguida pelo Trenton e não podia me encontrar com o T.J. sem fazer o Trenton me odiar. Pelo que eu sabia, T.J. ia embora no dia seguinte. Eu precisava ir até ele naquele exato momento.

— Eu não te entendo, Cami. Você ainda não esqueceu o cara? É isso?

Cerrei os lábios. A culpa era enorme.

— Não é nada disso.

O peito de Trenton estava oscilando. Ele estava ficando com raiva. Ele jogou meu celular do outro lado do estacionamento e ficou andando de um lado para o outro, pisando duro, com as mãos nos quadris. Meu celular caiu em um canteiro gramado, sob o poste do outro lado.

— Vai pegar — falei, com a voz calma.

Ele balançou a cabeça.

— Vai pegar! — gritei, apontando para o poste.

Quando Trenton saiu pisando duro para encontrar o pequeno celular preto na escuridão, fui rapidamente até o jipe e bati a porta. O motor falhou por um instante, depois deu partida. Trenton estava do lado de fora da minha janela.

Ele bateu delicadamente algumas vezes, os olhos tranquilos outra vez.

— Baby, abre a janela.

Agarrei o volante e olhei para ele com o rosto molhado.

— Desculpa. Eu vou achar o celular. Mas você não pode dirigir com tanta raiva.

Olhei para frente e soltei o freio de mão.

Trenton colocou a palma da mão no vidro.

— Cami, se você quer dar uma volta, tudo bem, mas vai para o outro banco. Eu te levo aonde você quiser.

Balancei a cabeça.

— Você vai descobrir. E, quando descobrir, vai estragar tudo.

Trenton franziu a testa.

— Descobrir o quê? Estragar o quê?

Virei para ele.

— Eu vou te contar. Eu quero te contar. Mas não agora. — Pisei na embreagem e engatei ré, saindo da vaga. Abaixei o queixo e chorei por um instante.

Trenton ainda estava batendo na janela.

— Olha pra mim, baby.

Respirei fundo, engatei a primeira e levantei a cabeça, olhando para frente.

— Cami, você não pode dirigir assim... Cami! — ele falou mais alto conforme eu me afastava.

Eu estava na saída do estacionamento quando a porta do carona se abriu de repente. Trenton entrou, arfando.

— Baby, para o carro.

— Que diabos você está fazendo?

— Para o carro e me deixa dirigir.

Entrei na rua e fui na direção oeste. Eu não tinha nenhum plano sobre como chegar até T.J., e, agora que Trenton estava no carro, eu realmente não sabia o que fazer. Então tive uma ideia. Eu ia levá-lo até o T.J. Abrir totalmente o jogo. T.J. tinha provocado essa situação toda. Se ele tivesse me deixado em paz, eu não teria de lidar com isso. Mas antes eu precisava que Trenton se acalmasse. Eu precisava dirigir.

— Para o carro, Cami. — A voz dele estava tensa de um jeito que eu nunca tinha ouvido. Ele estava calmo e ansioso ao mesmo tempo. Era perturbador.

Funguei e sequei os olhos com a manga da blusa.

— Você vai me odiar — falei.

— Não vou te odiar. Para o carro, e eu dirijo a noite toda, se você quiser. A gente pode conversar sobre isso.

Balancei a cabeça.

— Não, você vai me odiar, e eu vou perder tudo.

— Você não vai me perder, Camille. Juro por Deus, mas você está na porra da estrada! A gente tá quase saindo da cidade e pra lá é só estrada de terra. Para a porra do carro!

Nesse momento, dois faróis acesos viraram um só. Eu mal os vi e minha cabeça bateu na janela, quebrando o vidro em mil pedacinhos. Alguns cacos voaram para fora, mas a maioria caiu no meu colo ou voou pela cabine do jipe enquanto ele deslizava pelo cruzamento e caía em um canal do outro lado. O tempo parou pelo que pareceram vários minutos, e aí a gente voou quando o jipe começou a rolar. Uma vez. Duas. E então eu perdi a conta, porque tudo ficou preto.

Acordei em um quarto com paredes e persianas brancas que impediam a entrada da luz do sol. Pisquei algumas vezes, olhando ao redor. Havia uma tevê ligada em um suporte no alto, mas estava sem som, exibindo uma reprise de *Seinfeld*. Fios e tubos estavam ligados ao meu braço e pendurados em dois suportes ao lado, e monitores conectados a eles apitavam suavemente. Havia uma pequena caixa no bolso da frente da minha camisola, com fios que seguiam até alguns círculos grudados no meu peito. Bolsas com líquidos transparentes estavam penduradas num dos suportes, liberando continuamente gotas na minha veia. O tubo terminava com alguns pedaços de esparadrapo na minha mão.

Pouco além dos meus dedos tinha alguém de cabelos castanhos muito curtos. Era Trenton. Ele estava olhando para o outro lado, com o rosto apoiado no colchão. O braço esquerdo estava sobre as minhas pernas, o outro entre a cama e a poltrona dele, envolvido em um grosso gesso verde-limão. Já havia várias assinaturas ali. Travis tinha assinado o próprio nome debaixo de um recadinho que dizia: "Fracote". Outra assinatura era da Hazel, com uma impressão perfeita do seu batom vermelho. Abby Abernathy assinou como "Sra. Maddox".

297

— É tipo um livro de visitas. O Trent não saiu do seu lado, por isso todo mundo que te visitou assinou o gesso.

Estreitei os olhos, mal conseguindo avistar T.J. sentado numa poltrona em um canto escuro do quarto. Olhei de novo para o gesso. Todos os irmãos do Trenton haviam assinado, seu pai, Jim, minha mãe e todos os meus irmãos. Até o nome do Calvin e do Bishop estava ali.

— Há quanto tempo eu tô aqui? — sussurrei. Minha voz soou como se eu tivesse feito um gargarejo com pedrinhas.

— Desde ontem. Você está com um corte bem profundo na cabeça.

Levantei a mão para tocar delicadamente as bandagens que envolviam minha cabeça. Uma concentração de gaze se acumulava em minha têmpora esquerda, e, quando fiz o mínimo de pressão ali, uma dor aguda disparou até a base do meu crânio. Eu me encolhi.

— O que aconteceu? — perguntei.

— Um bêbado avançou o sinal vermelho a uns cem quilômetros por hora. Ele fugiu, mas já está preso. O Trenton te carregou por um quilômetro e meio até a casa mais próxima.

Minhas sobrancelhas se uniram quando olhei para Trenton.

— Com o braço quebrado?

— Quebrado em dois lugares. Não sei como ele conseguiu. Deve ter sido a adrenalina. Eles tiveram de colocar o gesso dele na enfermaria do pronto-socorro. Ele se recusou a sair de perto de você. Nem por um segundo. Nem pra fazer a tomografia. As enfermeiras estão todas apaixonadas. — Ele me deu um leve sorriso, mas sem qualquer sinal de felicidade.

Eu me sentei, e estrelas reluzentes se formaram nos meus olhos. Caí de novo na cama, me sentindo enjoada.

— Devagar — disse T.J., se levantando.

Engoli em seco. Minha garganta estava seca e dolorida.

T.J. foi até uma mesa na ponta da cama e colocou água em um copo. Eu o segurei e dei um golinho. O líquido desceu queimando, apesar de ser água gelada.

Toquei o topo da cabeça de Trenton.

— Ele já sabe?

— Todo mundo sabe. Sobre a gente. Sobre nós. Mas não sobre mim. Prefiro manter assim. Por enquanto.

Olhei para baixo, sentindo um nó se formar na garganta.

— Então por que ele tá aqui?

— Pelo mesmo motivo que eu. Porque ele te ama.

Uma lágrima escorreu pelo meu rosto.

— Eu não queria...

T.J. balançou a cabeça.

— Eu sei, querida. Não chora. Vai ficar tudo bem.

— Vai? Agora que todo mundo sabe, vai ser muito constrangedor, e tenso, e...

— Somos nós. A gente vai cuidar de tudo.

Os dedos da mão direita de Trenton se mexeram. O gesso ficou sem apoio e o braço pendeu. Ele acordou num pulo e segurou o ombro, claramente dolorido. Quando ele percebeu que meus olhos estavam abertos, se levantou imediatamente, se abaixou e encostou a mão esquerda no meu rosto. A ponte do nariz dele estava inchada, e a pele sob os dois olhos tinha duas meias-luas roxas combinando.

— Você acordou! — Ele ficou radiante conforme analisava o meu rosto.

— Acordei — respondi baixinho.

Trenton deu uma risada e abaixou a cabeça até a testa encostar no meu colo. Ele envolveu o braço nas minhas coxas e apertou com delicadeza, o corpo todo tremendo enquanto chorava.

— Me desculpa — falei, com lágrimas quentes escorrendo, queimando meu rosto e caindo do maxilar.

Trenton ergueu o olhar e balançou a cabeça.

— Não. Não foi culpa sua. Um bêbado filho da puta ultrapassou o sinal vermelho e pegou a gente de lado.

— Mas se eu estivesse prestando atenção... — funguei.

Ele balançou a cabeça de novo, me implorando com os olhos para parar.

— Shhh, não. Não, baby. Ainda assim ele teria acertado a gente em cheio. — Ele colocou a mão na cabeça, e seus olhos ficaram vidrados. Ele suspirou. — Estou tão feliz porque você está bem, porra. A sua cabeça estava jorrando sangue, e você não acordava. — Seus olhos se fecharam com a lembrança. — Eu estava enlouquecendo. — Ele apoiou a cabeça no meu colo de novo e levou minha mão esquerda até a boca, beijando-a delicadamente ao lado do esparadrapo.

T.J. ainda estava de pé atrás dele, observando a demonstração de afeto com um sorriso doloroso. Trenton virou, sentindo a presença de alguém atrás dele.

— Ei — disse Trenton, ficando de pé. — Eu, hum... desculpa.

— Tudo bem. Ela não é mais minha. Nem sei se um dia foi.

— Eu amo a Cami — disse Trenton, olhando de novo para mim com um sorriso e secando os olhos vermelhos. — Não tô de sacanagem. Eu amo a Cami de verdade.

— Eu sei — disse T.J. — Percebi como você olha pra ela.

— Então estamos numa boa? — perguntou Trenton.

As sobrancelhas de T.J. se uniram enquanto ele me olhava, mas falava com Trenton.

— O que ela quer?

Os dois viraram para mim. Encarei T.J. enquanto estendia a mão sobre os lençóis amassados e o cobertor em busca da mão de Trenton. Ele sentou ao meu lado, levou minha mão à boca e beijou meus dedos, fechando os olhos.

Meu lábio tremeu.

— Eu menti pra você.

Ele balançou a cabeça.

— Por motivos que não têm nada a ver comigo. Nem com a gente.

Soltei um suspiro aliviado, e as lágrimas escorreram de novo.

— Eu te amo.

Trenton envolveu meu rosto delicadamente com as mãos, se inclinou e me beijou com carinho.

— Nada mais importa.

— Importa pra mim — falei. — Eu não quero...

T.J. pigarreou, nos lembrando de que havia uma terceira pessoa no quarto.

— Se é isso que você quer, Cami, a gente vai dar um jeito. Eu não vou atrapalhar. Isso não vai ser um problema.

Trenton deu alguns passos até T.J. e lhe deu um abraço de urso. Os dois ficaram ali abraçados por alguns instantes. T.J. sussurrou alguma coisa no ouvido de Trenton, e ele assentiu. Era tão surreal ver os dois interagindo no mesmo quarto, depois de guardar o segredo de T.J. por tanto tempo.

T.J. caminhou devagar até a beirada da cama, se inclinou e beijou um ponto da minha testa sem bandagem.

— Vou sentir saudades, Camille. — Ele beijou o mesmo ponto de novo, deixando os lábios tocarem minha pele por um tempinho, depois saiu porta afora.

Trenton soltou um suspiro aliviado e apertou minha mão.

— Tudo faz sentido agora. — Ele balançou a cabeça e deu uma risada triste. — Agora que eu sei, não acredito que não descobri. Califórnia. Você se sentindo mal por ficar comigo, mesmo depois de ter terminado com ele. Estava tudo na minha cara.

Pressionei os lábios.

— Nem tudo.

Trenton apoiou o gesso na cama e entrelaçou os dedos que escapavam pela ponta nos meus.

— Não sinto nem um pingo de culpa. Sabe por quê?

Dei de ombros.

— Porque eu te amo desde o ensino fundamental, Camomila. E todo mundo sabia. *Todo mundo.*

— Ainda não sei se acredito nisso.

— Você usou rabo de cavalo todo dia durante anos. Era perfeito. — Seu sorriso desapareceu. — E tinha aquela expressão triste nos seus olhos. Tudo que eu sempre quis foi fazer você sorrir. E aí você passou a ser minha, e eu nunca conseguia acertar.

— Tenho uma vida inteira de erros. Você é a *única* coisa certa.

Trenton tirou alguma coisa do bolso e exibiu uma pequena chave prateada pendendo de um chaveiro. Era uma tira de feltro preto com C-A-M-I escrito em cores fortes e a borda costurada com linha preta. Pressionei os lábios e entortei o canto da boca.

— O que você me diz? — perguntou ele, com esperança nos olhos.

— Morar com você? Abrir mão do meu apartamento?

— Pacote completo. Eu e você. Fazendo brindes malucos depois do trabalho e indo ao Chicken Joe's toda segunda à noite com a Olive. Simples, bem do jeito que você gosta.

Havia tanta coisa para considerar, mas, depois de tudo por que passamos — duas vezes —, a única coisa que eu conseguia pensar era no que o Trenton dissera. Só uma coisa importava.

— Eu digo sim.

Ele piscou.

— Sim?

— Sim — falei, rindo da expressão dele, depois me encolhi. Meu corpo todo doía.

— Sim, porra! — gritou ele, e me deu um sorriso sem graça quando fiz sinal para ele falar baixo. — Eu te amo pra caralho, Cami.

Desajeitada e lentamente, eu me afastei para o lado na cama, e o Trenton, com cuidado e muito esforço, deitou ao meu lado. Ele estava tão machucado quanto eu. Ele apertou um botão na proteção lateral que fez a cama inclinar para trás até ficarmos retos, um de cara para o outro.

— Sei que você não acredita em mim, mas eu realmente te amo desde que a gente era criança — sussurrou ele. — E agora vou poder te amar até ficarmos velhinhos.

Meu estômago se agitou. Ninguém tinha me amado tanto quanto ele.

— Promete?

Trenton sorriu com os olhos cansados.

— Sim. E vou prometer de novo depois de dançar de fio dental ao som de Britney Spears.

Consegui soltar uma risadinha, mas a dor dificultava os movimentos. Ele se ajeitou algumas vezes até finalmente ficar confortável o bastante para fechar os olhos e dormir. Eu o observei por muito tempo, inspirando e expirando, com um sorrisinho no rosto. Tudo agora estava às claras, e eu também podia respirar.

Uma enfermeira entrou e pareceu surpresa ao nos ver deitados juntos.

— Olha só pra vocês — sussurrou ela, os olhos escuros de alguma forma enxergando até sob a luz fraca. — Esse garoto deixou todas as mulheres babando. Ele foi seu anjo da guarda. Não saiu do seu lado.

— Ouvi dizer. Não sei como tive tanta sorte, mas estou feliz. — Eu me inclinei, encostando a têmpora na testa dele.

— A sorte com certeza está ao seu lado. Eu vi seu carro no pátio. Parece uma folha de papel amassada. É um milagre vocês dois terem sobrevivido.

Franzi a testa.

— Vou sentir saudade daquele jipe.

Ela assentiu.

— Como está se sentindo?

— Com dor. No corpo todo.

Ela sacudiu um copinho de plástico, fazendo os comprimidos se agitarem.

— Acha que consegue engolir uns comprimidos?

Fiz que sim com a cabeça e os joguei no fundo da garganta. A enfermeira me passou um copo de água, e eu me esforcei para engolir.

— Está com fome? — perguntou ela enquanto checava meus sinais vitais.

Balancei a cabeça.

— Tá bom — disse ela, tirando o estetoscópio dos ouvidos. — Aperte aquele botão vermelho com a cruz se precisar de alguma coisa.

Ela saiu do quarto, e eu virei para o homem ao meu lado.

— Não preciso de mais nada — sussurrei.

O gesso de Trenton estava entre nós, e eu passei o dedo sobre os diferentes nomes ali, pensando em todas as pessoas que nos amavam e que tinham ido me visitar. Parei quando cheguei à assinatura de T.J. e, silenciosamente, dei o último adeus à letra simples e sofisticada.

Thomas James Maddox

Impresso no Brasil pelo Sistema Digital Instant Duplex da Divisão Gráfica da
DISTRIBUIDORA RECORD DE SERVIÇOS DE IMPRENSA S.A.